余秋雨定稿合集

极品美学

Ultimate Aesthetics

北京联合出版公司
Beijing United Publishing Co.,Ltd.

余秋雨简介

中国当代文学家、美学家、史学家、探险家。

一九四六年八月生，浙江人。早在“文革”灾难时期，针对以“样板戏”为旗号的文化极端主义，勇敢地潜入外文书库建立了《世界戏剧学》的宏大构架。灾难方过，及时出版，至今三十余年仍是这一领域的权威教材。

二十世纪八十年代中期，因三度全院民意测验皆位列第一，被推举为上海戏剧学院院长，并出任上海市中文专业教授评审组组长，兼艺术专业教授评审组组长。曾任复旦大学美学博士答辩委员会主席、南京大学戏剧博士答辩委员会主席。获“国家级突出贡献专家”、“上海十大高教精英”、“中国最值得尊敬的文化人物”等荣誉称号。

在担任高校领导职务六年之后，连续二十三次的辞职终于成功，开始孤身一人寻访中华文明被埋没的重要遗址。所写作品，往往一发表就哄传社会各界，既激发了对“集体文化身份”的确认，又开创了“文化大散文”的一代文体。

二十世纪末，冒着生命危险贴地穿越数万公里考察了巴比伦文明、克里特文明、希伯来文明、阿拉伯文明、印度文明、波斯文明等一系列重要的文化遗址。他是迄今全球唯一完成此举的人文学者，一路上对当代世界文明做出了全新思考和紧迫提醒，在海内外引起广泛关注。

他所写的大量书籍，长期位居全球华文书排行榜前列。在台湾，他囊括了白金作家奖、桂冠文学家奖、读书人最佳书奖等多个文学大奖。在大陆，多年来有不少报刊频频向全国不同年龄的读者调查“谁是你最喜爱的当代写作人”，他每一次都名列前茅。二〇一八年他在网上开播中国文化史博士课程，尽管内容浩大深厚，收听人次却超过了六千万。

几十年来，他自外于一切社会团体和各种会议，不理会传媒间的种种谣言讹诈，集中全部精力，以独立知识分子的身份完成了“空间意义上的中国”、“时间意义上的中国”、“人格意义上的中国”、“哲思意义上的中国”、“审美意义上的中国”等重大专题的研究，相关著作多达五十余部，包括《老子通释》、《周易简释》、《佛典译释》等艰深的基础工程。联合国教科文组织、北京大学等机构一再为他颁奖，表彰他“把深入研究、亲临考察、有效传播三方面合于一体”，是“文采、学问、哲思、演讲皆臻高位的当代巨匠”。

自二十一世纪初开始，赴美国国会图书馆、联合国总部、哈佛大学、耶鲁大学、哥伦比亚大学等处演讲中国文化，反响巨大。二〇〇八年，上海市教育委员会颁授成立“余秋雨大师工作室”；二〇一二年，中国艺术研究院设立“秋雨书院”。

二〇一八年五月，白先勇和“远见·天下文化事业群”创办人高希均、王力行赴上海颁授奖匾，铭文为“余秋雨——华文世界最具影响力的一支笔”。

近年来，历任澳门科技大学人文艺术学院院长、香港凤凰卫视首席文化顾问、上海图书馆理事长。（陈羽）

作者近影。二〇一九年十一月二十一日，马兰摄。

目 录

自 序

一

当今世界经济领域，有两个常有的概念：“虚拟经济”和“实体经济”。

借用这两个概念，本书的主旨是：从“虚拟美学”到“实体美学”。本来也想用这十个字来做书名，只是觉得太长了一点。我的书名，都比较短。

先来解释一下“虚拟美学”。

与经济不同，“虚拟美学”是西方美学的主流。由于文化强势，它渐渐又成了国际美学的主流。即便我们中国自近代开始研究美学以来，也顺着这条路子在走。

这种美学的主要特点，是从抽象的定义出发，力图打造一个理论框架。这种框架体制宏大，概念丛集，虽然不断提到美和艺术，但是与实际发生的美学现象和艺术创造，相距甚远。因此，即便是理论素养很高的艺术家，也不会去碰这种美学。这种美学，主要出现在大学课堂，以及一些以此谋生的“美学研究者”手上。由于大学课堂很多，这样的研究者更多，“虚拟美学”便大行其道。

但是，这种美学与现实世界对美的需求产生了严重的矛盾。

现在世界上，不管是哪个地区，还是哪个族群，都会以“美”作为追求目标。所以“美学”总让人心旌摇曳，恨不得好好来补课。谁知一进入，遇到的总是虚拟再虚拟，抽象再抽象，空洞再空洞，实在让大批爱美之人深受其累，不知所措。

且不说美学的祖师爷群体如鲍姆加登、康德、黑格尔他们的玄奥了，就举中国最普及、最权威的例子吧，那就是二〇一〇年新版《辞海》有关“美”和“美学”的条文。我一点也不想为难《辞海》，我还是它的“正版形象大使”，只因为它的条文集中了当代中国最有公信力的美学研究者们共同得出的结论，略做解析就颇具代表性了。

《辞海》对“美”下的定义是——

> 美：存在于自然、社会，物质、精神中的被人发现、创造，体现人的本质力量，令人愉悦或爱慕的形象。

从理论逻辑上来看，似乎并没有大错。但是，“美”的对立面是“不美”、“不太美”、“丑”，它们同样存在于自然、社会，物质、精神中，同样被人发现和创造，同样体现人的某一方面的本质力量，同样让一部分人愉悦和爱慕。如果“美”与“不美”在定义上无法区分，那么为什么要有这个定义？又为什么要以这样的定义作为美学的出发点呢？

《辞海》的编写者也许觉得这个定义有点简单，就以自己所主张的美学立场进一步定义了“美”——

> 美是人的社会实践、能动创造的产物，是自然的人化，

人的本质力量的对象化和形象显现，确证了人的思想、情感、智慧、价值和人与自然、社会的和谐，是主体与实体、客观性与社会性、合规律性与合目的性、感性与理性的统一体，具有形象性、可塑性、发展性、丰富性、独特性、感染性、愉悦性等特征。

不知道各位美的欣赏者、创造者、教育者、传播者读了这样的定义，作何感想？要说艰深，一点儿也不艰深，每句话、每个概念都看得懂，但加在一起，到底说了什么？

这就是中国美学研究的现状。

我不想再举别的更极端的例子了，仅仅这两条权威定义，已经可以说明什么是“虚拟美学”。

为了不伤害美学研究者，我只能轻轻说一句：在这类“虚拟美学”中，很难找到美的踪迹。

我知道有些美学研究者会有委屈，因为他们在展开这些虚拟概念的时候，也会列举一些实例，并不是彻头彻尾的虚拟。

当然会有实例，但此间情景，基本上是“为概念涂装饰”、“为空言找虚证”，都属于片面之证、零碎之证、想当然之证，甚至是伪证。例如，为了证明上面的定义，说到“客观性”，找个例；说到“社会性”，找个例；说到“形象性”，找个例；说到“可塑性”，找个例……可谓“召之即来，挥之即去”。其实，什么也证明不了。

因此，虽有实例，还是没有美的踪迹。

说到这里，其实我已经把“虚拟美学”的对立面“实体美学”呼唤出来了。

“实体”不同于上面说的“实例”，而是自成其体的一个结构。“实体美学”，以审美对象为研究标本，一切思考，都必须顺着它推进，而不是早已拼凑的概念。

二

我划定“虚拟美学”和“实体美学”的界限，并明确宣布自己的选择，有一个漫长的对比过程。

早在三十年前，我就已经是一名资深的美学教授，长年主讲康德、黑格尔美学，还担任过复旦大学美学专业博士论文评审委员会主席。但是，虽然我讲得很开心，学生听得很愉快，却越来越发觉这样的美学对于艺术创作和社会审美，很少有实际助益。这让我不无苦恼，直到我认真捧读了另一位德国美学家莱辛（G. E. Lessing）的著作《拉奥孔》，才看到希望。

莱辛生活的年代，处于康德和黑格尔之间，但与康德和黑格尔不同，他自己就是一个优秀的剧作家，懂得创作的奥秘。因此，他的美学著作《拉奥孔》就围绕着一座优秀雕塑展开。面对这座雕塑，他以仰望的态度恭敬探索，而不是居高临下地进行评论。在他的美学中，作品和创作才是主角，理论和概念只是随从。他的另一部美学著作《汉堡剧评》也同样把作品和创作放在主位。他深信一切优秀的创作都是前所未有的奇迹，因此，也就没有既定的概念可以评论。美学家只能追随着它们来改变自己的思路，而不能根据自己的理论老套来搓捏它们。

正巧，我也是兼踩美学和创作两头的人，因此能够切身体会到，莱辛的理论态度更符合美学的终极目的。

我把莱辛的《拉奥孔》，看作“实体美学”的奠基之作。

但是，遗憾的是，在莱辛之后，西方美学的主流仍然是“虚拟美学”。例如，“美在直觉”、“美在隐喻”、“语义分析是科学之美”、“美的秘密在于结构和符号”、“美完成于接受者的再创造”等提法，都是触碰到美的一角，而且触碰得非常精彩，但从一角而大加理论发挥，也就由片面走向了空洞。

我前面所引用的《辞海》定义，正是为了克服这种片面性而走向了面面俱到，却又因面面俱到而造成了词语壅塞，让人面面相觑。天底下并不存在面面俱到的创作，因此这样的定义仍然只是一种虚拟。

幸好，在这种“虚拟美学”的主流旁侧，一直存在着一些与莱辛呼应的真正懂得艺术创作的全能智者，他们发表的艺术主张不离实体而创建了一种丰满的美学，如狄德罗、歌德、雨果、罗丹、布莱希特、彼得·布鲁克等等。是他们，一直维持着“实体美学”的另类生长。

在现代华文领域，创造了“实体美学”成功标本的，是王国维的《人间词话》。我本人可以近距离见证的，是三位尊敬的文化老友：第一位是以“写意戏剧观”改写了当代世界戏剧美学的黄佐临先生；第二位是凭借着对中外建筑的详尽分析提出了美学上的“建筑母语”的汉宝德先生；第三位是以漂亮文笔最早完整地向世界介绍梅兰芳舞台艺术的历史散文家唐德刚先生。他们三位都有足够的西方学术背景，但是一旦面对中国的美学课题，都不约而同地进入了“实体美学”。

三

为什么一旦面对中国的美学课题，都不约而同地进入了“实体美学”呢？

这是他们的智慧，但也与中国文化的思维特征有关。我在纽约联合国总部发表的《中华文化为何长寿》的演讲中，曾经分析中华文化“轻装简从”，拒绝复杂学理的传统。我说：“大道至易至简，小道至密至繁，邪道至高至晦。中华文化善择大道，故而轻松，故而得寿。”

同样，中国的美学思维，也很少在“虚拟美学”的抽象概念中绕圈子。也有人绕过，如刘勰在《文心雕龙》中把文学之美概括为“本乎道，师乎圣，体乎经，酌乎纬，变乎骚”，也够虚拟的了。但应该原谅，他生得太早，无缘见到唐宋时代文学艺术的“灿烂大喷发”，缺少顶峰范例可供思考。即便这样，他还做了一个“变乎骚”的归结，对以屈原为代表的楚辞实绩表示了特别的尊重。而且，他又在“天地文章”、“神思”、“风骨”、“情采”、“通变”等课题上，为如何创造“极品”，提出了不少美学建议。经历唐宋时代文学艺术的“灿烂大喷发”之后，中国人基本不玩“虚拟美学”了，即使有一些文论，主要也是对具体作品的鉴赏，社会影响不大。

既然这个走向关及中华文化的本性，那么，今天如果在论述中国美学时再去刻意营建一个个虚拟或半虚拟的抽象结构，那就太不合适了。我以一位熟悉西方美学传统和现代美学潮流的学者身份判断，要真正呈现中国美学，只有通过实体解析，才能走得下去。

那么，先让老夫身先士卒，做个试验。

我的企图比较大。既要固守一个个实体，又要概括中国美学的整体，那就必须对实体进行顶峰式的选择。也就是说，只有选取了真正的“极品”，才能代表全局，概括遐迩，让“实体美学”有可能问鼎“整体美学”。

四

具有代表性和概括力的“极品”，在我心目中需要有几个特征：

一、独有性；

二、顶级性；

三、具体性；

四、共知性；

五、长续性。

精彩的学说，算不算？不算。因为那不具体，不成“品”；

国际的赞誉，算不算？不算。因为那未必独有；

本土的特产，算不算？不算。因为那未必优秀；

高雅的秘藏，算不算？不算。因为那未必公认和共享。

…………

——经过这么多层筛选，能够全然通过的中国美学极品就很少了。我眼前只剩下了三项：书法、昆曲、普洱茶。

为什么把普洱茶也纳入其中？我在《普洱茶美学》的引言中做了说明。

当然还可能有别的选项，我一时还没有想出来。

这三项，既不怪异，也不生僻，却无法让一个远方的外国人充分把握。如果他能把握，那我就会上前搂住他，把他看成文化美学上的“手足同胞”。

任何文化都会有大量外在的宣言和标牌，但在隐秘处，却暗藏着几个美学上的“命穴”和“胎记”。

这三项，就是中国美学的“命穴”和“胎记”。由于地理原因，它们也曾渗透到邻近地区，因此也可以把中国极品称之为“东方极品”。

特别需要说明的是，在美学上，“极品”呈现的是“极端之美”。这种美已经精致到了“钻牛角尖”的地步，再往前走，就过分了。因此，这种美学极品处于一种临界态势，就像悬崖顶处的奇松、孤鹤。我把这种美在这本书里集中呈现，也算是一种攀缘顶端的美学示范。顶端，就具有了概括力。

在《君子之道》一书中，我论述了中国儒家的中庸之道对于极端化的防范，但那主要是指人格结构和思维定式。而艺术文化，正是对这种结构定式的突破和补充，因此并不排斥极端性。只不过，中国的传统思想毕竟对艺术文化保持着潜在的掌控，这就使极端之美尤显珍罕。

除了供奉中国特有的三项美学极品外，我还对前面提到的《文心雕龙》所包含的中国美学基点进行了研究，并附于书后。这样，读者对中国美学的了解也会更完整、更深入了。

——此书不厚，工程不小，恭祈指正。

華夏意祖野生業涉年多王者
若敎轉弱此王者遂神彪生之也
長安諸之酒堂治生天王者憲
得之遂大王者遂神異世年世流
此歲月邪存之雜春六王者常守
遂敘之法也在此帝無寢之地寄
陵之楚業也然時集合同能百榮

书法美学

引 言

何谓中国书法?

中国书法，是以汉字为载体的镌刻法则和笔墨法度。

何谓书法美学?

书法美学，是对这些法则和法度中审美规范的探寻。

显然，这是一个极为悠久、庞大、复杂的课题。按照我的理论习惯，越是面对这样的课题，越是要找到解构的法门。例如，以当下来解构悠久，以亲近来解构庞大，以简明来解构复杂。至少，入口应该如此，让人能够轻易抬脚，然后来一步步深入。

我今天找到的入口，就是我自己。

一

在山水萧瑟、岁月荒寒的家乡，我度过了非常美丽的童年。

千般美丽中，有一半，竟与笔墨有关。

那个冬天太冷了，河结了冰，湖结了冰，连家里的水缸也结了冰。就在这样的日子，小学要进行期末考试了。

破旧的教室里，每个孩子都在用心磨墨。磨得快的，已经把毛笔在砚石上掭来掭去，准备答卷。那年月，铅笔、钢笔都还没有传到这个僻远的山村。

磨墨要水，教室门口有一个小水桶，孩子们平日上课时要天天取用。但今天，那水桶也结了冰，刚刚还是用半块碎砖砸开了冰，才抖抖索索舀到砚台上的。孩子们都在担心，如果考试到一半，砚台结冰了，怎么办?

这时，一位乐呵呵的男老师走进了教室。他从棉衣襟下取出一瓶白酒，给每个孩子的砚台里都倒了几滴，说："这就不会结冰了，放心写吧！"

于是，教室里酒香阵阵，答卷上也酒香阵阵。我们的毛笔字，从一开始就有了李白余韵。

其实岂止是李白。长大后才知道，就在我们小学的西面，比李白早四百年，一群人已经在蘸酒写字了，领头那个人叫王羲之，写出的答卷叫《兰亭序》。

我上小学时只有四岁，自然成了老师们的重点保护对象。上课时都用毛笔记录，我太小了，弄得两手都是墨，又沾到了脸上。

因此，每次一下课，老师就会快速抱起我，冲到校门口的小河边，把我的脸和手都洗干净，然后，再抱着我快速回到座位上，让下一节课的老师看着舒服一点。但是，下一节课的老师又会重复做这样的事。于是，那些奔跑的脚步，那些抱持的手臂，那些清亮的河水，加在一起，成了我最隆重的书法入门课。我觉得如果我写不好毛笔字，天理不容。

后来，学校里有了一个图书馆。由于书很少，老师规定，写一页小楷，借一本书。不久又加码，提高为写两页小楷借一本书。就是在那时，我初次听到老师把毛笔字说成“书法”，因此立即产生误会，以为“书法”就是“借书的方法”。

学校外面，识字的人很少。但毕竟是王阳明、黄宗羲的家乡，民间有一个规矩，如果路上见到一片写过字的纸，哪怕只是小小一角，哪怕已经污损，也万不可踩踏。就连过路的农夫见了，都必须弯下腰去，恭恭敬敬地捡起来，用手掌捧着，向吴山庙走去。庙门边上，有一个石炉，上刻四个字：“敬惜字纸”。石炉里还有余烬，把字纸放下去，有时有一朵小火，有时没有火，只见字纸慢慢焦黄，熔入灰烬。

我听说，连土匪下山，见到路上字纸，也这样做。

家乡近海，有不少渔民。哪一季节，如果发心要到远海打鱼，船主一定会步行几里地，找到一个读书人，用一篮鸡蛋、一捆鱼干，换得一沓字纸。他们相信，天下最重的，是这些黑森森的毛笔字。只有把一沓字纸压在船舱中间底部，才敢破浪远航。

那些在路上捡字纸的农夫，以及把字纸压在船舱的渔民，都不识字。

不识字的人尊重文字，就像我们崇拜从未谋面的神明一样，是为世间之礼，天地之敬。

这是我的起点。

起点对我，多有佑护。笔墨为杖，行至今日。

多年来，全国各地一些重大的历史碑刻，都不约而同地请我书写碑文，并要求用我自己的书法。例如，《炎帝之碑》、《法门寺碑》、《采石矶碑》、《钟山之碑》、《大圣塔碑》、《金钟楼碑》等，其他邀请我书写的名胜题额还有很多，如秦长城、都江堰、云冈石窟、昆仑山等。可以安慰的是，山川大地如此接受我，只凭笔墨。因为我并无官职。

——我的经历也许可以说明，书法美学在中国，是熨帖土地的人间大美。它的格局，远远超越了文化教育的围墙。在文化教育的围墙之内，它是一切课程的起点；在文化教育的围墙之外，它是各行各业的终点。

对于识字的人来说，它牵引出了不同时空的各种文化；对于不识字的人来说，它展现出了陌生而艰深的高度，让人不能不仰望。

门槛极低，门庭广阔，而进入里边，又峰峦叠嶂，风景无限。这种美学现象，把美学的极端性宽度和极端性高度连成了一体，在人类美学史上极为罕见。

二

天下很多事，即使参与了，也未必懂得。

我很久之后才知道，在人文意义上，那些黑森森的文字，又是中国文化快速演进和高度成熟的生命基元。

其一，这些文字，是中华民族终于摆脱了蒙昧时代的证明。由此开始，它也成了中华民族快速向上攀援的文化台阶。如果没有这个文化台阶，人们再在蒙昧时代沉沦几十万年，都是有可能的。但有了这个文化台阶，则可以完整表达，深入沟通，开始哲思，焕发诗情，而且可以上下传承。于是，此后的几千年，远远超过了此前的几十万年、几百万年。

其二，这些文字，是中华民族始终保持一种共同生态的奥秘。辽阔的山河，诸多的方言，纷繁的习俗，都可以凭借着这些小小的密码而获得统一，而且由统一而共生，由统一而互补，由统一而流动，由统一而伟大。除了空间上的统一，还有时间上的统一。在华夏的历史上，什么都可以分裂、遗失、湮灭，唯一断不了、挣不脱的，就是这些黑乎乎的流动线条。因此，这些线条也就把数千年的历史贯通了，使一代代中国人沿着这些字迹保持住了最基本的文化传统。

其三，这些文字，一旦被书写，便进入了一种集体人格。这种集体人格，有风范，有意态，有表情，又协和四方，对话众人。于是，书写过程也成了一种文化人格的共建共融过程。

其四，这些文字，一旦被书写，也进入一种审美程序。有造型，有节奏，有布局，有韵致。于是，流逸的线条，变幻的黑色，至简至朴，又至精至美，推进了中国文化的美学品格。

…………

我亲自考察过人类其他重大的古文明的废墟，特别关注那里的文字遗存。与中国的汉字相比，它们有的未脱原始象形，有的未脱简陋单调，有的未脱狭小神秘。在北非的沙漠边，在中东的烟尘中，在南亚的泥污间，我从文字的生存状态推测整个文明的兴亡契机，至少明白了那些文明中断和湮灭的部分技术原因。

在中国的很多考古现场，我也见到不少原始符号。它们有可能是向文字过渡，但更有可能是结束过渡。就像地球上大量文化遗址一样，符号只是符号，如果没有找到文明的洞口，终将在黑暗中消亡。

由此可知，正是文字，刻画出了一个民族长久的生命线。在人类的诸多奇迹中，中国文字，独占鳌头。

中国文字在凄风苦雨的近代，曾受到远方列强的嘲笑。而那些由字母拼接的西方语言，与枪炮、毒品和科技一起，包围住了汉字的大地，汉字一度不知如何回应。但是，就在外国列强集体入侵，中华大地即将沉沦，中华文明即将陨灭的浩劫时刻，甲骨文[1*]突然出土。甲骨文的发现者王懿荣先生，恰恰是那场浩劫中的首

* 此注释并非是对词条所做的解释，而是给出与之相关的图片资料，集中放于文末展示。

要牺牲者。他虽然牺牲了，但他发现的甲骨文却在告知天下，何谓文明的年轮，何谓历史的底气，何谓时间的尊严。

我一直很奇怪，为什么这个地球上人口最多的族群临近灭亡时，最后抖搂出来的，不是深藏的财宝，不是隐伏的健勇，不是惊天的谋略，而只是一种古文字！我很想让更多的年轻人进入这个宏大的“天问”，所以，在为北京大学的各系学生讲授中国文化史的时候，整整一个月，我都在讲甲骨文。

三

一般所说的书法，总是有笔有墨。但是，我们首先看到的文字，却不见笔迹和墨痕，而是以坚硬的方法镌刻在甲骨上、青铜钟鼎[2]上、瓦当上、玺印上……更壮观的，则是刻凿在山水之间的石崖、石鼓、石碑上。

石刻和金文，可能会有笔墨预稿，但一旦凿刀与山岩、铸模强力冲击，在声响、石屑、火星间，文字的笔画必然会出现特殊的遒劲度和厚重感。中国书法有这么一个充满自然力、响着金石声的开头，实在是精彩。

因此我们可以说：中国书法美学的前几页，以铜铸为笔，以炉火为墨，保持着洪荒之雄、太初之质。

四

我在殷商时的陶片和甲骨上见到过零星墨字，而在山西出土的战国盟书、湖南出土的战国帛书、湖北出土的秦简、四川出土的秦木牍中，则看到了较为完整的笔写墨迹。当然，真正看到恣肆笔墨的，是汉代的竹简和木简。

长沙马王堆帛书[3]的出土，让我们一下子看到了十二万个由笔墨书写的汉代文字。这是中国书法史上的盛大节日，而时间又十分蹊跷，是一九七三年年底至一九七四年年初，正处于那场名为“文革”的民粹主义浩劫时期。这不禁又让人想到甲骨文出土时那一场外国列强入侵的浩劫。浩劫，总是浩劫，多么奇怪，古文字总是选中这样的时机从地下喷涌而出。我不能不低头向大地鞠躬，再仰起头来凝视苍天。

古代就有传说，黄帝的史官仓颉在初创文字之时天象产生了巨大感应。可见，从古至今，很多中国人相信，汉字的终极力量，由天地掌控，远超人力。这是中国书法美学的神秘禁区，人们很难进入。但是，正因为这一禁区的存在，整个书法美学都笼罩着一种奇玄光泽，使得任何人都不敢指手画脚、恣意放言。

马王堆帛书的问世，就像甲骨文的问世一样，使得很多已经对文化失去信心的中国人又一次领略到了这种奇玄光泽。大家从满目疮痍的现世，回到了风起云涌的古代。

那时我才二十几岁，惊讶于最美的文字居然与最大的浩劫同时呈现，便急着到各个图书馆寻找一本本《考古》杂志和《文物》杂志，细细辨析所刊登的帛书文字。

我在那里，看到了二千一百多年前中国书法美学的一场大回涌、大激荡、大转型。由篆书出发，向隶、草、楷的线索都已经露出端倪。

这样一场大回涌、大激荡、大转型，不可能突如其来。因此，我们必须把目光放到汉代之前。

五

汉代以前出现在甲骨、钟鼎、石碑上的文字，基本上都是篆书。那是一个订立规矩的时代，因此那些字，都体形恭敬、神态庄重、排列有序、不苟言笑、装束严整。

为了配合秦王朝统一文字，秦始皇的丞相李斯，亲自对各地繁缛怪异的象形文字进行简化。因此他手下的小篆，已经薄衣少带，骨骼精练了。

统一的文字必然会运用广远，而李斯等人设计的峻厉政治行动，又必然会造成紧急文书的大流通。因此，书者的队伍扩大了，书写的任务改变了，笔下的字迹也就脱去了严整的装束，开始奔跑。

东汉书法家赵壹曾经写道：

> 盖秦之末，刑峻网密，官书烦冗，战攻并作，军书交驰，羽檄纷飞，故为隶草，趋急速耳……
>
> ——《非草书》

这就是说，早在秦末，为了急迫的军事、政治需要，篆书已转向隶书，而且在隶书中又转向书写急速的形体，那就是章草的雏形了。

由此可见，那个时代的书法美学，与强悍的政治哲学紧紧相连，成了巨大社会变革的呼应记号。这种呼应记号，又不仅仅敷之实用，而是快速地构成审美系统，于是不再磨灭。总之，秦汉时代各种书体的产生，并不是几个专家长期研究的结果，而是历史伟力的自然印痕。反过来，正是这种自然印痕，把历史拔升到美的高度，才使它抖落了杀伐气、烟火气而具有了被长久供奉的斯文面目。

六

有一种传说，秦代一个叫程邈的狱隶犯事，在狱中简化篆书而成隶书。隶书的名字，也由此而来。如果真是这样，程邈的“创造”也只是集中了很早在民间已经出现的书写风尚，趁着狱中无事，整理了一下罢了。

一到汉代，隶书更符合社会的需要了。这是一个开阔的时代，众多的书写者席地而坐，在几案上执笔。宽大的衣袖轻轻一甩，手势横向舒展，把篆书圆曲笔态，一变为“蚕头燕尾”的波荡。

这一来，被李斯简化了的汉字更简化了，甚至把篆书中所遗留的象形架构也基本打破，使中国文字向着抽象化又解放了一大步。这种解放是技术性的、实用性的，更是心理性的、生态性的。汉代的士子们在整体生态上也由“篆”入“隶”。结果，请看出土的汉隶，居然夹杂着那么多的率真、随意、趣味、活泼、调皮。

汉隶是中国书法的一个里程碑，但它的意义又大于书法。它像舞蹈般舒展飘逸，象征着整体中国审美文化的一次愉悦转型。从此，不管在文学艺术的哪个领域，都或多或少熏染了像隶书那样突破框架、潇洒婀娜的“雅舞”风范。

隶书起到了重要的过渡作用，但过渡毕竟只是过渡，它把今后的路程，交付给了渡口彼岸。隶书在汉代之后，就不再有更大的气场了。直到清代有过一些回荡，却也未成声势。因此也可以说，它在汉代已经功德圆满。

事情一到东汉便出现了重大变化，在率真、随意的另一方面，碑刻又成了一种时尚。碑刻是对自由形态的凝聚，有的刻在碑版上，有的刻在山崖上，乍一看笔画不再自然，却在一种更高意义上向自然贴近，并成了自然的一部分。叮叮当当间，文化和山河在相互叩门。

书法美学以这种方式“强行结交”山河美学，实在让人叹为观止。文学的柔雅之美立即变成了坚硬之美，而山河的无言之美又立即增添了言辞之美。在这种多边的美学旋涡中，书法之美起到了枢纽作用。

毕竟在刻凿之前经历了一次大放松，东汉的隶碑品类丰富，与当年的篆碑大不一样了。你看，那《张迁碑》[4]高古雄劲，还故意用短笔展现拙趣，就与飘洒荡漾、细笔慢描的《石门颂》全然不同。至于《曹全碑》[5]，隽逸守度，刚柔互济，笔笔入典，是我特别喜欢的帖子。东汉时期的这种碑刻有多少？不知道，只听说有记录的就有七八百种，有拓片的也多达一百七十多种。那时的书法，碑碑都在比赛，山山都在较量。似乎天下有了什么大事，家族需要什么纪念，都会立即求助于书法，而书法也总是不令人失望。

七

隶书演变的彼岸，便是楷书。那么，可以说说楷书的产生了。

有些书法论著把楷书的产生与一个人的名字连在一起。这个人叫王次仲，河北人。《书断》、《劝学篇》、《宣和书谱》、《序仙记》等都说他“以隶字作楷法”。但他是什么时代的人呢？说法不一，早的说与秦始皇同时代，晚的说是汉末，差了好几百年。

更有争论的是“以隶字作楷法”这种说法。“楷法”，有可能是指楷书，也有可能是指为隶书定楷模。如果他生于秦，应该是后者；如果生得晚，应该是前者。

我觉得这里所说的“楷法”主要还是指楷书。但是，我不赞成把一种重要的文化蜕变归之于一个谁也不清楚的人。如果从书法的整体流变逻辑着眼，我大体判断楷书产生于汉末魏初。如果一定要拿一个大家都知道的人作为标杆，那么，我可能会选钟繇（公元 151—230 年）。

钟繇是大动荡时代的大人物，主要忙于笔墨之外的事功。官渡大战打得最激烈的时候，他支援曹操一千多匹战马，后来又建立一系列战功，曾被魏文帝曹丕称为“一代之伟人”。可以想象，这样一位将军来面对文字书写的时候，会产生一种什么样的心理沙场。

他会觉得，隶书的横向布阵，不宜四方伸展；他会觉得，隶书的扁平结构，缺少纵横活力；他会觉得，隶书的波荡笔触，应该更加直接；他会觉得，隶书的蚕头燕尾，须换铁钩铜折……

但是，他毕竟不是粗人，而是深谙笔墨之道。他知道经过几百年流行，不少隶书已经减省了蚕头燕尾，改变了方正队列，并在转折处出现了顿挫。他有足够功力把这项改革向前推进一步，而他的社会地位又增益了这项改革在朝野的效能。

于是，楷书，或曰真书、正书，便由他示范，由他主导，堂堂问世。他的真迹当然看不到了，却有几个刻本传世，不知与原作有多大距离。其中那篇写于公元二二一年的《宣示表》[6]，据说是王羲之根据自家所藏临摹，后刻入《淳化阁帖》的。因为临摹者是王羲之，虽非真品但也无与伦比，并由此也可知道钟繇和王羲之的承袭关系。从《宣示表》中来看，虽然还存隶意，却已解除隶制，横笔不波，内外皆收，却是神采沉密。其余如《荐季直表》、《贺捷表》都显得温厚淳朴，见而生敬。

八

在宏观的美学功能上，由隶书过渡到楷书是必然的。固然，飘飘舞袖可以一扫金石铸镌的端肃刻板，但是现实生活又要求一种超越潇洒婀娜的平整恳切，这就是楷书的出现。

楷书接替隶书，要做几件事。一为收袖，二为断带，三为拉平，四为趋直。具体说来，也就是不再飘出舞袖，截断绵绵长带，拉平转摆波荡，提按拙直笔画。这样一来，书法就更偏向于社会实用，这便是一条美学新路。

这中间揭示了两条美学原则：

其一，中国古典美学中一直蕴含着一对“奇正”关系。“奇”为奇丽开局、出奇制胜，“正”为平正庸常、公正实用。相形之下，隶书近奇，楷书近正。奇为突破之美，正为守常之美。在美学史上，奇能亮眼，正得长寿。楷书是最长寿的书体。

其二，美的最高原则，是对实用性的摆脱，但是其间的最高境界，是在实用中摆脱实用。楷书可称此中典范。它始终以实用之貌，得形态之美，而形态之美又恰恰是美的归结。这就像一位女子，一直在上班、下班，恪尽职守，但又在举手投足间散发着青春之美、成熟之美、气质之美。这种种美，似乎又与这位女子的日常职业关系不大。职业可以更换，风貌却超然于上。楷书也是这样，似乎与书写的内容有直接关联，这其实是一种不讲独立的独立之美。

九

钟繇比曹操大四岁，但他书写《宣示表》和《荐季直表》的时候，曹操已在一年前去世，而他自己也已七十岁高龄了。我想，曹操生前若看到这位老朋友那一幅幅充满生命力的黑森森楷书时，一定会联想到官渡大战时那一千多匹战马。

曹操自己的书法水平如何？应该不会太差，我看到南朝一位叫庾肩吾的人写的《书品》，把自汉代以来的书法家一百多人进行了排序。分为上、中、下三等，每等之中又各分三品，因此就形成了九品。上等的上品是三个人：张芝[7]、钟繇、王羲之。曹操不在上等，而是列在中等的中品。看看这个名单中的其他人，这个名次也算不错了。《书品》的作者还评价曹操的书法是“笔墨雄赡”。到了唐代，张怀瓘在《书断》中把曹操的书法说成“妙品”，还说他“尤工章草，雄逸绝伦”。

八年前我访问陕西汉中时，当地朋友说那里有曹操的书法碑刻，要我做一个真伪判定。我连忙赶去，碑刻在栈道的石门之下，仅有两字，为“衮雪”。字体较近隶书而稍简，比不上钟繇，但也显现一点功力。我转身看了一下四周那些峻美的河道和栈道，立刻告诉当地朋友，这大概是真迹。因为把此地风光概括为“衮雪”，在文学功力上正像是他的风格。而且，处于蜀地，别人伪造他题词的理由也不太充分。我觉得这是他于匆匆军旅间的随意笔墨，应景而已。

偶然读到清代罗秀书的《褒谷古迹辑略》，其中提到曹操写的这两个字，评述道："昔人比魏武为狮子，言其性之好动也。今观其书，如见其人矣……滚滚飞涛雪作窝，势如天上泻银河，浪花并作笔花舞，魏武精神万顷波。"

在我看来，这种美言，牵强附会。曹操不会在山水间沉迷太久，更不会产生这种有关狮子和浪花的幼稚抒情。

大丈夫做什么都有可能，唯独不会做小文人。曹操写字，倚马可待。他在落笔前不会哼哼唧唧，写好后也不会等人鼓掌。转眼已经上马，很快就会忘了写过什么。

十

看到了曹操的书法，联想到后人的评论“尤工章草”，可见他的隶书没怎么往楷书这上面拐，而是直奔章草去了。

章草是隶书的直接延伸。当时的忙人越来越不可能花太多时间在笔墨上舒袖曼舞，因此都会把隶书写快。为了快，又必须进一步简化，那就成了章草。章草的横笔和捺笔还保持着隶书的波荡状态，笔笔之间也常有牵引，但字字之间不相连接。章草的首席大家，是汉代的张芝。后来，文学家陆机的《平复帖》也给我们留下了很深的印象。

等到楷书取代隶书，章草失去了母本，也就顺从楷书而转变成了今草，也称小草。今草就是我们所熟悉的草书了，一洗章草上所保留的波荡，讲究上下牵引，偏旁互借，流转多姿，产生前所未有的韵律感。再过几百年到了唐代，草书中将出现以张旭、怀素为代表的狂草，那是后话了。

人类，总是在庄严和轻松之间交相更替，经典和方便之间来回互补。这在美学上更加明显，当草书欢乐地延伸的时候，楷书又在北方的坚岩上展示力量。这就像音乐，轻柔和凝穆各擅其长，并相依相融。

草书和楷书相依相融的结果，就是行书。

十一

行书在美学上，是正、奇之间的和谐融合，是规范和自由的亲密拥抱。这种融合和拥抱，本是一切艺术家的梦想，可惜大多互相牵制，顾此失彼，难入佳境。其间差异，哪怕是一丝一毫，也会让人敏感而不适。谁料想，公元四世纪的中国，东晋行书横空出世，创造了美学奇迹。这样的美学奇迹，不仅在整个中国书法史上高标独立，即使放到全部中国文化史和世界文化史上，也是奇罕的典范。因为我们深知，中国此后的一千七百多年中，有无数文人终生临摹东晋行书，而且，并不是为它们的内容，只为它们的美学形态。

这就触及了一个重大美学原理：人类在美学上的稀世奇迹，只由后世的永久崇拜决定，却无法透析准确的原因，所以是天赐秘仪，不可评论。

行书中，草、楷的比例又不同。近草，谓之行草；近楷，谓之行楷。但不管什么比例，两者一旦结合，便会出现一系列风景——

那是清泉穿岩，那是流云出岙，那是鹤舞雁鸣，那是竹摇藤飘，那是雨拍江帆，那是风动岸草……

惊人的是，看完了这么多风景，再定睛，眼前还只是一些纯黑色的流动线条。

能从行书里看出那么多风景，一定是进入了中国文化的最深处。然而，行书又是那么通俗，稍有文化的中国人都会随口说出王羲之和《兰亭序》。

十二

那就必须进入那个盼望很久的门庭了：东晋王家。

是的，王家，王羲之的家。我建议一切研究中国艺术史、东方审美史的学者在这个家庭多逗留一点时间，不要急着出来。因为有一些远超书法的秘密在里边潜藏着。

任何一部艺术史都分两个层次。浅层是一条小街，招牌繁多，摊贩密集，摩肩接踵；深层是一些大门，平时关着，只有问很久、等很久，才会打开一条门缝。跨步进去，才发现林苑茂密，屋宇轩朗。

王家大门里的院落，深得出奇。

王家有多少杰出的书法家？一时掰着手指也数不过来。祖父王正生了八个儿子，都是王羲之的父辈，其中有四个是杰出书法家。王羲之的父亲王旷算一个，但是，伯伯王导和叔叔王廙的书法水准又比王旷要高得多。到王羲之这一辈，堂兄弟中的王恬、王洽、王劭、王荟都是大书法家。其中，王洽的儿子王珣和王珉，依然是笔墨健将。别的不说，我们现在还能在博物馆里凝神屏息地一睹风采的《伯远帖》就出自王珣的手笔。

那么多王家俊彦，当然是名门望族的择婿热点。一天，一个叫郗鉴的太尉，派了门生来此处选女婿。太尉有一个叫郗璿的女儿，才貌双全，已到了婚嫁的年龄。门生到了王家的东厢房，那些男青年都在，也都知道这位门生的来历，便都整理衣帽，笑脸相迎。只有东边床上的一个青年，袒露着肚子在吃东西，完全没有在乎太尉的这位门生。门生回去后向太尉一描述，太尉说：“就是他了！”

于是，这个袒腹青年就成了太尉的女婿，而“东床”，则成了此后中国文化对女婿的美称。

这个袒腹青年就是王羲之。那时，正处于曹操、诸葛亮之后的“后英雄时代”，魏晋名士看破了一切英雄业绩，只求自由解放、率真任性，所以就有了这张东床，这个太尉，这段婚姻。

十三

王羲之与郗璿结婚后，生了七个儿子，每一个都擅长书法。这还不打紧，更重要的是，其中五个可以被正式载入史册。除了最小的儿子王献之名垂千古外，凝之、徽之、操之、涣之四个都是书法大才。这些儿子，从不同的方面承袭和发扬了王羲之。有人评论说："凝之得其韵，操之得其体，徽之得其势，涣之得其貌，献之得其源。"（《东观余论》）这个评论可能不错，因为相比之下，"源"是根本，果然成就了王献之，能与王羲之齐名。

更让人瞠目结舌的是，这个家庭里的不少女性，也是了不起的书法家。例如，王羲之的妻子郗璿，被周围的名士赞之为"女中仙笔"。王羲之的儿媳妇，也就是王凝之的妻子谢道韫，更是闻名远近的文化翘楚，她的书法，被评之为"雍容和雅，芳馥可玩"。在这种家庭气氛的熏染下，连雇来帮助抚育小儿子王献之的保姆李如意，居然也能写得一手草书。

李如意知道，就在隔壁，王洽的妻子荀氏，王珉的妻子汪氏，也都是书法高手。脂粉裙钗间，典雅的笔墨如溪奔潮涌。

我们能在一千七百年后的今天，想象那些围墙里的情景吗？可以肯定，这个门庭里进进出出的人都很少谈论书法，门楣、厅堂里也不会悬挂名人手迹。但是，早晨留在几案上的一张出门便条，一旦藏下，便必定成为海内外哄抢千年的国之珍宝。

晚间用餐，小儿子握筷的姿势使对桌的叔叔多看了一眼，笑问："最近写多了一些？"

站在背后的年轻保姆回答："临张芝已到三分。"

谁也不把书法当专业，谁也不以书法来谋生。那里出现的，只是一种生命气氛。

十四

自古以来，这种家族性的文化大聚集，很容易被误解成生命遗传。请天下一切姓王的朋友原谅了，我说的是生命气氛，而不是生命遗传。但同时，又要请现在很多“书法乡”、“书法村”的朋友原谅了，我说的生命气氛由一批极其珍罕的集体生命汇聚而成，并不是一种对外部技艺的集体模仿。

这种集体生命为什么珍罕？因为这是书法艺术在经历了从甲骨文出发的无数次始源性实验后，终于走到了一个经典型的创造平台。像是道道山溪终于汇聚成了一个大水潭，立即奔泻成了气势恢宏的大瀑布。大瀑布有根有脉，但它的汇聚和奔泻，却是“第一原创”，此前不可能出现，此后也不可能重复。

人类史上难得出现有数的高尚文化，但大多被无知和低俗所吞噬，只有少数几宗有幸进入“原创爆发期”。爆发之后，即成永久典范。进化论文化学总喜欢把巨峰跟前的丘壑说成“逐代进化”的台阶，惹得很多老实人辛劳毕生试图超越。东晋王家证明，这种“进化”观念是可笑的。

在王羲之去世二百五十七年后建立的唐朝是多么意气风发，但对王家的书法却一点儿也不敢“再创新”。就连唐太宗，这么一个睥睨百世的伟大君主，也只得用小人的欺骗手段赚得《兰亭序》，最后殉葬昭陵。他知道，万里江山可以易主，文化经典却不可再造。

唐代那些大书法家，面对王羲之，一点儿也没有盛世之傲，永远地临摹、临摹、再临摹。他们的临本，也已作为珍品存留于历史。这些临本，让我们隐约看到了一个王羲之，却又清晰地看到了一群崇拜者。

唐代懂得崇拜，懂得从盛世反过来崇拜乱世。而且，还懂得文化极品不管出于何世都只能是唯一。这就是唐代之所以是唐代。

公元六七二年冬天，一篇由唐太宗亲自写序，由唐高宗撰记的《圣教序》被刻石。唐太宗自己的书法很好，但刻石用字，全由怀仁和尚一个个地从王羲之遗墨中去找、去选、去集。皇权对文化谦逊到这个地步，让人感动。但细细一想，又觉正常。这正像唐代之后的文化智者只敢吟咏唐诗，却不敢大言赶超唐诗。

同样，全世界的文化智者都不会大言赶超古希腊的哲学、文艺复兴时期的美术和莎士比亚的戏剧。

公元四世纪中国的那片流动墨色，也成了终极的美学坐标。

十五

说了那么多文化哲学和美学，还应回过头来记一下东晋王家留下的名帖。太多了，只能记王氏父子的留世代表作。例如，王羲之除了《兰亭序》之外的《快雪时晴帖》、《姨母帖》、《平安帖》、《奉橘帖》、《丧乱帖》、《频有哀祸帖》、《得示帖》、《孔侍中帖》、《二谢帖》等，王献之的《廿九日帖》，以及草书《鸭头丸帖》、《中秋帖》、《十二月帖》等。

任何热爱书法的人在抄写这些帖名时，每次都会兴奋。因为帖名正来自帖中字迹，那些字迹一旦见过就成永久格式，下笔如叩圣域。

在这么多法帖中，我最爱的是王羲之的《兰亭序》[8]、《快雪时晴帖》[9]、《平安帖》[10]、《丧乱帖》[11]和王献之的《鸭头丸帖》[12]、《中秋帖》[13]六本。宝爱到什么程度？不管何时何地，只要一见它们的影印本，都会顿生愉悦，身心熨帖，阴霾全扫，纷扰顷除。

十六

王家祖籍山东琅琊，后迁至浙江山阴。因此，前面说的那个门庭，也就坐落在现今浙江绍兴了。我在深深地迷恋这个门庭的时候，又会偶尔抬起头来遥想北方。

现在，可以暂离南方的茂林修竹，转向“铁马西风塞北”了。那里，在王羲之去世二十五年之后，建立了一个由鲜卑族主政的北魏王朝。

北魏王朝无论是定都平城（今大同），还是迁都洛阳，都推进汉化，崇尚佛教，糅合胡风，凿窟建庙。这是一系列气魄雄伟的文化重建工程，需要把中国文明、世界文明，农耕文明、游牧文明通过一系列可视可观、可触可摸的艺术形态融会贯通，于是，碑刻也随之兴盛。刻经、墓志、像记、山诗、摩崖、碑铭大量出现，又一次构成用坚石垒成的书法大博览。我们记得，上一次，是以《张迁碑》、《曹全碑》为代表的东汉隶碑的涌现。

北魏的诸多碑刻简称“魏碑”，多为楷书。这种楷书深得北方之气，兼呈山石之力。在书写技术上，内圆外方，侧峰转折，撇捺郑重，钩跃施力，点画爽利，结体自由。总体审美风格，是雄峻伟茂，高浑简穆。

我曾多次自述，考察文化时特别看重北魏，因此在那一带旅行的次数也比较多。古城、石窟、造像等且不说了，仅说魏碑，我喜欢的有：《孙秋生造像记》、《元倪墓志》[14]、《元显儁墓志》[15]、《高猛墓志》并高猛妻《元瑛墓志》、《张黑女墓志》、《崔敬邕墓志》、《张猛龙碑》、《贾思伯碑》、《根法师碑》等等。南朝禁碑，但也斑斑驳驳地留下了一些好碑，如《瘗鹤铭》、《爨龙颜碑》和《萧澹碑》。

我在前面说到东汉碑刻时期，曾论述书法美学与山河美学的“强行结交”，这种重大美学现象，在北魏时更是蔚为壮观。由于魏碑的书法功力，中国山河愈加成了中国书法的宏伟基座。这种两大美学形态的互相熔铸，无论是在空间上还是在时间上，都让人惊叹。

由于从美学着眼，我不能不思考魏碑的“审美主体”是谁。乍一看，这些碑写了具体的人和事，是给特定人群看的，但是地处偏远，究竟有多少人来？即使偶尔有人来，难道要写得那么精彩，刻得那么高超吗？所以我断定，这些魏碑的主要审美主体，就是天地云霞，就是岁月苍黄。在长年的默默无语间，它们已成为一种超越人世的存在，由人文之美升格为自然之美，与山川合一，其大无边。

十七

对于曾经长久散落在山野间的魏碑，我常常产生一些遐想。牵着一匹瘦马，走在山间古道上，黄昏已近，西风正紧，我突然发现了一方魏碑。先细细看完，再慢慢抚摩，然后决定，就在碑下栖宿。瘦马蹲下，趴在我的身边。我看了一下西天，然后借着最后一些余晖，再看一遍那碑……

当然，这只是遐想。那些我最喜爱的魏碑，大多已经收藏在各地博物馆里了。这让我放心，却又遗憾没有了抚摩，没有了西风，没有了古道，没有了属于我个人的诗意亲近。

山野间的魏碑，历代文人知之不多。开始去关注，是清代的事，由阮元、包世臣他们起的头。特别要感谢的是康有为，他用巨大的热忱阐述了魏碑。他的评价，就像他在其他领域一样，常常因激情而夸大，但总的来说，他的评述宏观而又精微，凌厉而又剀切，令人难忘。

至此，一南一北，一柔一刚，中国书法的双向极致已经齐备。那么，中国艺术史的这一部分，也就翻越了崇山峻岭而达到了相当完满的高度成熟。

接下来，那个既有鲜卑血缘又有汉族血缘，既有魏碑背景又有兰亭迷思的男人，将要打开中国文化最辉煌的大门。他，就是前面提到过的唐太宗李世民。我们已经说过，在他即将打开的大门中，唯有书法，他只收藏辉煌，而不打算创造。

我多次说过，唐代是人类文化史上罕见的审美盛典，几乎每一个文化生态块面，都出现了“美学大迸发”。这是华夏文明长期积累、多元碰撞、深度化合的大成果，更是中华民族集体心灵底层最美蕴含的大开掘。这么多的“大”，足可囊括前后左右在寻常状态下的种种收获，因此对唐代进行集中研究，一直是各门类美学研究的捷径所在。对书法美学的研究也是如此，因此我会在唐代逗留较多时间。

十八

受唐太宗的影响，唐初书法，主要是追摹王羲之。然而那些书法家自己笔下所写，更多的倒是楷书，而不是行书。他们觉得行书是性灵之作，已有王羲之在上，自己怎敢挥洒。既然盛世已立，不如恭恭敬敬地为楷书建立规范。因此，临摹王羲之最好的欧阳询、虞世南、褚遂良等人，全以楷书自立。

虞世南是我同乡，余姚人。褚遂良是杭州人，也算是大同乡。但经过仔细对比，我觉得自己更喜欢的还是湖南人欧阳询。三人中，欧阳询与虞世南同辈，比虞世南大一岁。褚遂良比他们小了三四十岁，下一代的人了。

欧阳询和虞世南在唐朝建立时，已经年过花甲，有资格以老师的身份为这个生气勃勃、又重视文化的朝代制定一些文化规范。欧阳询在唐朝建立前，已涉书颇深。他太爱书法了，早年曾在一方书碑前坐卧了整整三天，这倒是与我当初对魏碑的遐想不谋而合。后来他见到王羲之指点王献之的一本笔画图，惊喜莫名，主人开出三百卷最细缣帛的重价，欧阳询购得后整整一个月日夜赏玩，喜而不寐。在这基础上，他用自己的笔墨为楷书增添了笔力，以尺牍的方式示范坊间，颇受欢迎。

唐朝皇帝发现了他，开始还不是唐太宗李世民，而是唐高祖李渊。李渊比欧阳询小九岁，至于李世民则比他小了四十多岁。李渊在处理唐皇朝周边的藩属关系时，发现东北高丽国那么遥远，竟也有人不惜千里跋涉来求欧阳询的墨迹后，十分吃惊，才知道文人笔墨也能造就一种笼罩远近的“魁梧”之力。

欧阳询的字，后人美誉甚多，我觉得宋代朱长文在《续书断》里所评的八个字较为确切：“纤浓得中，刚劲不挠”。在人世间做任何事，往往因刚劲而失度，因温敛而失品，欧阳询的楷书奇迹般地做到了两全其美。他的众多法帖中，我最喜欢两个，一个是《九成宫醴泉铭》[16]，另一个是《化度寺碑》[17]。

唐代楷书，大将林立，但我一直认为欧阳询位列第一，第二是褚遂良。唐代中后期的楷书，由于受种种社会气氛的影响，用力过度，连我非常崇拜的颜真卿也不可免。欧阳询的作品，特别是我刚才所举的两个经典法帖，把大唐初建时的风和日丽、平顺稳健全都包含了，这是连王羲之也没有遇到的时代之赐。

欧阳询写《九成宫醴泉铭》时已经七十六岁，写《化度寺碑》早一年，也已经七十五岁。他以自己苍老的手，写出了年轻唐王朝的青春气息。那时，唐太宗执政才五六年，贞观之治也刚刚开始。

欧阳询是一个高寿之人，享年八十五岁。他在生命的最后时刻用小楷写了《千字文》留给儿子欧阳通。这个作品是精致的，但毕竟人已太老，力度已弱。清代书法家翁方纲在翻刻本的题跋上说：“此《千字文》，及垂老所书，而笔笔晋法，敛入神骨，当为欧帖中无上神品。”这种说法，我不同意。如果在欧阳询的毕生法帖中，《千字文》“无上”了，那么置《九成宫醴泉铭》和《化度寺碑》于何处？由此，我对翁方纲本人的书法品位也产生了疑惑。

书法需要经验，也需要精力。小到撇捺，大到布局，都必须由完满充盈的精气神掌控，过于老迈就会力不从心。因此，常有不同年龄的朋友问我学书法从何开始，我在打听他们各自的基础后，总会建议他们先临摹《九成宫醴泉铭》和《化度寺碑》。

十九

比欧阳询小一岁的虞世南，实实在在担任了唐太宗的书法老师。他的小楷《破邪论序》，颇得王羲之小楷《乐毅论》、《黄庭经》的神韵，但我更喜爱的则是他的大楷《孔子庙堂碑》[18]。恭敬清雅，舒卷自如，为大楷精品。我特别注意这份大楷中的那些斜钩长捺，因为这是最不容易写的，他却写得弹挑沉稳，让全局增活。

这种笔触，还牵连着一桩美谈。

说的是，唐太宗跟着虞世南学书法，写来写去觉得最难的是那个“戈”字偏旁，尤其是斜钩，一写就钝。有一次他写一幅字，碰到一个“戬”字，怕写坏，就把右边的“戈”空在那里。虞世南来了，看到这幅字，就顺手把“戈”填上去了。

唐太宗一高兴，就把这幅字拿到了魏徵面前，说：“朕总算把世南学到家了，请你看看。”

魏徵看过后说：“仰观圣作，唯戬字的戈法颇逼真。”也就是说，只有这个偏旁像虞世南。

唐太宗一惊，叹道：“真是好眼力！”

这件趣事，让我们领略了初唐的文化氛围。在权力和财富面前，人与人之间等级重重，但是，在美面前，人却是平等的。在健康的时代和健康的人群之间，这种平等就会被守护，因此也就把时代和人群推向了美。

显然，唐太宗、虞世南、魏徵的审美心理，都很健康。结果，唐太宗本人也因谦虚勤勉而书法大进。我曾评他为中国历代帝王中的第一书法家。第二是谁？我在宋徽宗赵佶和唐太宗的“儿媳妇”武则天之间犹豫再三，最后选定赵佶，因为他毕竟创造了一种“瘦金体”，而武则天虽然也写得一手好字但缺少创新。之所以犹豫，是因为我不喜欢“瘦金体”。

二十

既然说到了武则天，就可以再说说受到这位女皇帝欺侮的书法家褚遂良了。褚遂良被唐太宗看重，不仅是因为他字写得好。在政治上，褚遂良也喜欢直谏不讳，唐太宗觉得他忠直可信，甚至在临终时把太子也托付给他。谁都知道，在中国朝廷政治中，这种高度信任必然会带来巨大祸害。褚遂良在皇后接续等朝政大事上坚持着自己的观念，结果可想而知：逐出宫门、死于贬所、追夺官爵、儿子被害。

文化人就是文化人，书法家就是书法家，若涉政过深，为大不幸。我想，褚遂良像很多文化人一样，一直记忆着唐太宗和虞世南的良好关系，误以为文化和权势可以两相帮衬。其实，权势有自己的逻辑，与文化逻辑至多是偶然重合，基本路线并不相同。尽管在特殊情况下也能建立以美为标准的人格平等，但是在历史长河中，美的力量很容易被别的力量剥夺。由此，造成大量美的创造者的悲剧。

当然，创造者的不幸并不是创造物的不幸。在很多情况下，美的作品还是会给陷于不幸的作者带来永恒意义上的大幸。例如，褚遂良就留下了不少优秀的书法作品，这是他的另一生命，逃离了权势互戕而永不死亡的生命。现在到西安大雁塔，还能看到他写的《雁塔圣教序》[19]。确实写得好，与欧阳询、虞世南的楷书一比，这里居然又融入了一些隶书、行书的笔意，瘦瘦劲劲，又流利飘逸。在写这份《雁塔圣教序》的第二年，他又写了大楷《阴符经》[20]。这份墨迹最让我开颜的，是它的空间张力。所喜的是，这种张力并不威猛，而是通过自由的流动感而取得，这在历来大楷中，极为罕见。除了这两个碑外，他四十七岁时写的那个《孟法师碑》，我也很喜欢。一个中年人的方峻刚劲，加上身处高位时的考究和精致，全都包含在里边了。

褚遂良的这几个帖子，至今仍可以作为书法学者的奠基范本。

二十一

唐代书法，最绕不开的，是颜真卿。但对他，我已经写得太多，说得太多，再重复，就不好意思了。

颜真卿的生平，我在北京大学的“中国文化史”课程中已经讲述得相当完整，可以参见已出版的课堂记录《北大授课》。整部中国文化史中，在人格上对我产生全面震撼的有两个人，一个是司马迁，另一个是颜真卿。颜真卿对我更为直接，因为我写过，我的叔叔余志士先生首先让我看到了颜真卿的帖本《祭侄文稿》[21]，后来他在“文革”浩劫中死得壮烈，我才真正读懂了这个帖本的悲壮文句和淋漓墨迹。以后，那番墨迹就融入了我的血液。

我在上文中曾经提到，平日只要看到王羲之父子的六本法帖，就会产生愉悦，扫除纷扰。但是，人生也会遇到极端险峻、极端危难的时刻，根本容不下王羲之。那当口，泪已吞，声已噤，恨不得拼死一搏，玉石俱焚。而且，打量四周，也无法求助于真相、公义、舆论、法庭、友人。最后企盼的，只是一种美学支撑。就像冰海沉船彻底无救，抬头看一眼乌云奔卷的图景；就像乱刀之下断无生路，低头看一眼鲜血喷洒的印纹。

美学支撑，是最后的支撑。

那么，颜真卿在《祭侄文稿》的那番笔墨，对我而言，就是乌云奔卷的图景，就是鲜血喷洒的印纹。

二十二

《祭侄文稿》的笔墨把颜真卿的哭声和喊声收敛成了形式，因此也就有能力消除我的哭声和喊声，消解在一千二百四十多年之后。删除了，安慰了，收敛了，消解了，也还是美，那就是天下大美。

不知道外国美学家能不能明白，就是那一幅匆忙涂成、纷乱迷离的墨迹，即使不诵文句，也能成为后人的精神激奋图谱和心理释放图谱，居然千年有效，并且仍可后续。

为此，我曾与一位欧洲艺术家辩论。他说："中国文化什么都好，就是审美太俗，永远是大红大绿、镶金嵌银。"

我说："错了。世界上只有这一个民族，几千年仅用黑色，就能勾画它的最高美学曲线。其他色彩，只是附庸。"

说到这里，我想不必再多谈颜真卿了。他的楷书，雄稳饱满、力扛九鼎，但有了《祭侄文稿》后，那些楷书就都成了昆玉台阶、青铜基座，只起到衬托作用。

顺便也要对不起柳公权了。本来他遒劲的楷书也是可以说一说的，何况我小时候曾花两年时间临过他的《玄秘塔碑》。但是，后人常常出于好心把他与颜真卿拉在一起，提出"颜筋柳骨"的说法，这就把他比尴尬了。同是楷书，颜、柳基本属于相近风格，而柳公权又过于定型化、范式化，缺少人文温度，与颜真卿摆在一起有点相形见绌。美学对比，素来残酷。

柳公权的行书，即便不去与颜真卿做对比，也不太行。例如，他比较有名的行书《兰亭诗》就有字无篇，粗细失度，反觉草率。

说到了颜真卿和柳公权的行书，我不能不多讲一个人，李邕，也就是古代书法家经常提起的“李北海”。按我的排序，唐代行书，颜真卿之下就是他，可居第二。在年龄上，他可是颜、柳两人的前辈了，比颜真卿早出生三十年，比柳公权早了整整一百年。李邕的行书，刚劲而又和顺，欹侧而又沉稳，在我看来，是把魏晋时代的南北风格糅合了。魏碑的筋骨，遇到了晋代的舒丽，相遇后又在大唐的雄壮气氛中焕发出新姿。这样一来，也让唐代的行书走出王羲之而自立了，这很重要。他的行书，不仅影响到他之后的唐代，还深深地影响了宋代，苏东坡、黄庭坚、赵孟頫等都曾受其润泽。他的作品，以《麓山寺碑》[22]《李思训碑》[23]为代表。这两个帖子，我本人也经常玩索，颇感惬意。

二十三

唐代还需认真留意的，是草书。没有草书，会是唐代的重大缺漏。

为什么这么说呢?

这就牵涉书法美学和时代精神的关系问题了。

伟大的唐代，首先需要的是法度。因此，楷书必然是唐代的第一书体。王朝的最高统治者与绝大多数楷书大师如欧阳询、虞世南、褚遂良、柳公权等都建立过密切的关系。这种情形，在其他文学门类中并没有出现过，而在其他民族中更不可想象。上上下下，都希望在社会各个层面建立一个方正、端庄、儒雅的“楷书时代”。这时，“楷书”已成了一个象征，以美学方式象征着政治需要。

但是，伟大必遭凶险，凶险的程度与伟大成正比。显然出乎朝野意外，突然爆开了“安史之乱”的时代大裂谷，于是颜真卿用自己的血泪之笔，对那个由李渊、李世民、李治他们一心想打造的“楷书时代”做了必要补充。有了这个补充，唐代更真实、更深刻、更厚重了。

这样，唐代是不是完整了呢？还不。

把方正、悲壮加在一起，还不是人们认知的大唐。至少，缺了奔放，缺了酣畅，缺了飞动，缺了癫狂，缺了醉步如舞，缺了云烟迷茫。这一些，在大唐精神里不仅存在，而且地位重要。于是，也就产生了审美对应体，那就是草书。

想想李白，想想舞剑的公孙大娘，想想敦煌壁画里那满天飞舞的衣带，想想灞桥边上的那么多远行者的酒杯，我们就能肯定，唐代也是一个“草书时代”。

二十四

唐代的草书大家，按年次，先是孙过庭，再是张旭，最后是怀素。但依我品评，等级的排列应是张旭、怀素、孙过庭。

孙过庭出生时，欧阳询刚去世五年，虞世南刚去世八年，因此这是一个书法时代的交接。孙过庭的主要成就，是那篇三千多字的《书谱》[24]。既是书法论文，又是书法作品。这种“文、书相映”的互动情景，在古代习以为常，而今天想来却是颇为奢侈了。

《书谱》的书法，是恭敬地承袭了王羲之、王献之的草书规范。但是，一眼看去，却没有拼凑的痕迹，而是化作了自己的笔墨。细看又发现，这个帖子几乎把王羲之、王献之以及他们之后的全部“草法”都汇集了，很不容易。

清代书法家包世臣曾在《艺舟双楫》中，把《书谱》全帖三千多字的书写状态，分作四段来评析：第一段七百多字“遵规矩而弊于拘束”；第二段一千多字“渐会佳境”；第三段七百多字“思逸神飞”；最后一段则“心手双畅，然手敏有余心闲不足”。这种逐段评析，对于一个书法长卷来说，很有必要，也很中肯。

孙过庭的墓志铭是陈子昂写的，而据说比他小三十岁的张旭，则开始逼近李白的时代了。当然，他比李白大，据说大了整整二十六岁。

张旭好像是苏州人，但也有一种说法是湖州人。刚入仕途，在江苏常熟做官，有一位老人来告状，事情很小，张旭就随手写了几句判语交给他，以为了结了。没想到，才过几天，那位老人又来告状，事情还是很小。这下张旭有点生气，说：“这么小的事情，怎么屡屡来骚扰公门？！”

老人见张旭生气就慌张了，几番支吾终于道出了实情：他告状是假，其实是想拿到张旭亲笔写的那几句判语，作为书法精品收藏。

原来，那时张旭的书法已经被人看好。老人用这种奇怪的方式来索取，要构思状子，要躬身下跪，要承受责骂，也真是够诚心的了。张旭连忙下座细问，才知老人也出自书法世家，因此有这般眼光。

张旭曾经自述，他的书法根底还是王羲之、王献之，通过六度传递，到了他手上：

> 自智永禅师过江，楷法随渡。永禅师乃羲、献之孙，得其家法，以授虞世南，虞传陆柬之，陆传子彦远。彦远，仆之堂舅，以授余。不然，何以知古人之词云尔。
>
> ——《临池诀》

这种传法，听起来蜿蜒曲折，但在古代却是实情。那时虽然已经出现碑石拓印，但传之甚少，真迹更是难见，因此必须通过握笔亲授。而握笔亲授，又难免要依赖亲族血缘关系，一部部“书谱”，在一定程度上也呼应着一部部“家谱”。

因此，中国古代书法史也就出现了非常特殊的隐秘层次。一天天晨昏交替，一对对白髯童颜，一次次墨池叠手，一卷卷绢缣遗言……不是私塾小学，不是技艺作坊，而是子孙堂舅、家法秘授，维系千年不绝。这种情景，放到世界艺术史上也让人叹为观止。我虽无心写作小说，但知道这里埋藏着一部部壮美史诗，远胜宫廷争斗、市井恩怨。

家族秘传之途，也是振兴祖业之途。到张旭时，因时代之力和个人才力，又把这份好不容易到手的祖业做了一番醒目的拓展。他也精于楷书，但毕生最耀眼处，是狂草。

二十五

狂草与今草的外在区别在于字与字之间连不连。与孙过庭的今草相比，张旭把满篇文字连动起来了。这不难做到，难的是，必须为这种满篇连动找到充分的内在理由。

这一点，也是狂草成败的最终关键。从明、清乃至当今，都能看到有些草书频繁相连，却找不到相连的内在理由，变成了为连而连，如冬日枯藤，如小禽绊草，反觉碍眼。张旭为字与字之间的联动创造了最佳理由，那就是发掘人格深处的生命力量，并释放出来。

这种释放出来的力量，孤独而强大，循范又破范，醉意加诗意，近似尼采描写的酒神精神。凭着这种酒神精神，张旭把毛笔当作了踉跄醉步，摇摇晃晃、手舞足蹈、体态潇洒、精力充沛地让所有的动作一气呵成，然后掷杯而笑，酣然入梦。

张旭不知道，他的这种醉步，也正是大唐的美学脚步。他将那个时代的酒神精神，用笔墨画了出来，于是，立即引起了强烈共鸣。

尤其是，很多唐代诗人从张旭的笔墨中找到了自己，因此心旌摇曳，纷纷亲近。

在唐代，如果说，楷书更近朝廷，那么，狂草则更近诗人。

你看，李白在为张旭写诗了：

楚人每道张旭奇，

心藏风云世莫知。

三吴邦伯皆顾盼，

四海雄侠两追随。

李白历来把自己看成“四海雄侠”中的一员。

杜甫也在诗中说，张旭乃是“草圣”，“挥毫落纸如云烟”。

在张旭去世后才出生的新一代文坛领袖韩愈，也在《送高闲上人序》中，写了长长一段对张旭的评价，结论是：

故旭之书，变动犹鬼神，不可端倪，以此终其身而名后世。

由此可见，张旭的那笔狂草，真把唐诗的天地搅动了。然后，请酒神做证，结拜美学之盟。

二十六

张旭的作品，我首推《古诗四帖》[25]。四首古诗，两首是庾信的，另外两首是谢灵运的。读了才发现，他的狂草比那四首诗的内容好多了。形式远超内容，此为一例。原因是，笔墨形式找到了自己更高的美学格调，结果那些古诗只成了一种“运笔借口”。

此外，我又非常喜欢那本介乎狂草和今草之间的《肚痛帖》[26]。才六行，三十字，一张便条，“忽肚痛不可堪……”竟成笔墨经典。明代文学家王世贞评价此帖“出鬼入神”，可见已经很难用形容词了。我建议，天下学草书者都不妨到西安碑林，去欣赏一下此帖的宋代刻本。

我从《肚痛帖》中确信，张旭说他的书法传代谱系起于王羲之、王献之，一点不假。《十七帖》和《鸭头丸帖》的神韵，竟在四百年后还生龙活虎。

二十七

唐代草书，当然还要说说怀素。

这位出生于长沙的僧人，是玄奘大师的门生。他以学书时的勤奋而著称于史，我们历来喜欢说的那些故事，如用秃的毛笔堆起来埋在山下成为“笔冢”，为了在芭蕉叶上练字居然在寺庙四周种了万棵芭蕉，等等，都属于他。

他比张旭晚了近半个世纪。在他与张旭之间，伟大的颜真卿起到了递接作用：张旭教过颜真卿，而颜真卿又教过怀素。这一下，我们就知道他的辈分了。

李白写诗赞颂张旭时，那是在赞颂一位长者；但他看到的怀素，却是一位比自己小了二十几岁的少年僧人。因此他又写诗了：

少年上人号怀素，
草书天下独称步。
墨池飞出北溟鱼，
笔锋杀尽中山兔。
……
起来向壁不停手，
一行数字大如斗。
怳怳如闻神鬼惊，
时时只见龙蛇走。
……

有了李白这首诗，我想，谁也不必再对怀素的笔墨，另作描述了。

我只想说，怀素的酒量，比张旭更大。僧人饮酒，唐代不多拘泥，即便狂饮，怀素也以自己的书法提供了理由。我曾读到一个叫李舟的官员为他辩护，说："昔张旭之作也，时人谓之张颠；今怀素之为也，余实谓之狂僧。以狂继颠，谁曰不可？"

张旭被称为"草圣"，怀素也被称为"草圣"，一草二圣，可以吗？我借李舟的口气反问："谁曰不可？"

对于怀素的作品，我的排序与历代书评家略有差异。一般都说，"素以《圣母帖》为最"；而我则认为：第一为《自叙帖》[27]，第二为《苦笋帖》[28]，第三为《食鱼帖》，第四才是《圣母帖》。

评判艺术作品，很难讲得出确切理由，但一看便有感应。好在都是怀素自己的作品，孰前孰后问题不大。我相信，他的在天之灵，会偏向于我的排序。

二十八

就像中国文化中的很多领域一样，唐代一过，气象大减。这在书法领域，尤其明显。

书法家当然还会层出不穷，而且往往是，书运越衰，书家越多。这是因为，文化之衰，首先表现为巨匠寥落，因此也就失去了重心，失去了向往，失去了等级，失去了裁断，于是“山中无老虎，猴子称大王”。而且，猴子总比老虎活跃得多，热闹得多。也许老虎还在，却在一片猿啼声中躲在山洞里不敢出来，时间一长，自信渐失，虎威全无。

我的文化史观，向来反对“历史平均主义”。在现代，也可以称为“教科书主义”，即为了课程分量的月月均衡，年年均衡，总是章章节节等时等量，匀速推进。这种做法，必然会把巨峰削矮，大川填平，使中国文化成为一片平庸的原野，令人疲惫和困顿。

我之所重，是最具美学概括力的文脉、笔势、时气、诗魂。

从这个意义上来说，中国书法的灵魂史，在唐代已经具结。以后当然还会有漫长的延续，不少人物和笔墨也可能风行一时，但在整体气象上，与魏晋至唐代的辉煌岁月已经不可同日而语了。

因此，请原谅本书从这里开始走向简约。

二十九

唐代之后，是纷乱的五代。以笔墨延伸唐韵、傲视纷乱的，有长寿的杨凝式。他喜欢在寺庙的墙壁上留下墨迹，有欧阳询、颜真卿的遗风。后来黄庭坚甚至认为，他比唐人更多地保留了王羲之、王献之的逸气。以我看来，他的《韭花帖》果然脱胎于唐楷，而《卢鸿草堂十志图跋》则脱胎于颜真卿的行书。

宋代书法，习称“苏、黄、米、蔡”四家。

苏东坡，我衷心喜爱的文化天才，居然在书法上也留下了《寒食帖》[29]。在行书领域，这是继《兰亭序》、《祭侄文稿》之后的又一杰作。我知道历来有很多人不同意，认为苏东坡只是以响亮的文学之名“兼占”了书法之名。明代的董其昌甚至嘲笑苏东坡连用墨都浓丽得像是“墨猪”。但是，我还是高度评价《寒食帖》，因为它表现了一种倔强中的丰腴，大气中的天真。笔墨随着笔者心绪而偏正自如，错落有致，看得出，这是在一种十分随意的状态下快速完成的。正因为随意而快速，我们也就真实地看到了一种小手卷中的大笔墨、大人格。所以，说它是“天下行书第三”，我也不反对。

然而，我却不认为苏东坡在书法上建立了一种完整的“苏体”。《寒食帖》中的笔触、结构，全是才气流泻所致，不可重复。如果一个字、一个字地分拆开来，会因气失而形单。所以，苏字离开了整体文气就很难自立。历来学苏字之人，如不得其气，鲜有成就。其实，即使苏东坡自己，他的《治平帖》、《洞庭春色赋、中山松醪赋合卷》、《与谢民师论文帖》，也都显得比较一般。

这就是文化大家与专业书家的区别了。专业书家不管何时何地，笔下比较均衡，起落不大；而文化大家则纵横驰骋，高低险夷，任由天机。文化大家所创造的美，往往是一种险峻之美、独创之美。这里所说的独创，不仅相对于别人，也相对于他自己的前后作品。

黄庭坚也就是黄山谷，曾被人称："苏门四学士"之一，算是苏东坡的学生了。有人把他列为宋代第一书法家，如康有为就说："宋人书以山谷为最，变化无端，深得《兰亭》三昧。至其神韵绝俗，出于《鹤铭》而加新理。"

从这里就可以看出康有为常犯的毛病了。评黄庭坚为宋书之最，不失为一种见解，但说他的字"变化无端"、"神韵绝俗"，显然是夸张了。

黄庭坚认为《兰亭序》有"宽绰有余之风韵"，所以自己的字也从"宽绰"上发展，一般以欹侧取势，长笔四展，撇捺拖出。这种风格本来也不错，却未免锋芒太露，又雷同过多，与康有为所说的《兰亭序》三昧，颇有距离。

他的行书，较有代表性的是《松风阁诗卷》[30]。相比之下，他的草书《李白忆旧游诗卷》[31]和《花气诗帖》要好得多。因为有了较大变化，不再像行书那样拖手拖脚。但是，他的草书与唐代的张旭、怀素相比还是有较大距离的。

他自称草书得益于怀素的《自叙帖》。有一次他在几个朋友前执笔挥毫，受到称赞，但其中一位朋友客气地批评说：“你如果能够真的见到怀素《自叙帖》真迹，一定更有所得。”黄庭坚一听心里不痛快，但后来果然见到了《自叙帖》，“纵观不已，顿觉超异”，才知道当初那位朋友的批评是有道理的。

虽然有了这次心理转折，但我们还是没有在他以后的草书中看到太多怀素的风貌。明代画家沈周把他也奉之为“草圣”，那就更失去分寸了。

三十

在宋代，真正把书法写好了的是米芾。书界所说的“米南宫”、“米襄阳”、“米元章”、“米颠”、“米痴”，都是他。

少有这样一位书法家，把王羲之、欧阳询、褚遂良、颜真卿、柳公权全都认认真真地学了一遍，而且都学得相当熟练。然后，所有的“古法”全都成了自己的手法，唰唰唰地书写出来。那些笔法都很眼熟，被交相取用，又被交相破格，成就了一个全能而又峭拔的他。

他把古典章法和个人风范融合成了一种自由，这对于宋代书法界既想突破陈规又不知如何自我发挥的困境，是一种示范性的安顿。

我本人在学习书法过程中，曾从米芾那里获得不少跳荡的愉悦感、多变的丰裕感、灵动的造型感。但在趋近多年后才发现，他所展现的，更多的是书法之“术”。离真正的大美之道，还有一些距离。

不错，在正峰、侧峰、藏峰、露峰的自然流转上，在正反偏侧、长短粗细的迅捷调度上，米芾简直无与伦比。但是时间一久，我们就像面对一个出神入化的工艺奇才，而不是面对一种出自肺腑的生命文化。

米芾对自己摹习长久的唐代书法前辈有相当严厉的批评，如说欧阳询“寒俭无精神”，说虞世南“神宇虽清，而体气疲苶”，等等。这种判断，当然是后代的权利。他认为唐代的毛病是过于遵

“法”，因此他要用晋代之“韵”来攻，这倒很有见地。然而，他在“晋韵”、“唐法”之后，所主张的所谓“宋意”，却有点不知所云了。他所说的“意”，内容很泛，交叠很多，在理论上有点紊杂。相比之下，苏东坡所说的“我书意造本无法”，是想以“意”超越可学可摹之“法”，倒是比较简明。

米芾的书法，多为行草。我最喜欢的，一是《蜀素帖》[32]，二是《苕溪诗卷》。此外，《多景楼诗册》[33]、《研山铭》、《参政帖》、《贺铸帖》也不错。

三十一

宋四家中最后一位是蔡襄。但也有人说，他应该排在第一位。苏东坡本人也这么说过，有无自谦之嫌，姑且不论。明代学者盛时泰的看法更有一种鸟瞰式的比较：

> 宋世称能书者，四家独盛。然四家之中，苏蕴藉，黄流丽，米峭拔，皆令人敛衽，而蔡公又独以浑厚居其上。
>
> ——《苍润轩碑跋》

可以相信蔡襄是“浑厚”的，晋、唐皆通，行、草并擅，而且也体现了自己的特色。但是，文化大河需要的是流动，是波浪，是潮声，是曲折，是晨曦与晚霞中的飞雁和归舟，是风雨交加时的呐喊和搏斗，而不是仅仅在何处，有一个河床最深的静潭。

蔡襄什么都好，就是没有自己的生命强光。看他的书法，可以点头，却不会惊叹。这种现象，在古今中外文化史上所在多有。因此，我还是把他放在宋四家的第四位。

在蔡襄的字帖中，他自己得意的《山居帖》我评价不高。倒是《别已经年帖》[34]和《离都帖》[35]，都还不错。

世上一直有一种传言，说在“苏、黄、米、蔡”的排列中，这“蔡”原非蔡襄而是蔡京，却因蔡京成了“奸相”，做了更换。以我看来，蔡京的书法确实不错，却也不见得高于蔡襄多少。还有一位足以与他们角力的，倒是蔡京的弟弟蔡卞。蔡卞的《雪意帖》

可追米芾。蔡京、蔡卞都由于政治原因而消失于书法史，有点可惜。这进一步证明，书法美的一半，是因审美群体而成立。审美过程一旦因为书法之外的社会情绪而受阻，书法之美也只能让位。

同时还证明，对于一个真正的书法家来说，值得毕生拥抱的是笔墨纸砚，而不是权势谋术。蔡京八十岁高龄在诟骂声中死于半途，只以清布裹尸而无棺木，真让人一叹。

除了“苏、黄、米、蔡”之外，宋代还有一些书法家应该被人们记住。以我自己喜爱的程度排序，他们是吴琚、米友仁、张孝祥、王庭筠、赵秉文。这后两位，应算是金代的了。

值得一提的是，两位皇帝，宋徽宗赵佶和宋高宗赵构，书法都不错。尤其是赵佶，完全可列入优秀书法家名录。

三十二

元代不到百年，汉人地位低下，本以为不会有什么汉文化了，没想到例外迭出。不仅出了关汉卿、王实甫、纪君祥，一补中国文化缺少戏剧的两千年大憾，而且还出了黄公望，以一支闲散画笔超越宋代皇家画院的全部画家。书法的运气虽没这么好，却也有一个赵孟頫，略可安慰。

在我看来，赵孟頫的书法，超过了黄庭坚和蔡襄。他的笔画、结构并无多少创新，却以一种高雅气息让人愉悦。一件件作品，都是那么平静、和顺、温润、闲适，实在难能可贵。他的众多书帖，也很适合做习字范本。行草最佳者，为《秋声赋》[36]、《嵇叔夜与山巨源绝交书》、《纨扇赋》、《赤壁赋》。晚年那本《玄都坛歌》一向被评为代表作，反不如前面几本，原因是太过精细，韵力已失，出现较多软笔鼠尾。行楷佳者甚多，如《胆巴碑》、《福神观记》[37]、《玄妙观重修三门记》、《妙严寺记》。其中有几本，介于行楷和楷书之间。楷书佳者，有《汲黯传》、《千字文》。

赵孟頫的问题，是日子过得太好了，缺少生命力度。或者说，因社会地位而剥夺了生命力度。他是宋朝宗室，谁知宋元更迭后受到新朝统治者的更大重视，成了元代文化界领袖。这种经历，使他只能尊古立范，难于自主开拓。而且，他总是高高在上，汲取不到民间大地粗粝进取的力量。

他让我们明确地看到了高雅之美与创新之美的泾渭之别。更让我们震惊的是，这位横跨朝代的书界领袖以自己全部高超的笔墨呈示一个趋势：书法美学上的创新大时代，已经失去根脉，不会再来了。

在赵孟𫖯之后，元代还有一些很好的书法家，如鲜于枢、杨维桢、俞和、邓文原、虞集、柯九思以及赵孟𫖯的儿子赵雍。

三十三

明代书法与文脉俱衰。但因距今较近，遗迹易存，故事颇多，反而产生更高知名度。大凡当时的官员、士人、酒徒、狂者、画师，再不济也有一手笔墨，在今天常被称为“一代书家”。尤其是近年在文物拍卖热潮中，这种颠倒历史轻重的现象越来越多。那些原来只敢用于对晋唐经典的至高评语，也被大量滥用于后世平庸墨迹，识者不可不察。否则，就不能被称为“知书达理”了。

大概从十五世纪末期开始吧，苏州地区开始产生一些文化动静。几个被称为“吴中才子”的人如祝允明、唐寅、文徵明等擅长书法，被比他们稍晚的同籍学人王世贞称之为“天下书法归吾吴”。

可能当时其他地区的文墨都比较寥落，但他的口气却让人感觉不太舒服。因为这几个人的笔墨程度，实在扛不起“天下书法”这几个大字。说了这几个大字，人们就有权利搬出王羲之、颜真卿、欧阳询他们来了，这几个才子该往哪里躲？美的领域可以因地缘、亲情、师承等关系而激情勃发，但在宏观评论上却不能失去基本坐标。

在这几个才子中，多年前我关注过文徵明。他在八十多岁的高龄还能写出清俊遒媚的行书，让人佩服一位苏州老人的惊人健康。那时，与他同龄的唐寅已经去世三十多年了。文徵明的缺点与其他几位才子相近，那就是虽娴熟而少气格。他们如果书写自己的诗文，让人一读就觉得流畅有余而文采疲弱，那就反过来会把书写的笔墨再看低几度。当然，文徵明的行书比唐寅还是要高出不少。论草书，几个吴中才子中最好的是祝允明，其代表作有《前后赤壁赋卷》[38]、《滕王阁序并诗卷》。当然，比起黄庭坚的草书还差了一截。

三十四

明代书法，真正写好了的是两个人，一个是上海人董其昌[39]，另一个是河南人王铎[40]。而王铎，已经活到了清代。

董其昌明确表示看不起前辈书家文徵明、祝允明。论者据此讥其“自负”，我却觉得他说的有点道理，也有这么说的资格。他又认为，自己比赵孟頫更熟悉古人书法，但是，“赵书因熟得俗态，吾书因生得秀色”。这种说法实在是过于傲慢了，尽管里边包含的意思倒是契合文化哲学。他的字，萧散古淡、空灵秀美，等级不低，只是有时写得过于随意，反而失了水准。这一点他自己也承认，说自己平日写字不太认真，如果认真了，会比赵孟頫好。

我对他的《栖真志卷》、《尺牍》、《李白月下独酌诗卷》都有较高评价，而《试墨帖》则飞动有余而墨色单薄，太“上海”了。

董其昌的书法后来受到清代康熙皇帝的喜爱而风行全国，这又超出了他的实际水准，反而会让他的在天之灵不无尴尬。

与董其昌构成南北对照的是，王铎创造了一种虎奔熊跃、宏伟纵驰的奇崛风格，让萎靡的年月为之精神一振。

我曾多次自问，如果我生在那时，会结交董其昌还是王铎？答案历来固定：王铎。王铎的笔墨让我重温阔别已久的一种精神状态，放达缠绕、险峻盘纡。我更喜欢《忆过中条山语轴》、《临豹奴帖轴》、《杜甫诗卷》，以一种连绵不绝的精力曲线，让人觉得痛快淋漓。

明代除了董其昌、王铎外，还有徐渭、解缙、张弼、王宠、米万钟、傅山等人，写得各有风格。

但是，不管怎么说，我们已经听到中国书法史的铁门即将关闭的声音。

三十五

在这一道铁门边上，还有一个不大的院落。那里，几位清代书家带着纸墨在栖息。让我眼睛一亮的是邓石如[41]的篆隶、伊秉绶的隶书、何绍基的行草、吴昌硕的篆书。其他引起我注意的，还有查士标、恽寿平、何焯、张照、朱耷、刘墉、郑燮的笔墨。

除此之外，清代书法，多走偏路。或承台阁之俗，或取市井之怪，即便有技、有奇、有味，也局囿一隅，难成大器。

历史已入黄昏，文脉已在打盹，笔墨焉能重振？只能这样了。

在现代，能够稳稳进入中国书法史的，我至今还只想到林散之[42]一人。再等等看吧。

小　结

至此，可以对中国的书法美学做一个小结了。

共有十五项——

一、人类社会进入成熟文明，有几条基本标准。例如，使用文字、冶炼金属、集中居住等等。其中，最重要的是使用文字。中国汉字，是人类历史上运用时间最长，运用人口最多的文字。因此，它的使用，既是中华民族，又是人类整体成熟文明的确切印证。中国书法，就是以汉字为载体的书写法则。当汉字书写走向了美学，也就构成了一种最宏大、最具体的审美现象。

二、中国的书法美学，最早以镌刻的方式出现在甲骨、钟鼎、瓦当、玺印上，因此开头就充满自然力，响彻金石声。这就决定了书法美学的起点，包含着洪荒之雄、太初之质。这是千年笔墨的“早期履历”，其间所产生的力量从未消失。后期的柔雅姿态，无改其原始本质。

三、书法美学与自然力量的相依为命，使许多以书法为中介的重大事件显得非常神秘，而且是天地之秘。例如，甲骨文和马王堆帛书的出土，都精确地发生在浩劫的中心点上，并立即变成对浩劫的回答。这种回答，立即挽救了中华文化。因此书法美学的最高秘密不可研究，也无从研究。

四、在日常生活中，书法也会在教育、表达、沟通、祈告、压舱等事项中体现出超重的分量。这种分量都被温润的笔墨包裹着，因此书法美学也就扩大为人生美学。中国士人一辈子都在练习书法，就像当代达人一辈子都在训练形体一样。

五、最早以镌刻方式出现的书法，渐渐统一成了篆书，又一并简化为小篆。这种统一而简化的书体为中华文化的整合和延续提供了可能。由于在时代大变革中的实用需要，篆书变成了隶书，又变成了楷书。在这一过程中，书法美学与政治哲学紧紧相连，并及时地转换出了一个个审美系统。正是这种审美系统，抖落了历史的杀伐气和烟火气，成了美丽的历史印痕，而被永久供奉。

六、在演变过程中，隶书美学以舞蹈般的长袖扫拂了篆书美学的刻板庄严，但在身姿上却过于波荡曼连，因此又必须更替成直接短促、明白爽利的楷书美学。隶书美学成为一个轻盈的过渡形态，让位给质实无华的楷书美学。质实无华，是长寿的征兆，果然楷书历久不衰。

七、在演变过程中也出现了笔墨飞动、行进快速的草书，但草书难以辨认，对多数审美群体而言，存在着接受上的障碍，因此便与楷书相融，产生了行书。行书从一开始就形成了一个奇迹般的美学高地，让规范和自由相拥相抱，让典雅和潇洒相依相融，产生了石破天惊的审美效果。于是，从公元四世纪到今天的一千七百多年间，有无数中国文人终生都在临摹和研习东晋行书，这种现象在世界文化史上绝无仅有。这个例子又一次证明，天下具有最长久吸引力的，非权非财，而是美。

八、东晋行书的最美作品，集中出现在王羲之、王献之的家族门庭。这也就证明了，美的超常爆发，与生命的近距离聚集有关。诸多同处创造状态的生命，能够形成珍贵的美学气场。在这种美学气场中，互相激发的创造势头，处于一种顶峰状态，有可能造成美的“井喷”。东晋的行书门庭是这样，唐代的诗人群落也是这样。比照国际，从文艺复兴到十八世纪古典音乐、十九世纪法国美术也同样是这样。

九、以王羲之为代表的东晋行书之美，有力地否定了世间一切“进化论美学”。“进化论美学”武断地论定人类的一切美学现象都在进步、提升。而事实上，很多第一流的大美实迹都是无法追赶、不可超越的。即便投下再多的进化时间，也无可奈何。在美的至高层面上，不存在时间意义上的先进和落后、时尚和保守的差别。高峰就是高峰，即便保守也是高峰。在中国书法美学上，篆、隶、楷、行、草的高峰之间，也不存在“进化”关系，而只存在演变关系。按照黑格尔在《美学》中的说法，人们不必过于在意艺术领域的“速朽”长流，美的使命是摆脱速朽走向永恒。东晋行书，达到了黑格尔的目标。

十、美学的最高原则是对实用性的摆脱，但是，中国书法一直具有明确的实用效能，不管哪种书体都是如此。对于这个难题的透析，必须让我们登上一个更高的层次，那就是：在貌似实用中摆脱实用。王羲之的《兰亭序》是一份实用性很强的诗会选集序言，但是，当无数后代面对它、临摹它的时候，已经不在乎那次诗会，甚至对全文表达的“魏晋玄谈”也不感兴趣。我问过很多书法家，他们都读不懂《兰亭序》自“夫人之相与”之后的大部分内容，而且也不想读懂。让他们保持毕生兴趣的，只是笔墨之美，那就摆脱了实用。其他书法杰作也是这样，似乎都因实用而开笔，却因洗去实用而长存。因此，书法美学为整个美学天地做出了示范。实用只是起因，只是借口，最终目标仍然是美。美是那种凝固在画幅和雕塑上的不枯笑容，当人们早已不知笑的起因、笑的目的、笑的对象，而笑还在。社会上流行过“内容决定形式”的说法，在美学上很不适合。

十一、美的创造者大多孤独，因为多数民众都奔向了热闹而速朽的社会命题。但是，中外历史上也会出现某种偶然机遇，把朝廷和皇家也卷进了美学旋涡。唐代初期的书法，就交到了这样的好运。不少书法家不仅不再孤独，而且出入宫阙，备受尊重。唐代是人类文化史上罕见的审美盛典，几乎每一个文化生态块面都出现了“美学大迸发”，其中又以书法和诗歌为最。唐代书法以单纯和强烈的方式，折射了一个伟大王朝的时代精神。它需要盛世法度，又倡导自由奔放，因此相应张扬出了以虞世南、欧阳询、褚遂良为代表的“楷书美学”，以及以孙过庭、张旭、怀素为代表的“草书美学”。何为唐代？在美学上，乃是楷法与草法的双重叠加和超常发挥。但是，从唐太宗本人开始，唐代又留下了一个有关行书的梦，小心翼翼地供奉心间。直到在“安史之乱”的血海中，这个梦才变为现实，颜真卿完成了继《兰亭序》之后的“天下第二行书”《祭侄文稿》。由此可见，唐代的稀世悲欢，全可由书法来概括。书法美学，在唐代变成了天启神笔、普世墨色。这是历史奇迹，也是美学奇迹。双重奇迹很难重现，但既然有过，书法美学也获得了极大安慰。

十二、书法美学，超越实用性，拒绝进化论，却受制于历史气息、社会气氛、民族气数、文化气脉、时代气韵。美可以不需要别的什么，却需要得“气”。这对美的作者、美的成果、美的趋向、美的走势，都是一样。有时，个别优秀的作者，少数杰出的作品也能提振一时一地的创造氛围，但如果“气”已泄散，便只能任其疲顿而无可力挽。这种情景，唐代之后已显而易见。在书法领域，宋至明、清的书法家数量超过前代，但怎么也无法叩问魏晋和唐代的整体气貌。我所说的种种“气”，来自苍溟间的“天地元气”，人力难及。一切真诚的美学思考者只能谦虚地等待、仰望、目送、叹别。我在《修行三阶》一书中，曾论及这一命题。

十三、宋代的书法美学，呈现出几个支离的课题。首先是苏东坡，排名“宋四家”之首，凸显出一个创造者的整体文化魅力，足以提升他在接受者心目中的书法地位。其次是米芾，精熟各个书体技巧，又有自己的独特风格。其实他是当时的首席书法家，却总是让人感到在道与术、技与格的美学关系上轻重失度。最后是蔡京和蔡卞，据传应是“宋四家”中“蔡”氏之真身，却因政坛权谋而失信、失名。不管传言是否可靠，书法美学因传播广远而讲究大环境中的人格操守。既已抱紧笔墨，就不应再抱紧权势，反之亦然。在这方面，美有洁癖。

十四、明、清两代历时五百多年，在如此漫长的岁月间，书法美学面对着一种“新常态”，那就是：名家众多，却没有星座；笔墨鼎盛，却无缘经典；大话纷纭，却难成共识。星座、经典、共识也有，却都在遥远的古代。要改变这种“新常态”很难，只能顺应。

十五、在当代，书法美学的主要任务是吸引更多的年轻人进入，在研墨执笔的过程中体验古典时代，体验文化风范，体验君子格调。在一日千里的当代，能有很多人进行这种体验，便是一种攀崖越谷式的险峻之美、异势之美、穿越之美。中华文明作为人类历史上唯一不中断地延续至今的幸存者，书法美学则成了一条横贯数千年的坚韧缆索。它是见证者，却又被见证。那黑乎乎的线条，隐藏着一种悠久文明的生命密码，我们只要碰触，也就碰触到世上最大人群的集体生命。在这个意义上，执笔就好，而不必争着去做什么书法家。从今天到未来，只要这个民族还有大量年轻人涉足书法，投身翰墨，那么，一种庞大的文化之美和生命之美仍然会生生不息、蓬蓬勃勃。

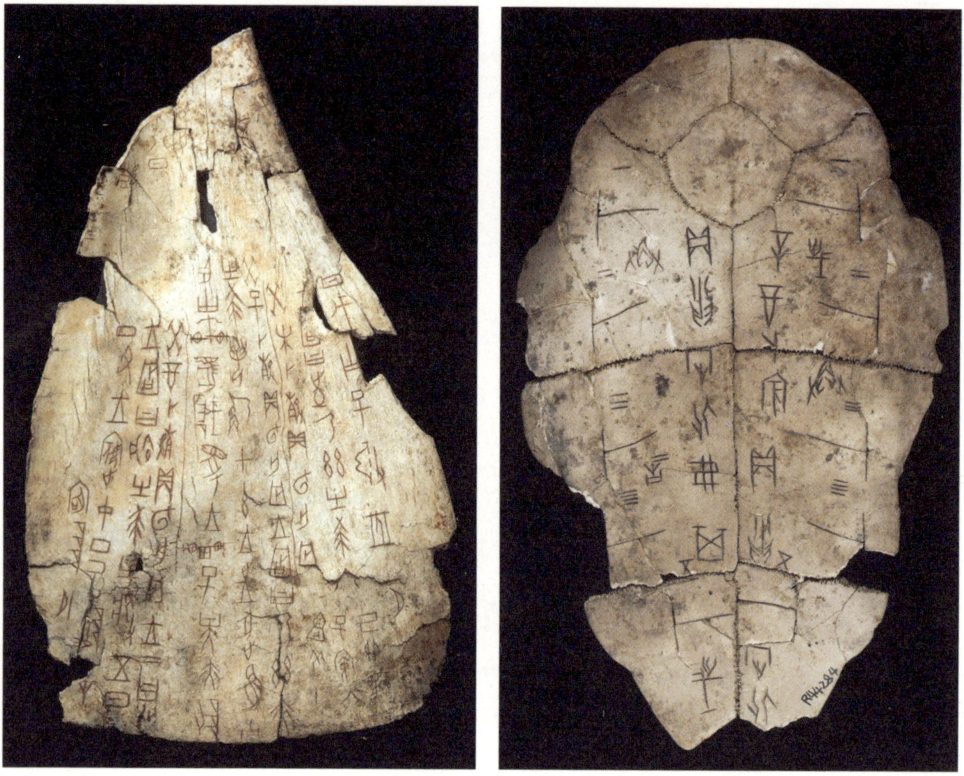

1 甲骨文

2 散氏盘铭文 局部

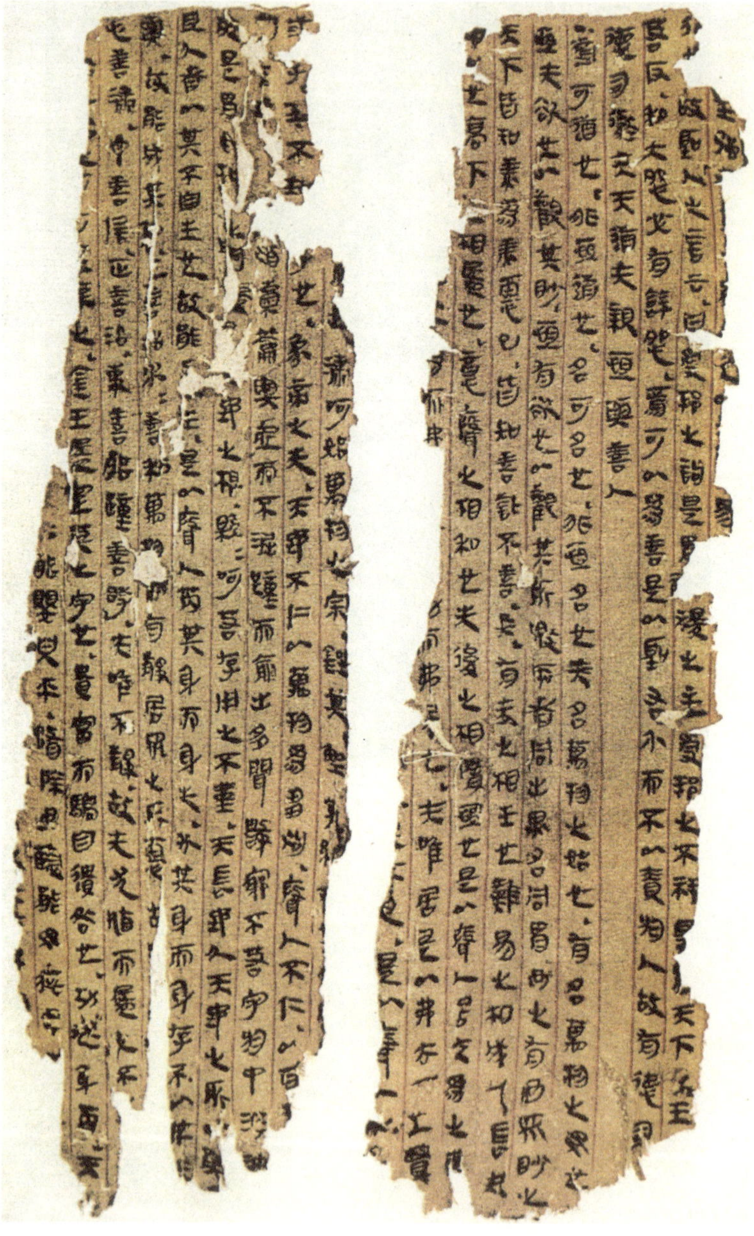

3 马王堆帛书 局部

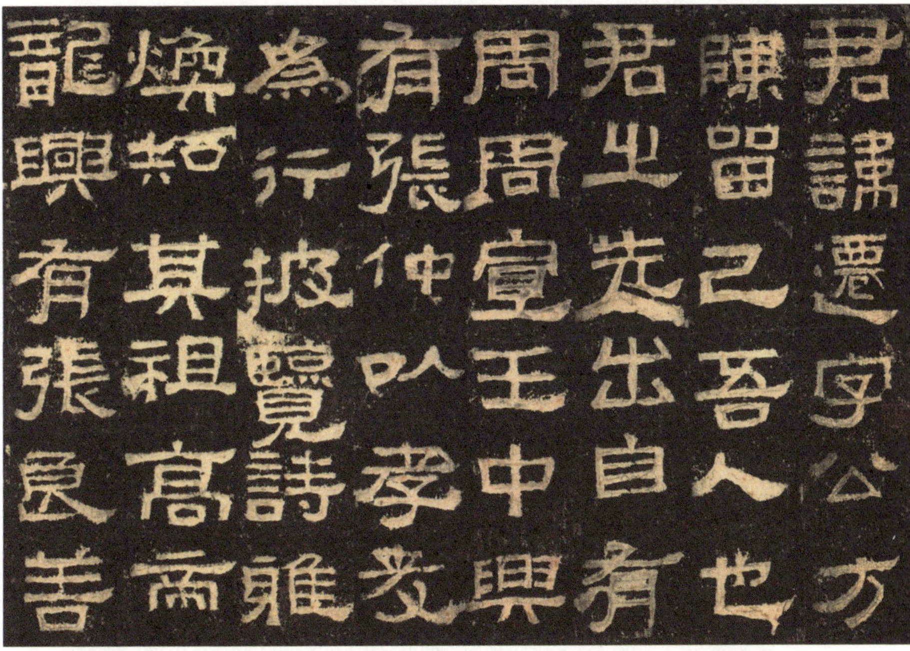

4《张迁碑》局部

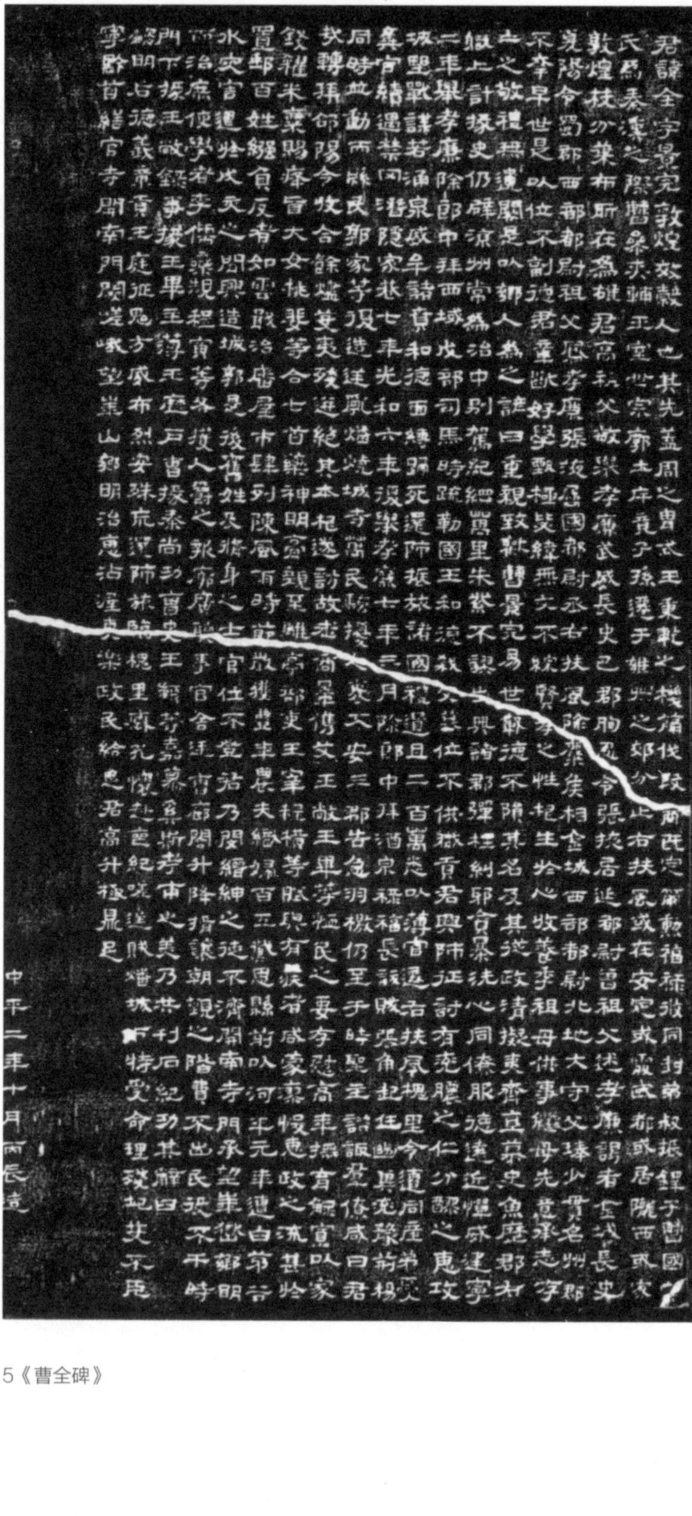

5《曹全碑》

6 钟繇《宣示表》局部

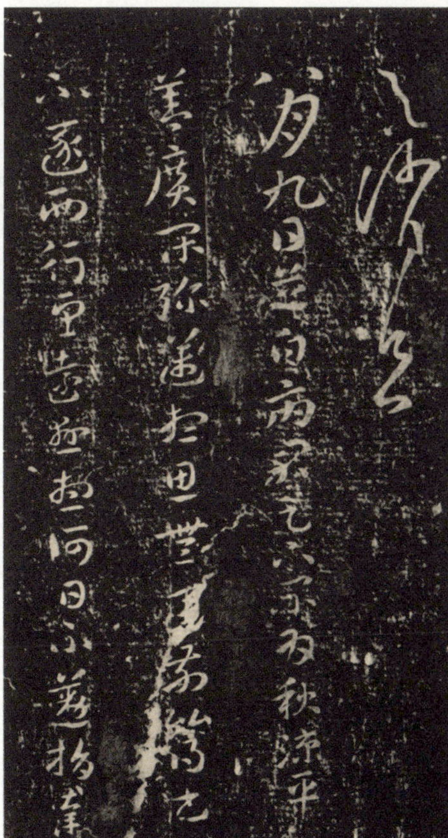

7 张芝《八月帖》局部

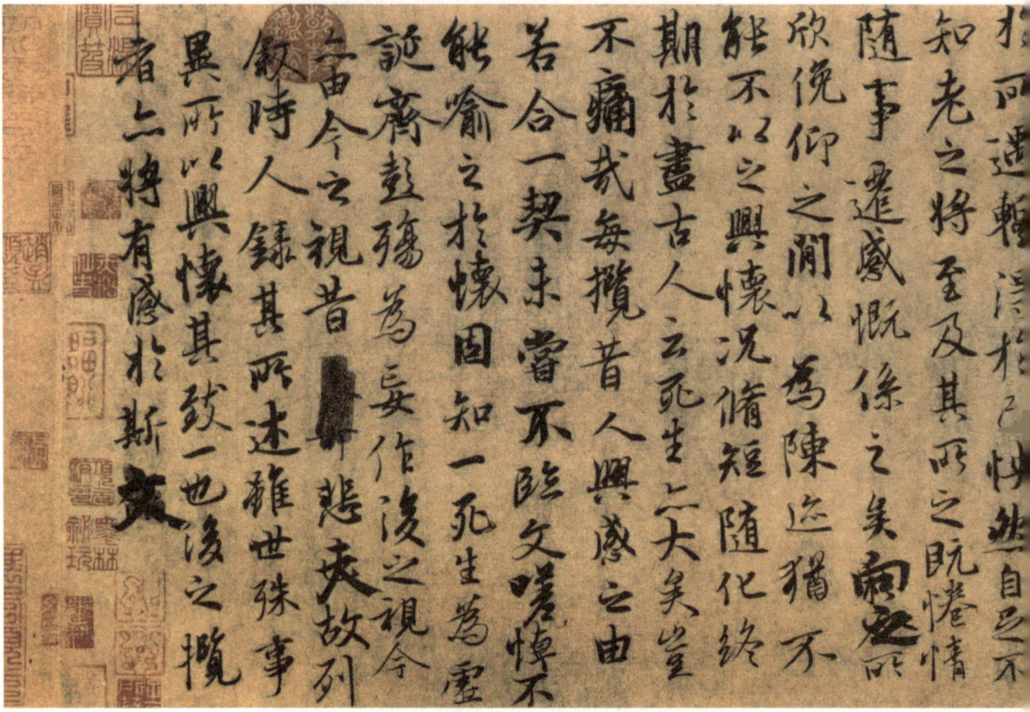

8 王羲之《兰亭序》

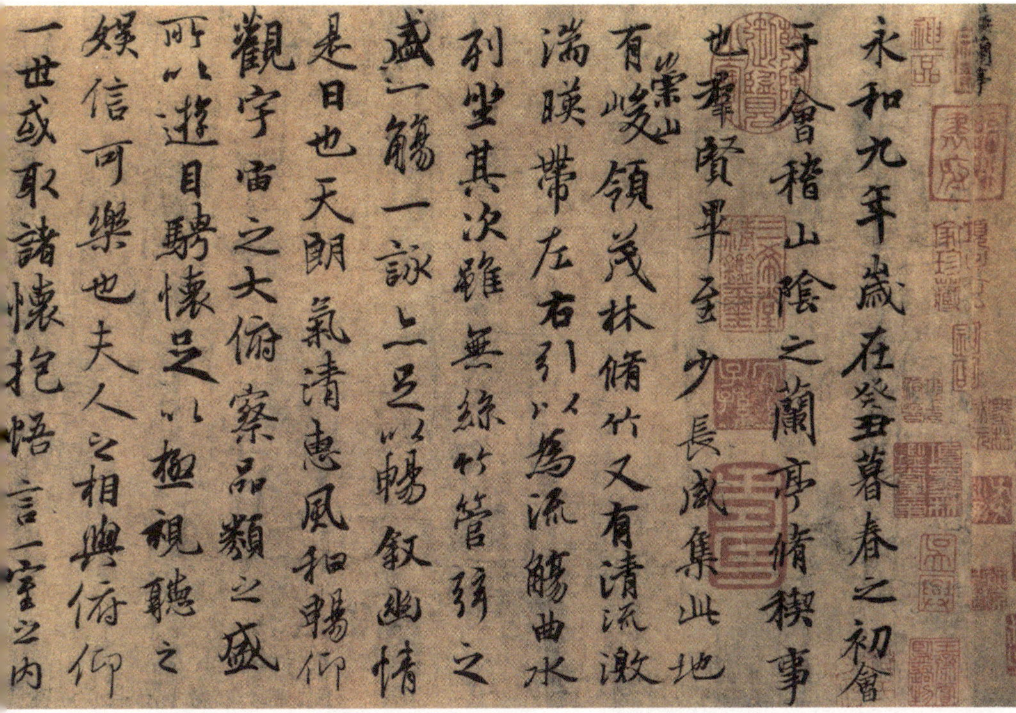
永和九年歲在癸丑暮春之初會
于會稽山陰之蘭亭脩稧事
也羣賢畢至少長咸集此地
有崇山峻領茂林脩竹又有清流激
湍暎帶左右引以為流觴曲水
列坐其次雖無絲竹管弦之
盛一觴一詠亦足以暢敘幽情
是日也天朗氣清惠風和暢仰
觀宇宙之大俯察品類之盛
所以遊目騁懷足以極視聽之
娛信可樂也夫人之相與俯仰
一世或取諸懷抱悟言一室之內

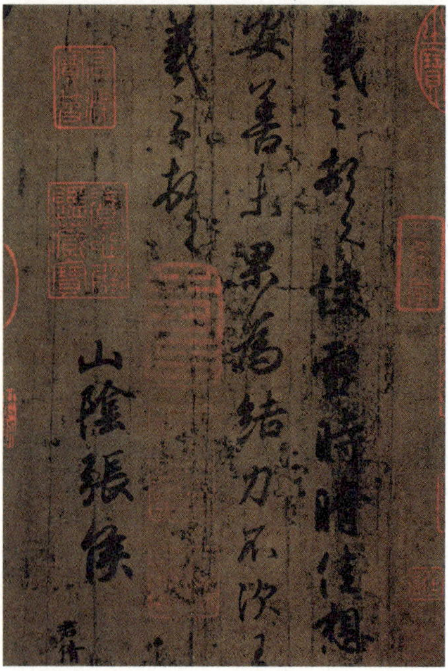

9 王羲之《快雪时晴帖》

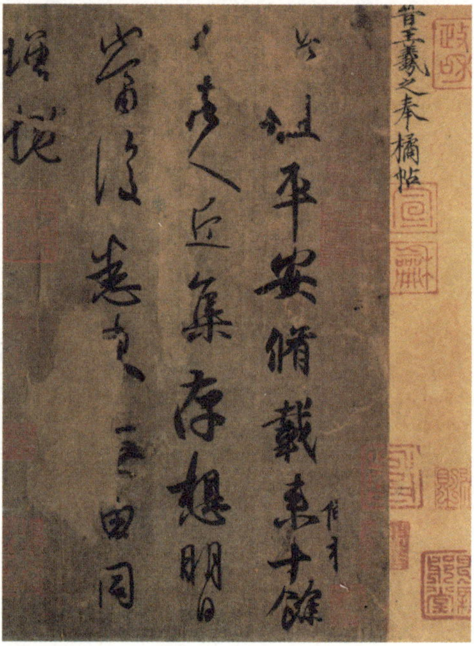

10 王羲之《平安帖》

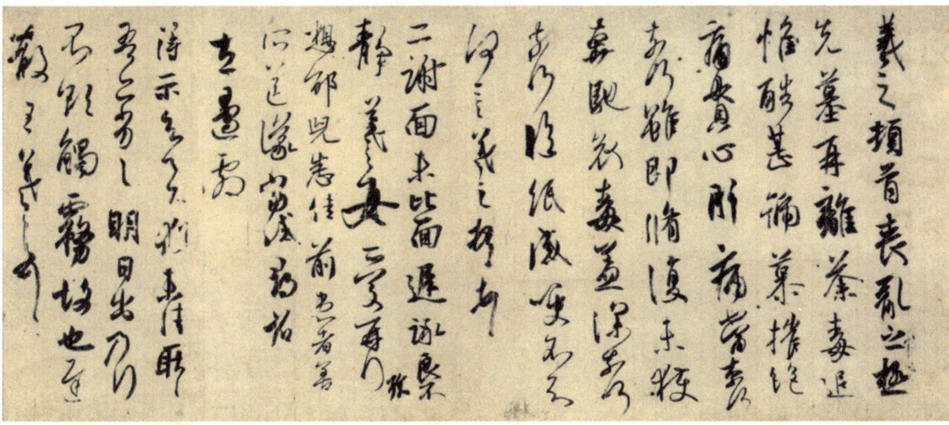

11 王羲之《丧乱帖》

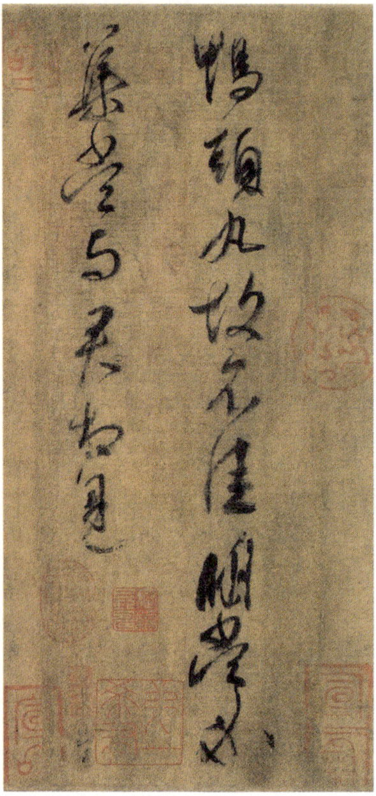

12 王献之《鸭头丸帖》

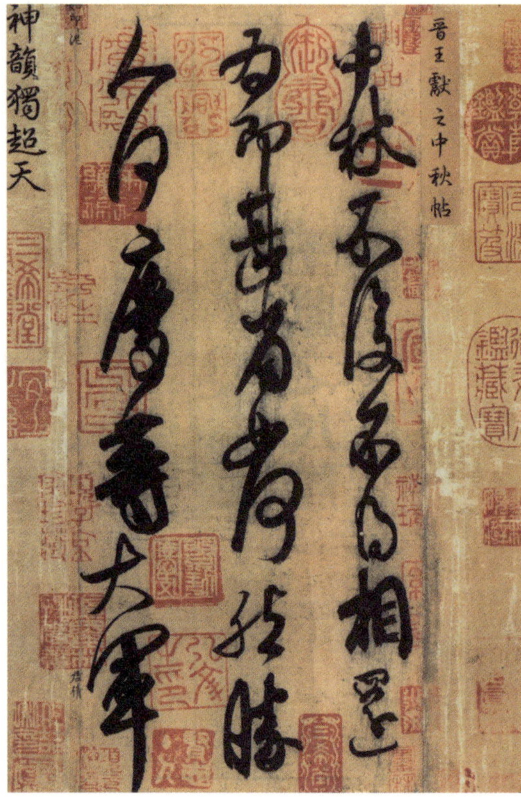

13 王献之《中秋帖》

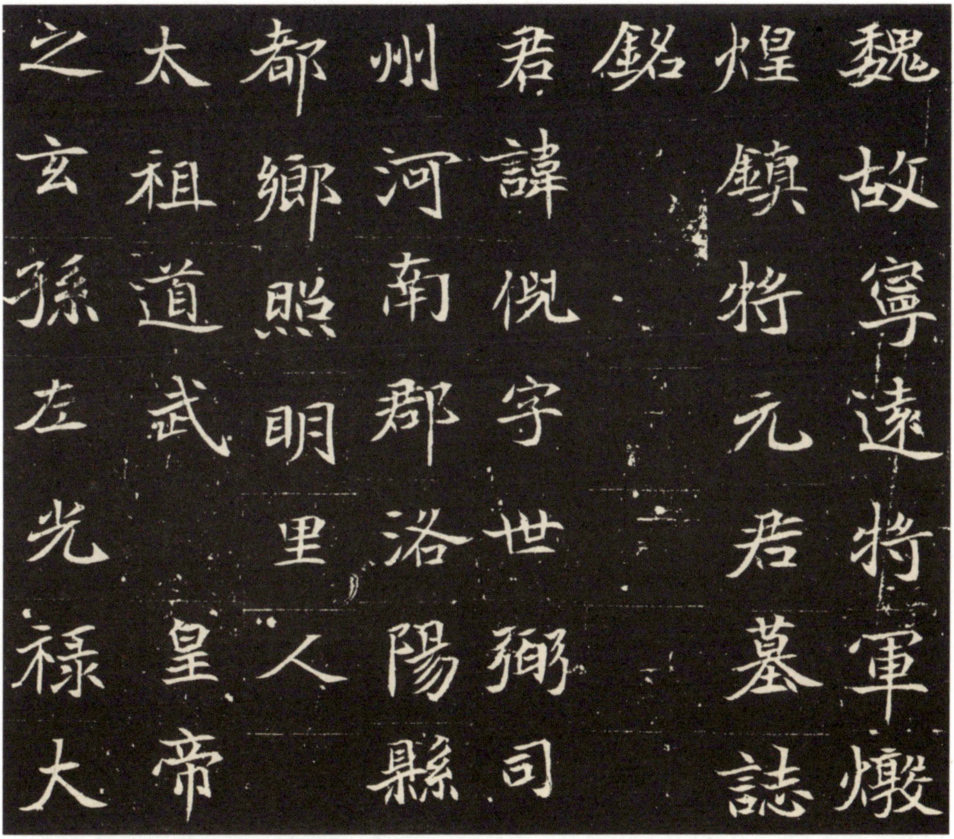

14《元倪墓志》局部

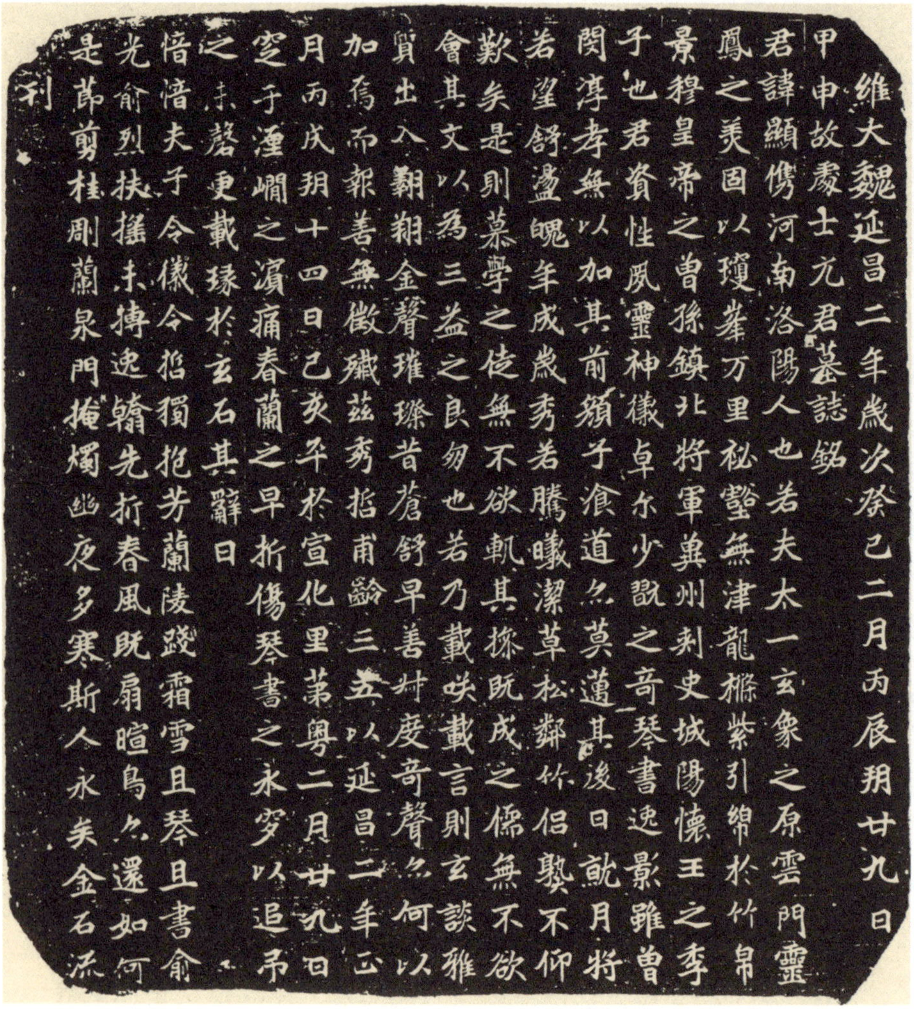

維大魏延昌二年歲次癸巳二月丙辰朔廿九日
甲申故處士元君墓誌銘
君諱顯儁河南洛陽人也若夫太一玄象之原雲門靈
鳳之美固以瓊葉万里秘瑩無津龍縣紫引綿於竹帛
景穆皇帝之曾孫鎮北將軍冀州刺史城陽懷王之季
子也君資性夙靈神儀卓尒少翫之奇琴書逸影雖曾
閔淳孝無以加其前頻子淹道久莫蹤其後日就月將
若望舒盈魄年成歲秀若騰曦潔草松鄰竹侶擧不仰
歎矣是則慕學之徒無不欲軌其操既成之儒無不欲
會其文以爲三益之良勿也若乃載咲載言則玄談雅
質出入翱翔金聲璀璨昔蒼舒早善材度奇聲久何以
加焉而報善無徵殲茲秀指甫齡三五以延昌二年正
月丙戌朔十四日己亥卒於宣化里第粤二月廿九日
窆于瀍澗之濱痛春蘭之早折傷琴書之永罗以追弔
之未磬更載瑑於玄石其辭曰
愔愔夫子令儀令指獨抱芳蘭陵踐霜雪且琴且書俞
光俞烈扶搖未搏逸翰先折春風既扇暄鳥久還如何
是節剪桂剛蘭泉門掩燭幽夜多寒斯人永矣金石流
刋

15《元显儁墓志》

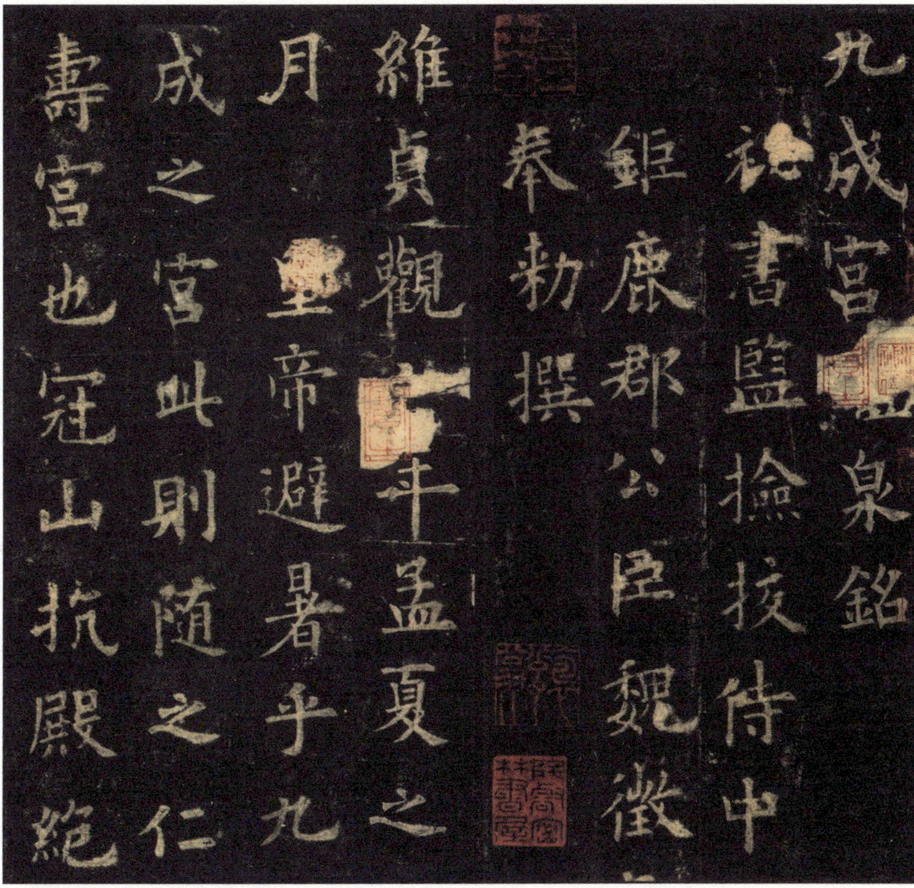

16 欧阳询《九成宫醴泉铭》局部

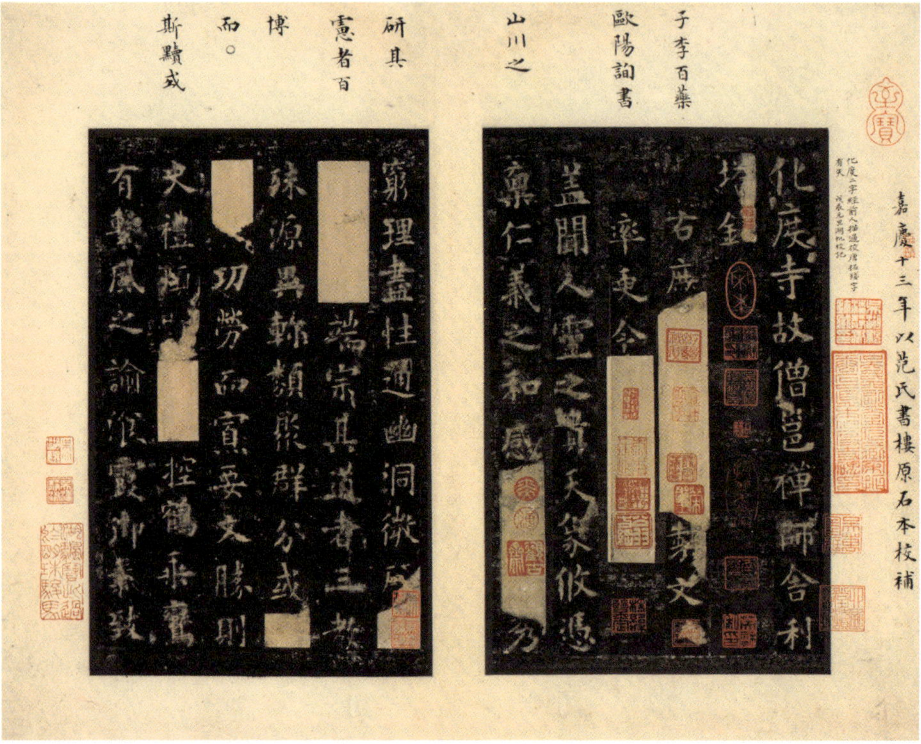

17 欧阳询《化度寺碑》

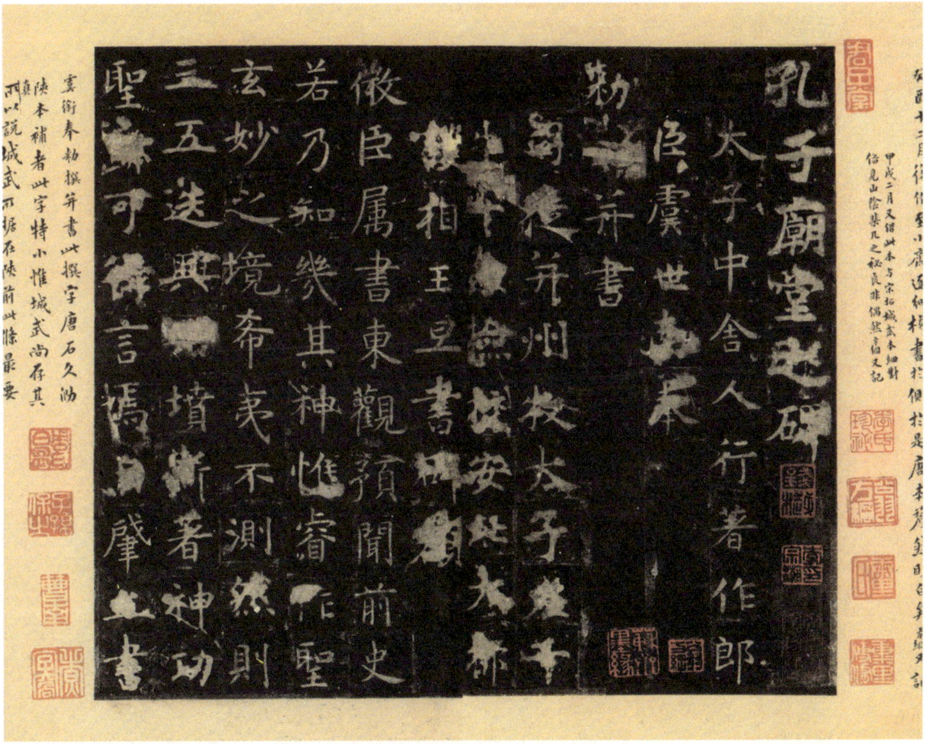

18 虞世南《孔子庙堂碑》

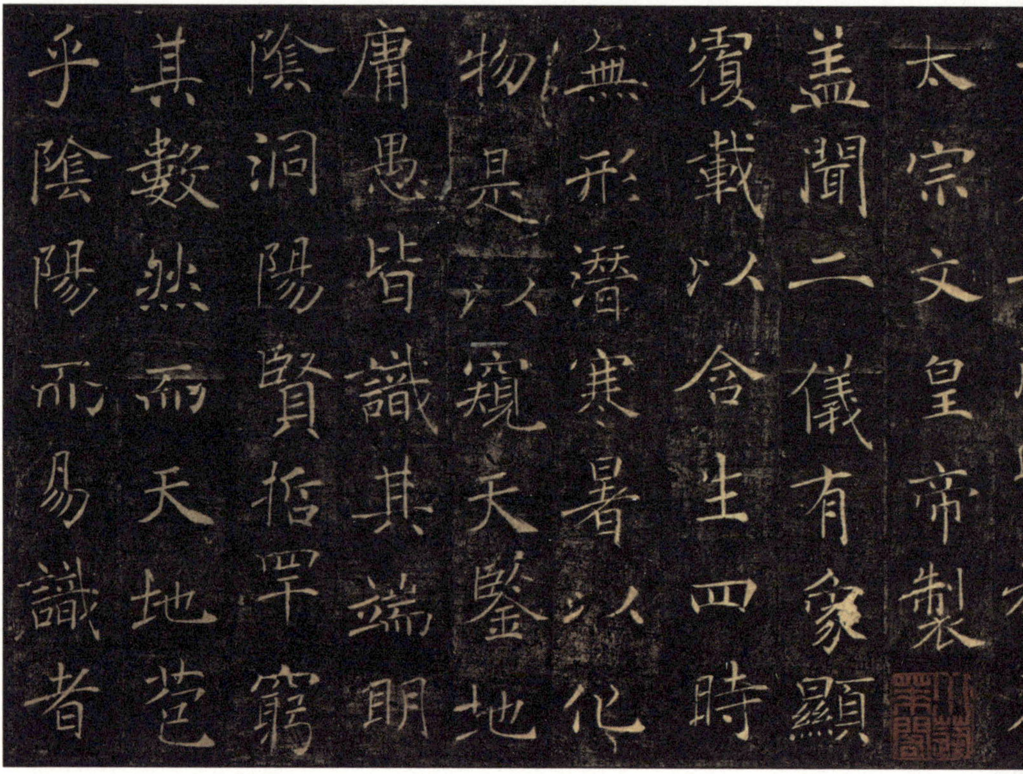

19 褚遂良《雁塔圣教序》局部

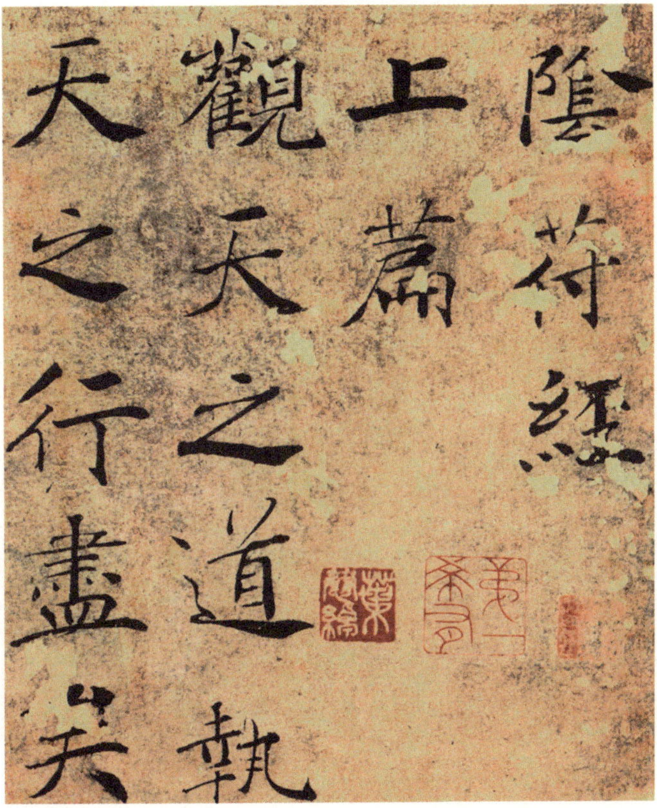

20 褚遂良《阴符经》局部

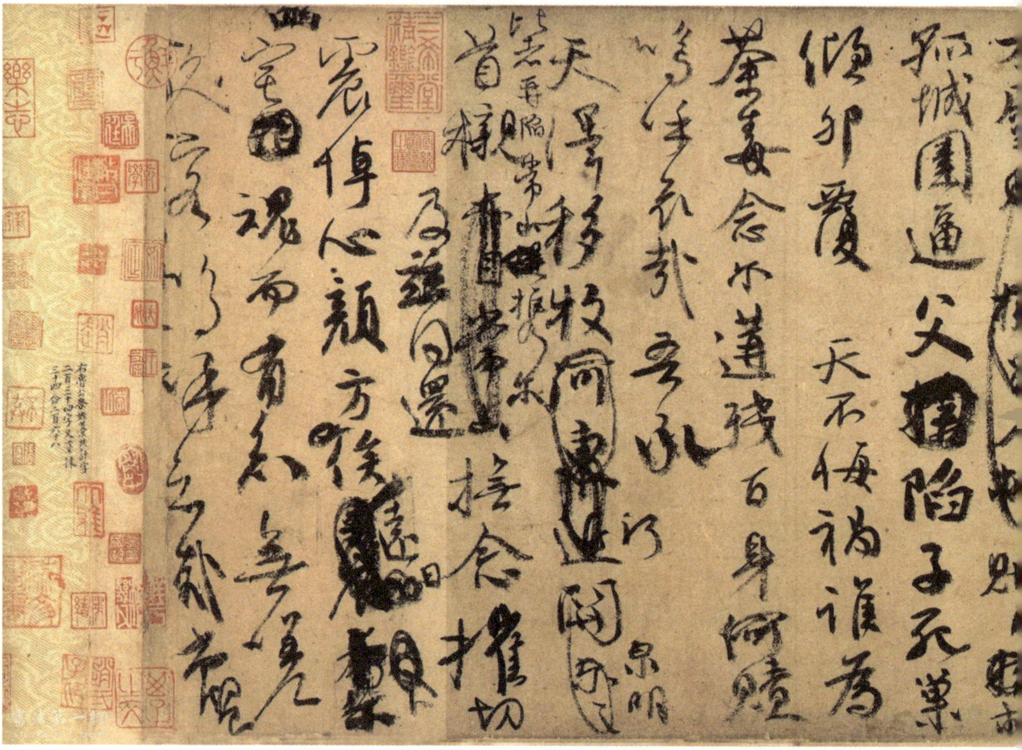

21 颜真卿《祭侄文稿》

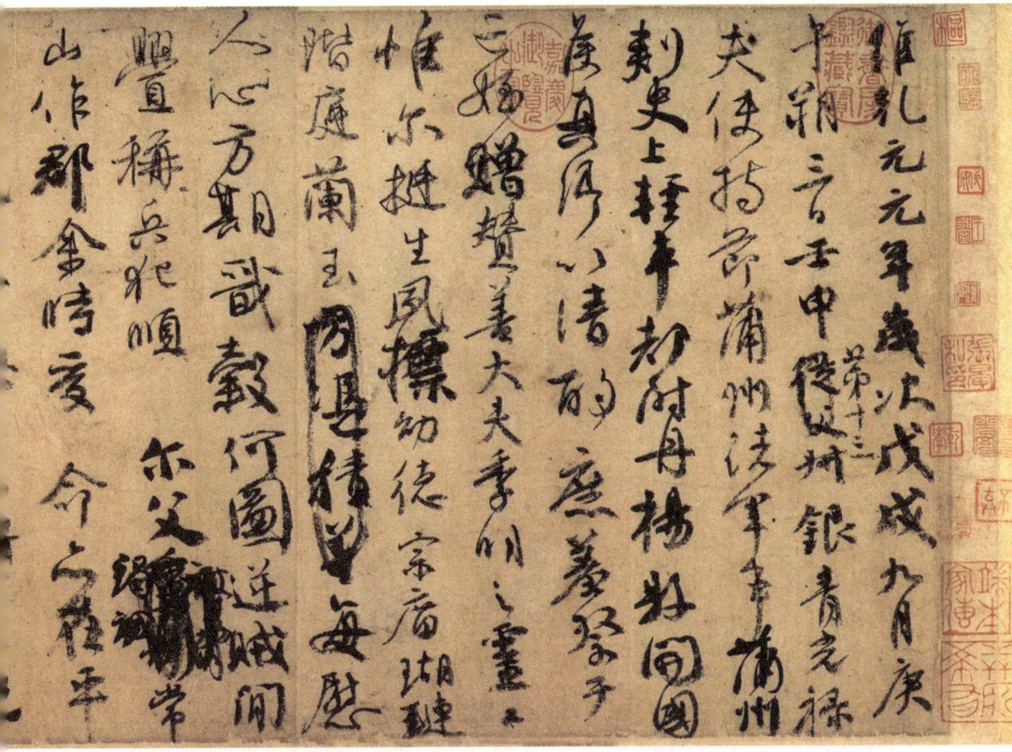

維乾元元年歲次戊戌九月庚
午朔三日壬申第十三叔銀青光祿
大夫使持節蒲州諸軍事蒲州
刺史上輕車都尉丹楊縣開國
侯真卿以清酌庶羞祭于
亡姪贈贊善大夫季明之靈曰
惟爾挺生夙標幼德宗廟瑚璉
階庭蘭玉每慰
人心方期戩穀何圖逆賊間
釁稱兵犯順爾父竭誠常
山作郡余時受命亦在平

22 李邕《麓山寺碑》局部

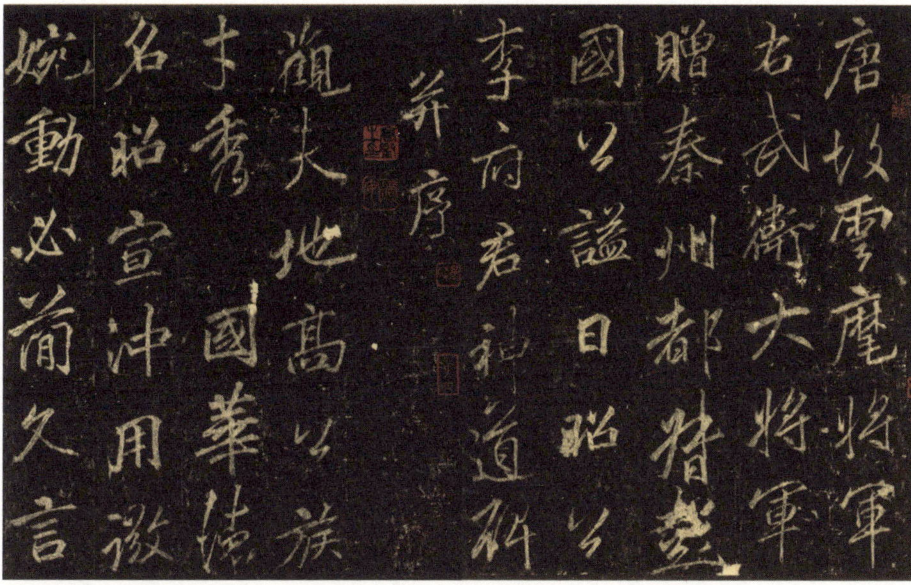

23 李邕《李思训碑》局部

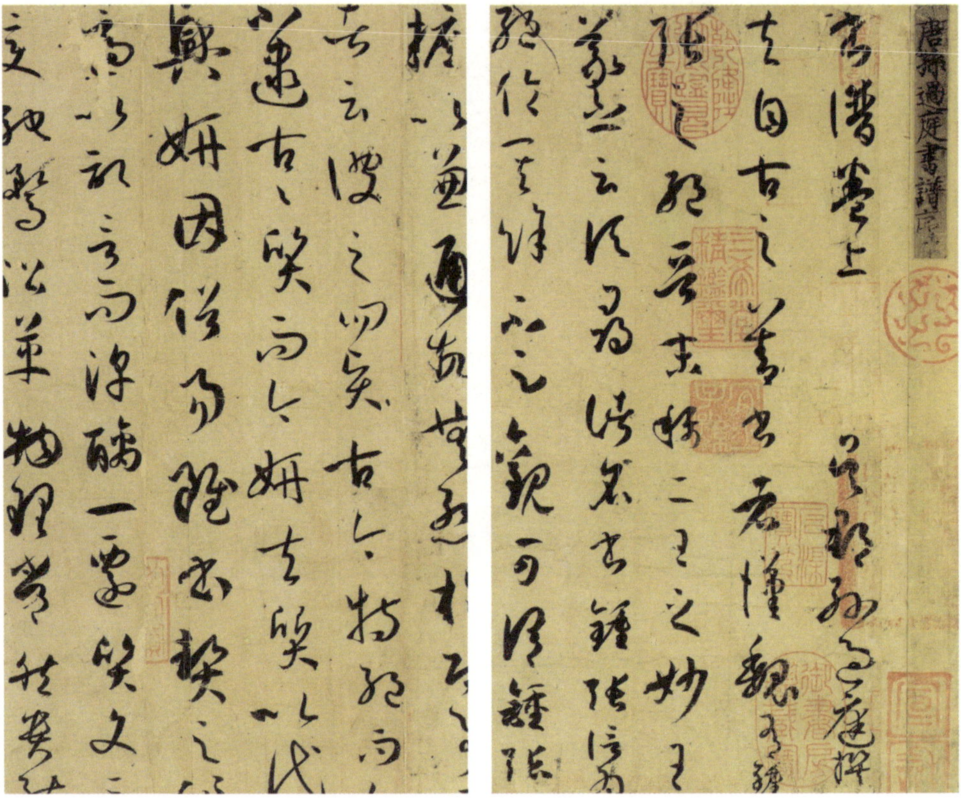

24 孙过庭《书谱》局部

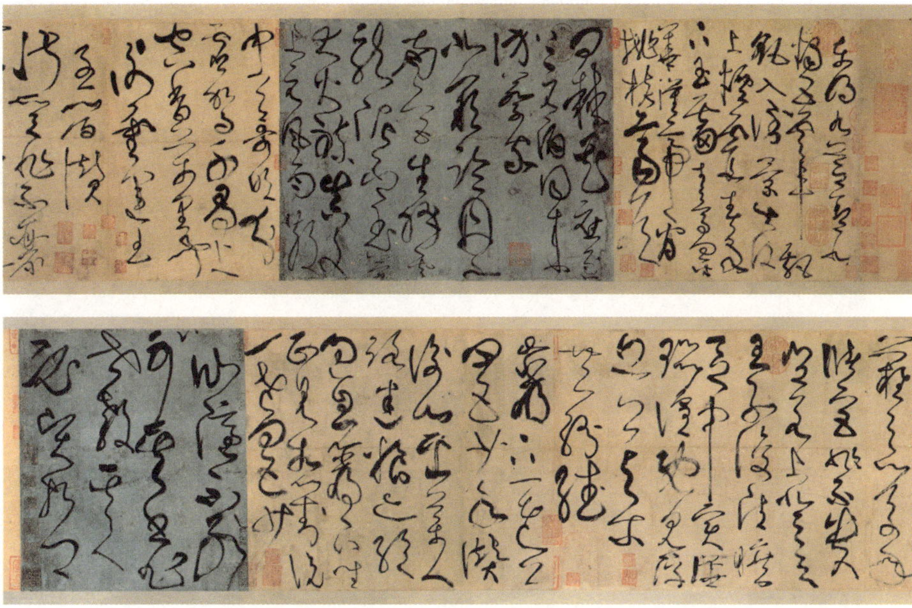

25 张旭《古诗四帖》

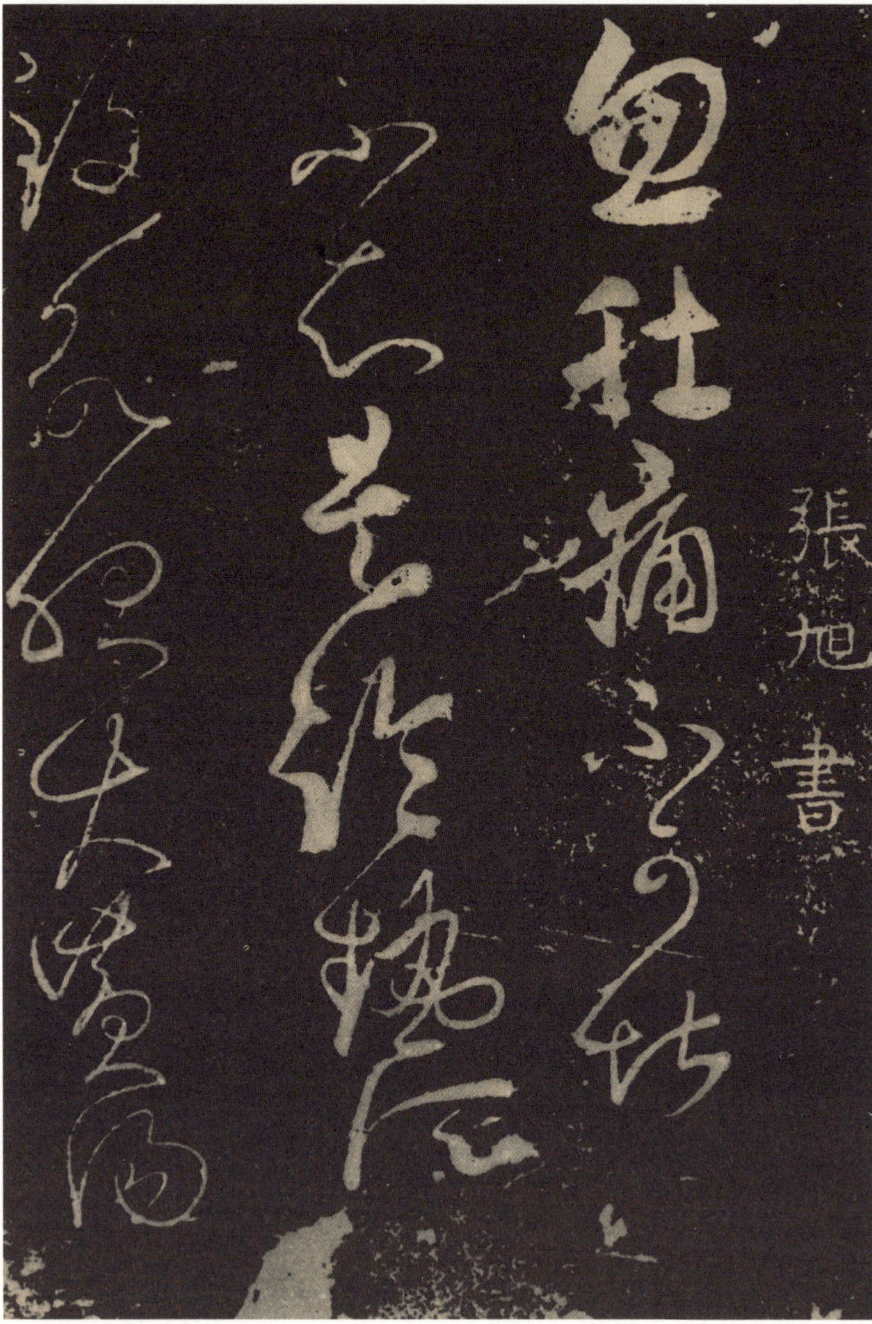

26 张旭《肚痛帖》

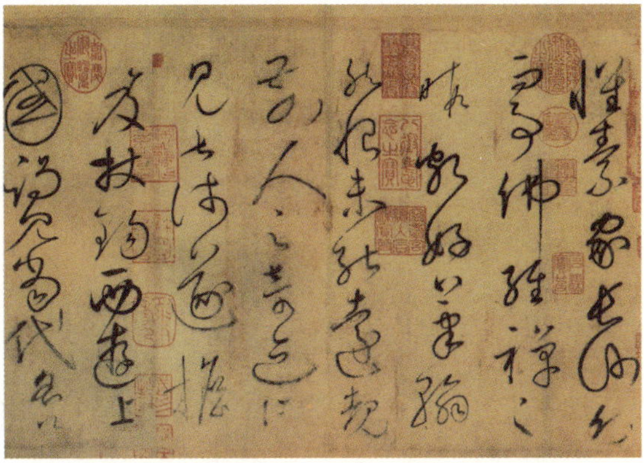

27 怀素《自叙帖》局部

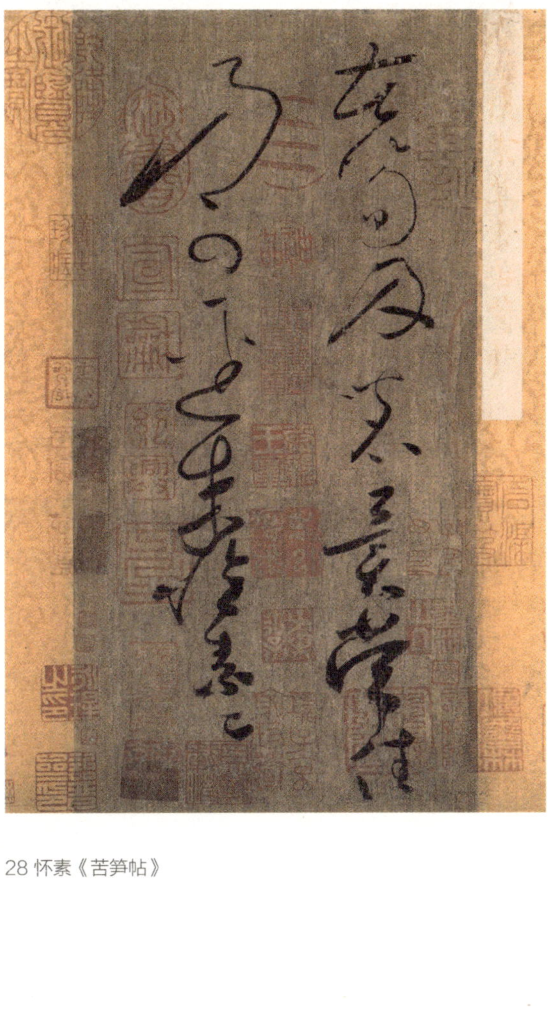

28 怀素《苦笋帖》

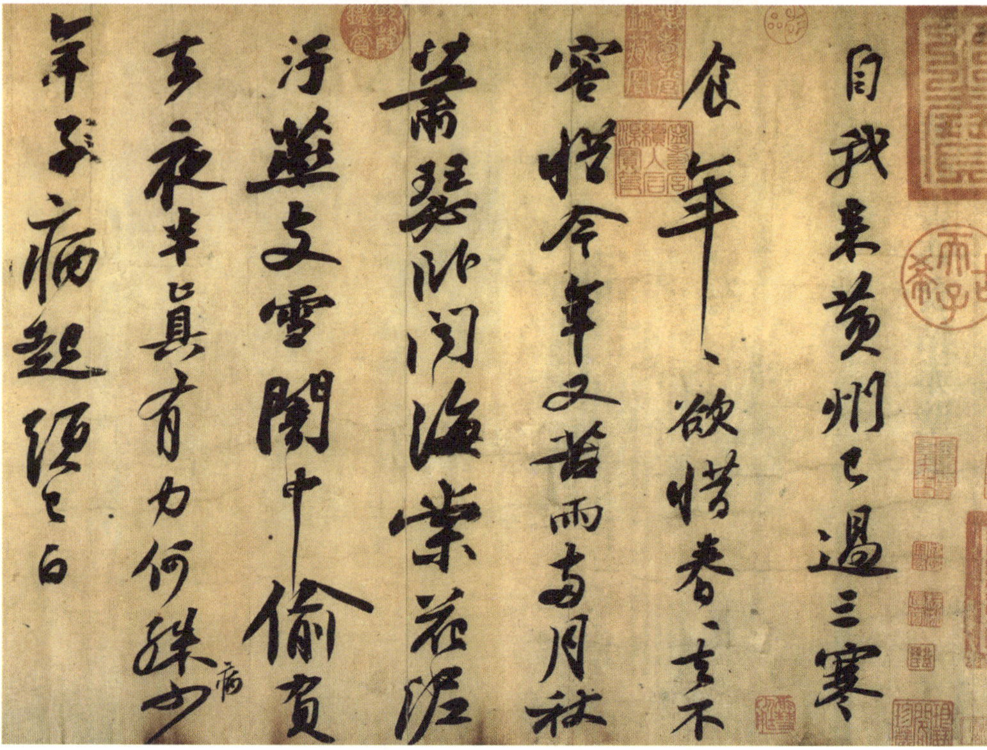

29 苏轼《寒食帖》局部

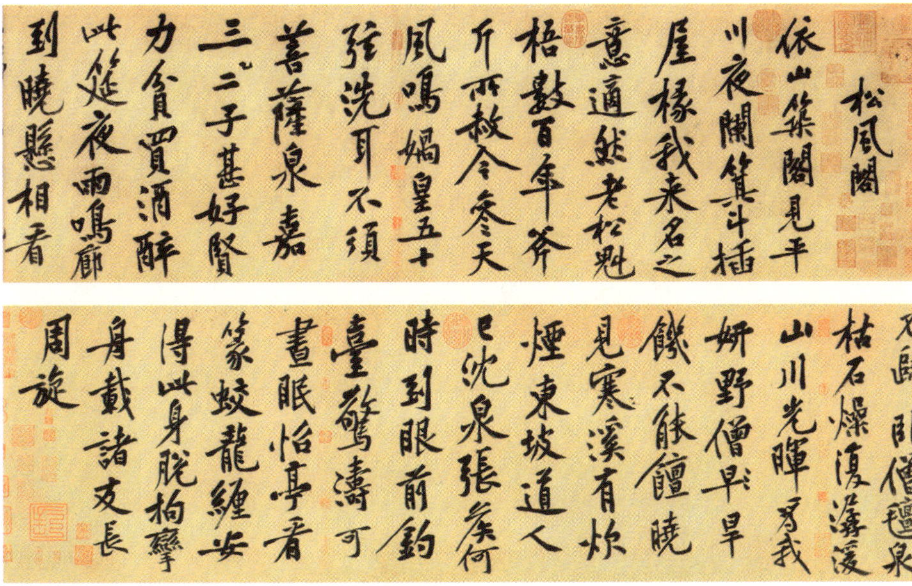
松風閣
依山築閣見平
川夜闌箕斗插
屋椽我來名之
意適然老松魁
梧數百年斧
斤所赦今參天
風鳴媧皇五十
弦洗耳不須
菩薩泉嘉
三二子甚好賢
力貧買酒醉
此筵夜雨鳴廊
到曉懸相看
不歸卧僧氊泉
枯石燥復潺湲
山川光輝為我
妍野僧早
饑不能饘曉
見寒溪有炊
煙東坡道人
已沈泉張侯何
時到眼前釣
臺驚濤可
晝眠怡亭看
篆蛟龍纏安
得此身脫拘攣
舟載諸友長
周旋

30 黄庭坚《松风阁诗卷》

31 黄庭坚《李白忆旧游诗卷》局部

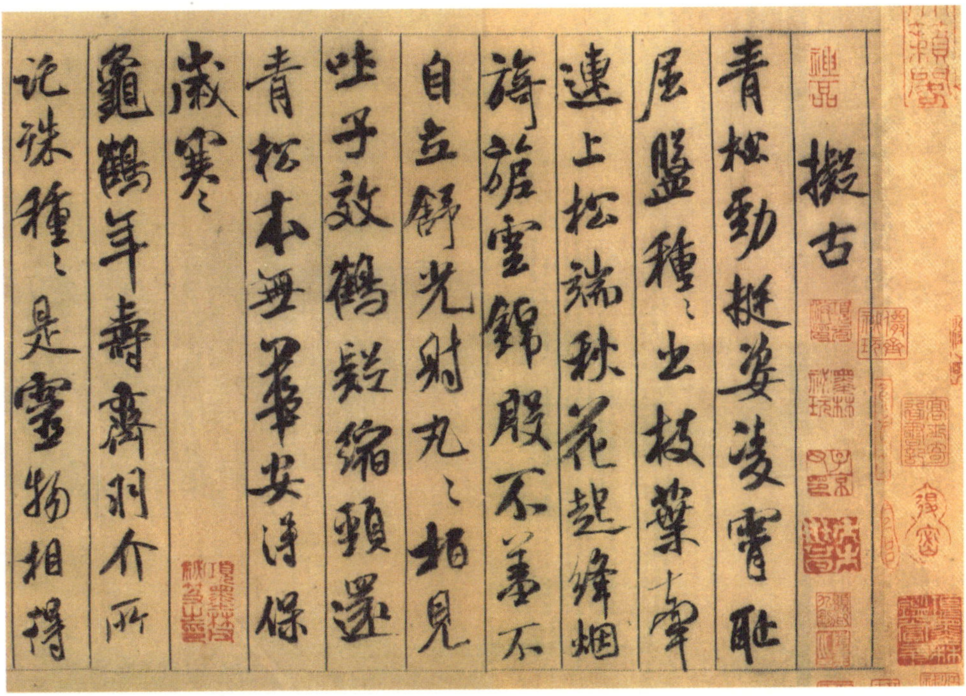

32 米芾《蜀素帖》局部

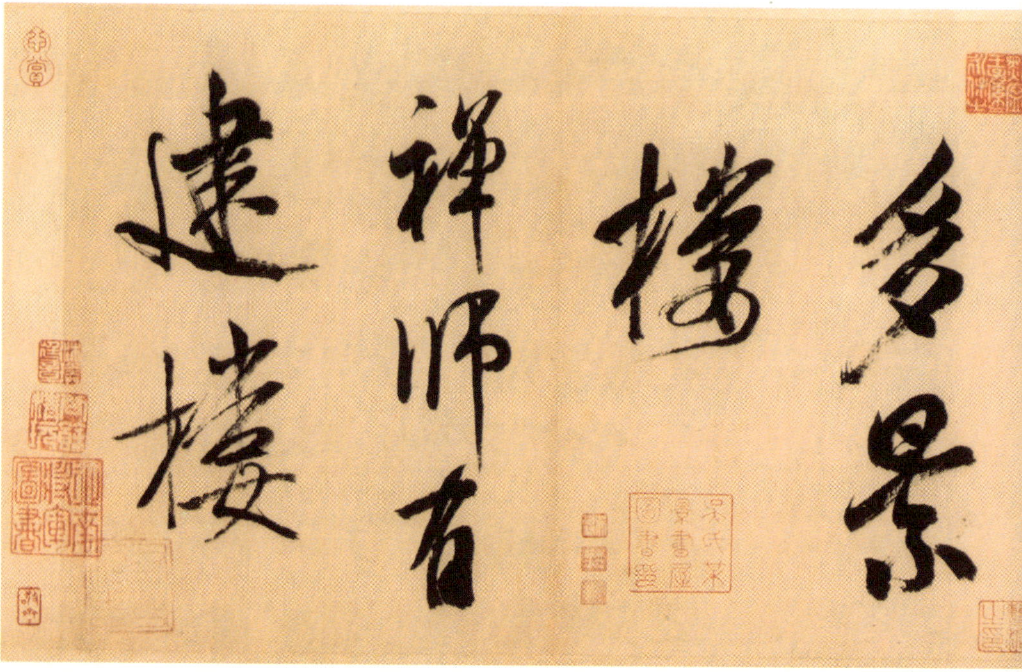

33 米芾《多景楼诗册》局部

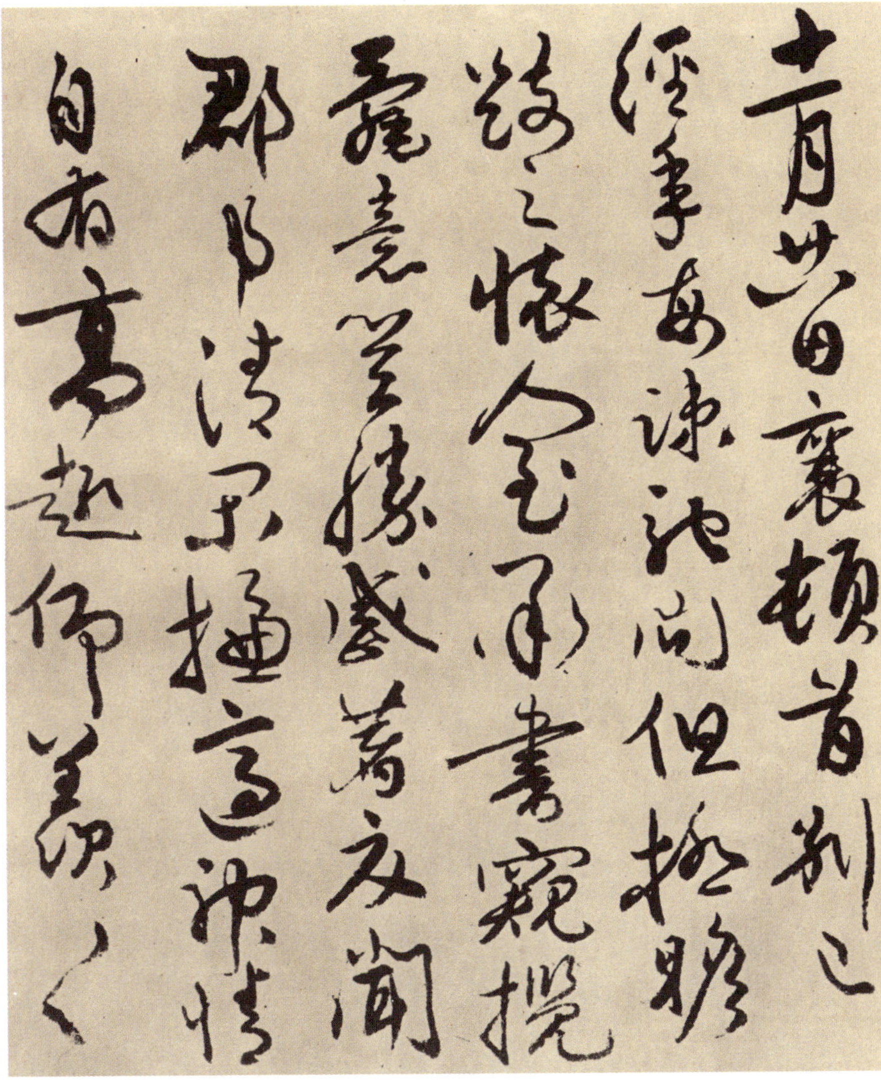

34 蔡襄《别已经年帖》

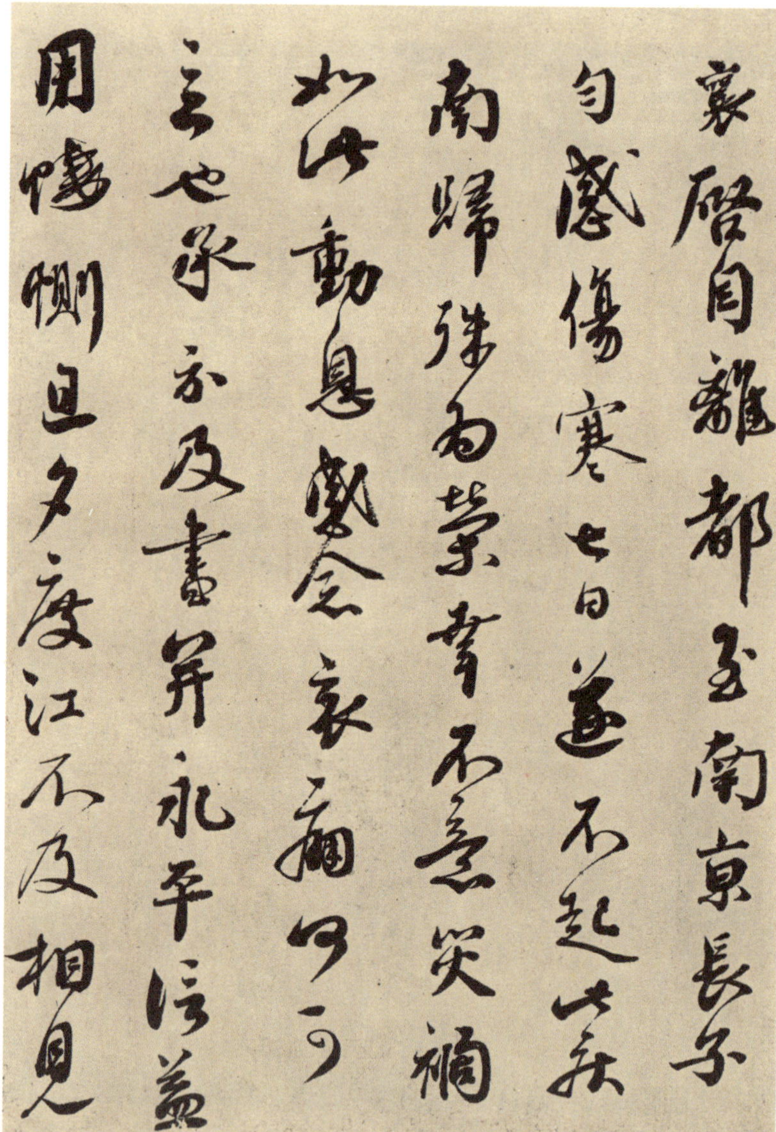
襄启自离都至南京长子
匀感伤寒七日遂不起此
南归殊为荣幸不意灾祸
如此动息感念哀痛何可
言也承示及书并永平信益
用悽恻旦夕度江不及相见

35 蔡襄《离都帖》局部

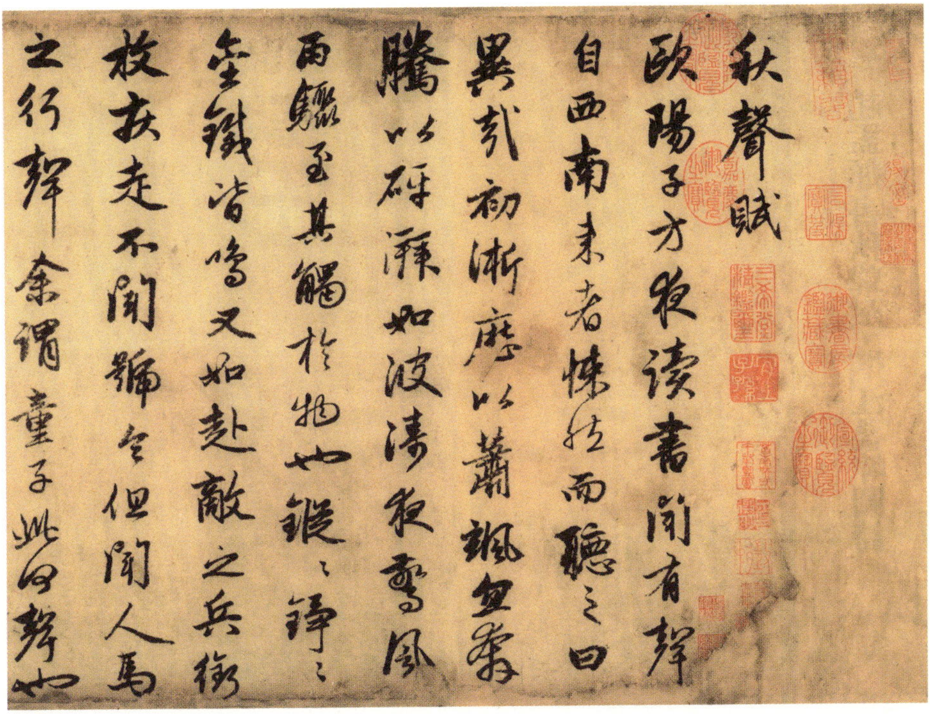

36 赵孟頫《秋声赋》局部

37 赵孟頫《福神观记》局部

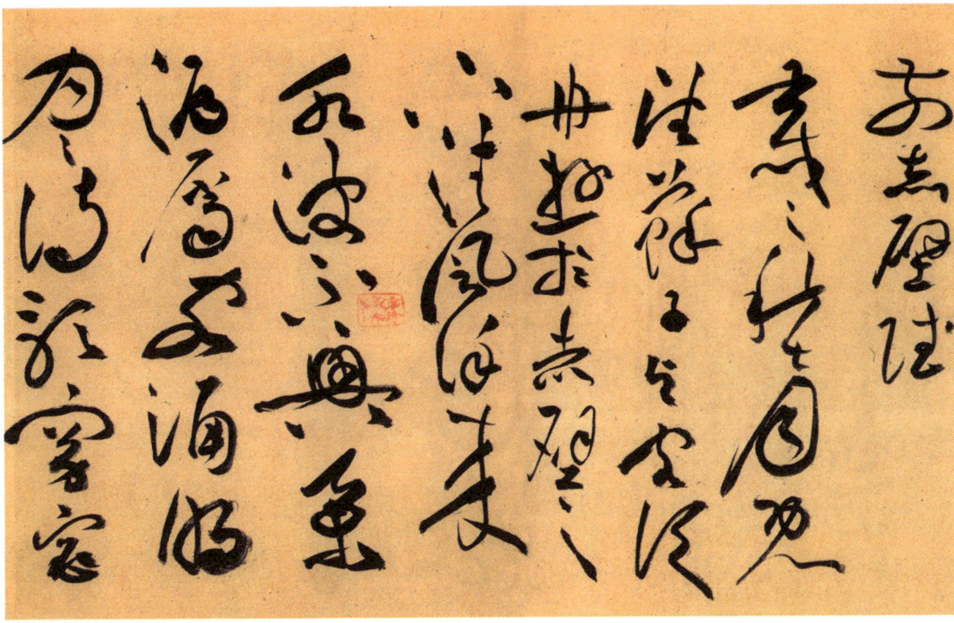

38 祝允明《前后赤壁赋卷》局部

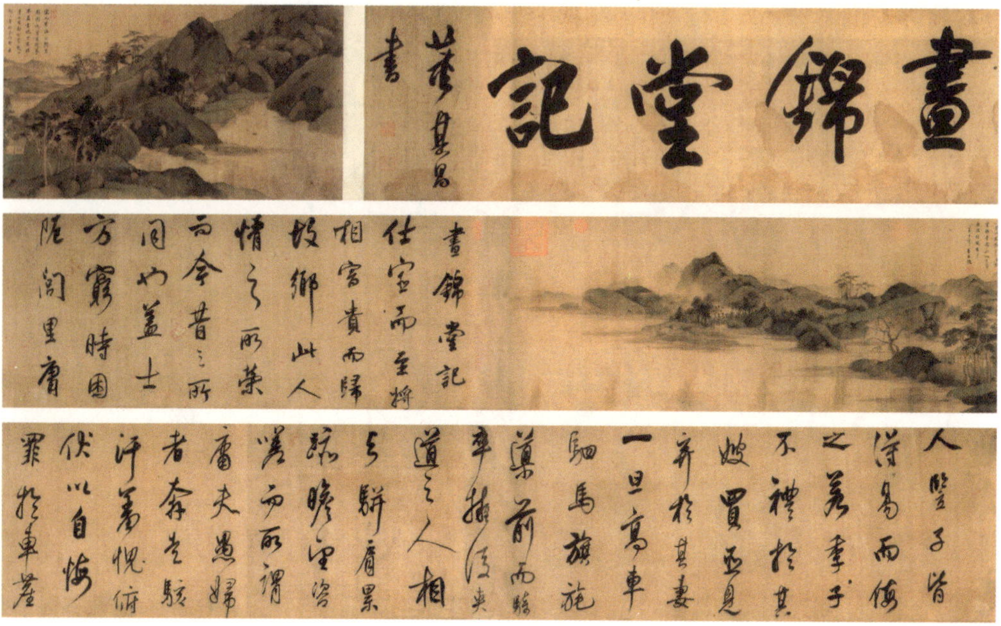

39 董其昌《书锦堂记》局部

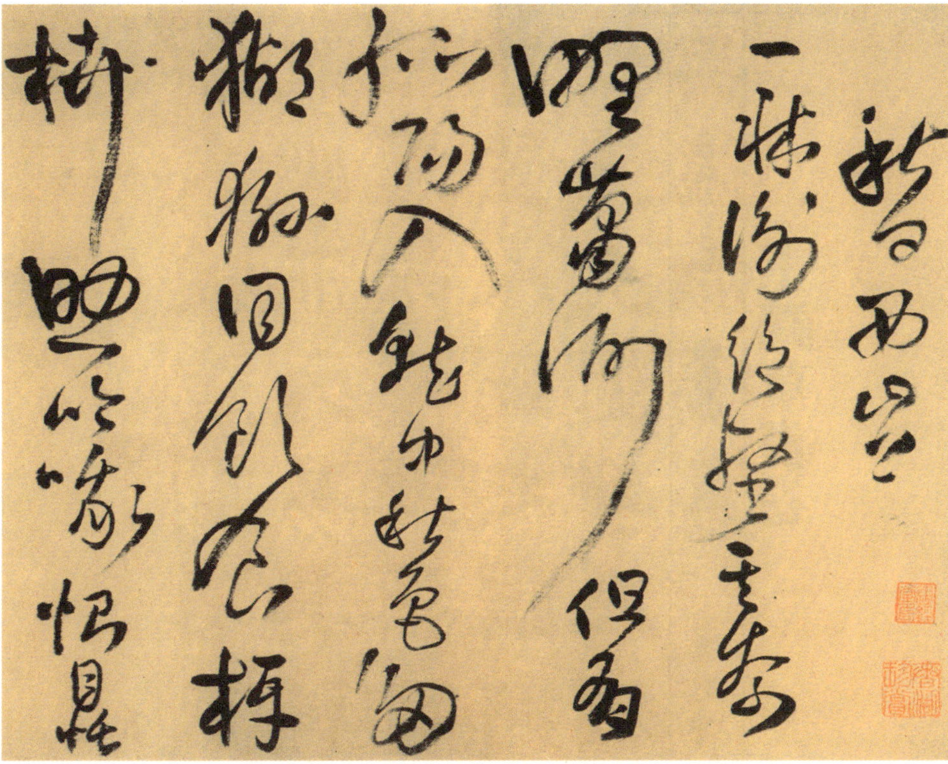

40 王铎《草书卷》局部

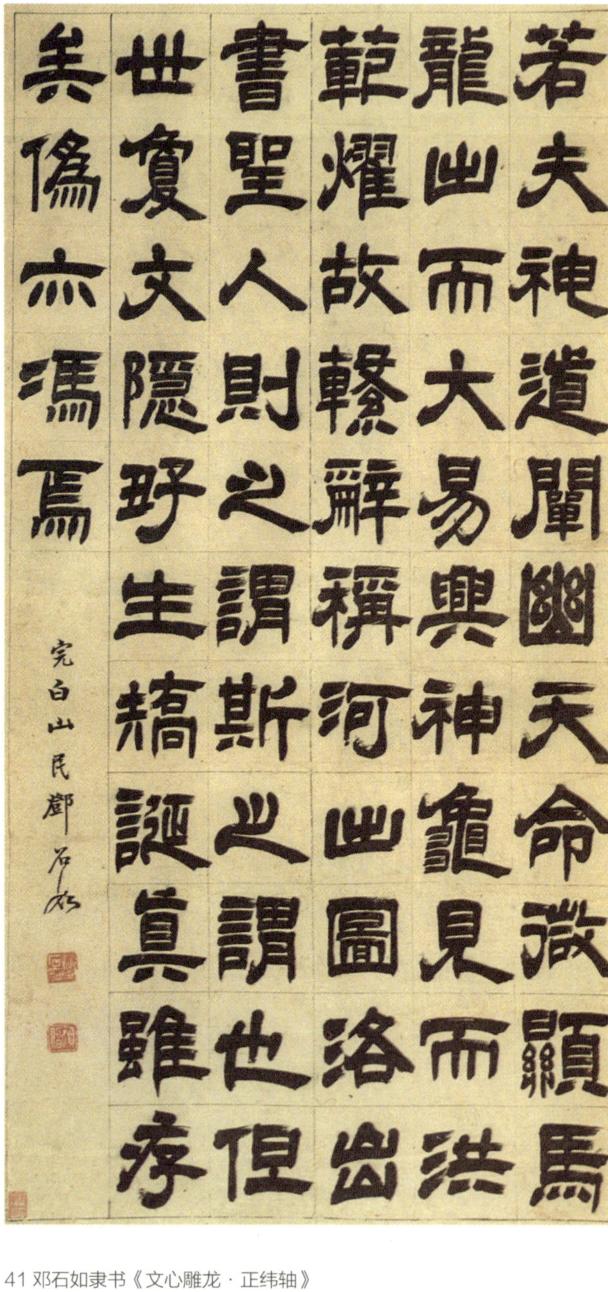

41 邓石如隶书《文心雕龙 · 正纬轴》

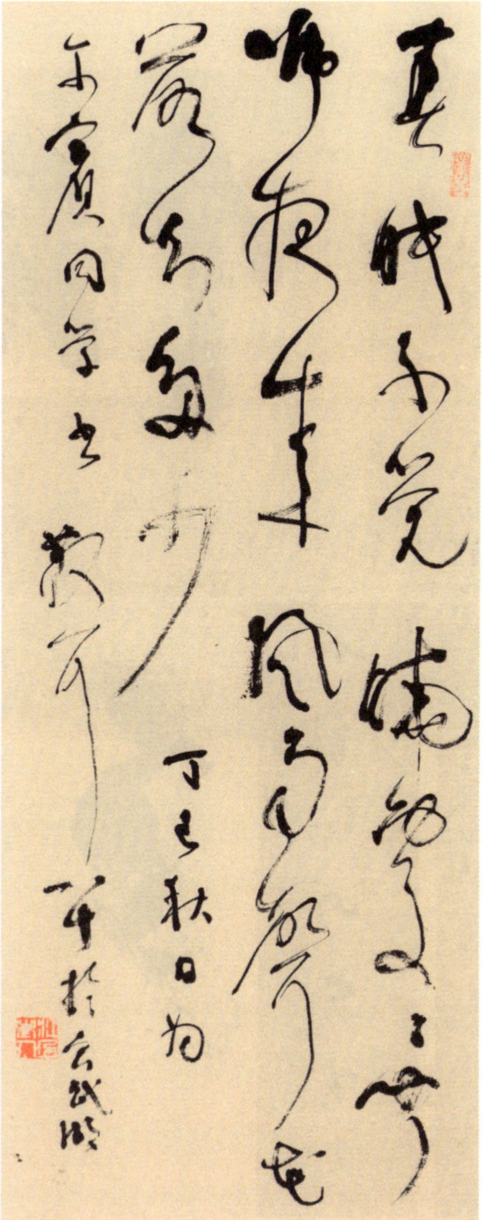

42 林散之《孟浩然诗·春晓》

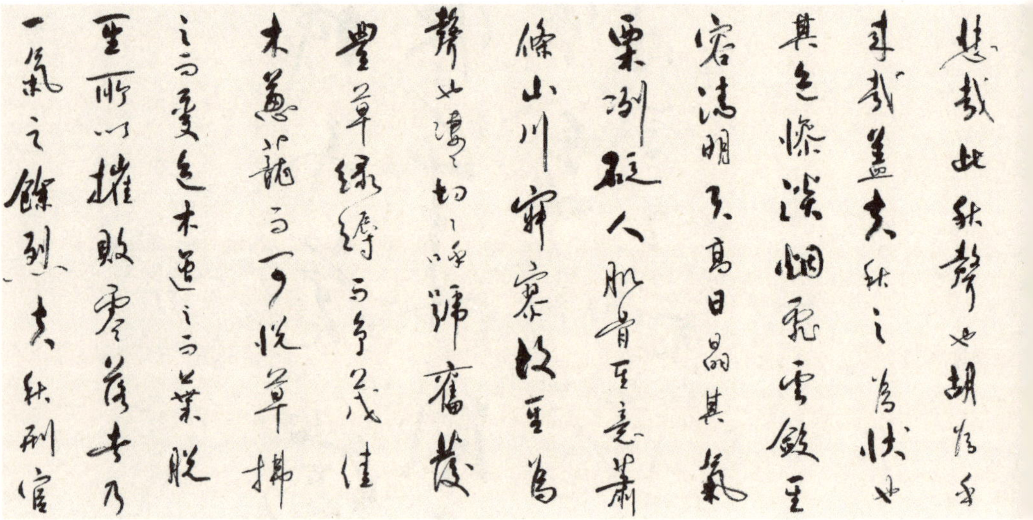

余秋雨行书 欧阳修《秋声赋》局部

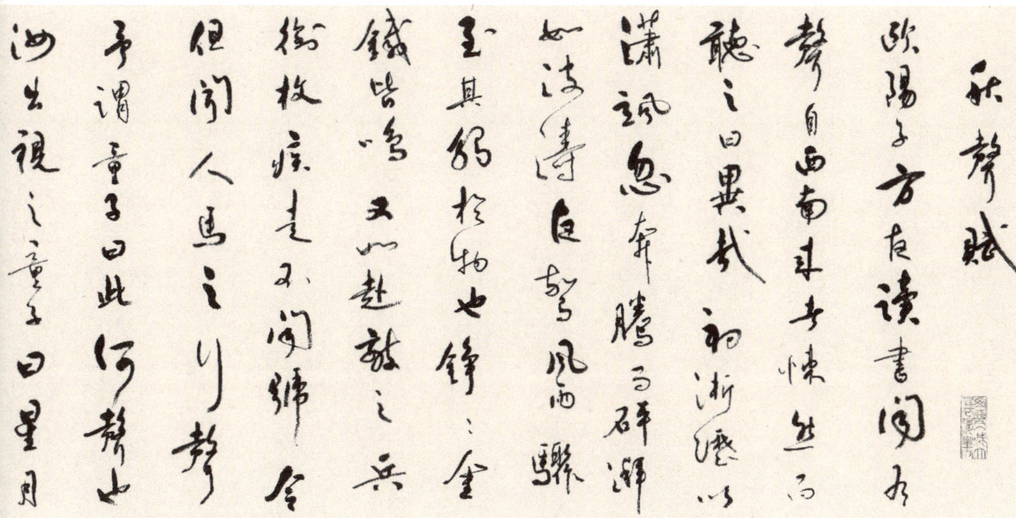
秋聲賦
歐陽子方夜讀書聞有
聲自西南來者悚然而
聽之曰異哉初淅瀝以
蕭颯忽奔騰而砰湃
如波濤夜驚風雨驟
至其觸於物也錚錚金
鐵皆鳴又如赴敵之兵
銜枚疾走不聞號令
但聞人馬之行聲
予謂童子此何聲也
汝出視之童子曰星月

昆曲美学

引　言

昆曲美学，是中国戏剧美学的最高范型，也是人类戏剧美学的珍罕标本。

——我的这一论断，是在三十年前做出的。当时，我正在上海戏剧学院、中央戏剧学院、复旦大学讲授体制庞大的“戏剧美学”课程。这门课程是我自己创立的，出发点不是中国，而是世界，因为它的理论基础是亚里士多德的《诗学》、黑格尔的《美学》，以及现代西方的接受美学和观众心理学。我在这样的宏观学术方位上来论定昆曲美学，一时影响巨大。后来，我又在国际上反复讲述这个论题，对昆曲终于入选“世界非物质文化遗产名录”起到了较大的作用。因此，当联合国世界文化遗产大会借昆曲入选在苏州召开时，还特地邀请我书碑文，镌刻纪念。

在文化上，只有获得宏大的对比坐标，才能把握各个局部。要想明白中国文化的奥秘，必须具有世界眼光。我们常见的自吹自播、自怨自艾，都是由于闭目塞听。如果能把自己的眼光放开了，那么，别人看你的眼光也会放开，并获得比较公平的评判。

我对昆曲的论述之所以会被世界接受，就是因为运用了国际学术思维。例如，我用大量数据告诉国际同行，昆曲的观赏热潮，在中国连续多少时间，覆盖多少地区，经历多少社会动荡，又有多少高层文化精英介入。然后，再请他们与古希腊、古印度戏剧繁盛期做对比，与文艺复兴时期、古典主义时期、浪漫主义时期的欧洲戏剧热潮做对比。终于，他们深深地点头了。

我今天提供的这个有关昆曲美学的文本，虽然用语简明，却也是立足于国际学术思维。对于国内多数戏曲爱好者来说，可能有点陌生。

国内多数戏曲爱好者都承认昆曲很美。究竟美在哪里？大家希望让美学来做出回答。

但是，美学很尊重美，不愿意用急切直陋的方式来解答美。且不说昆曲了，即便是有人要我们回答“秋叶美在哪里”、“晚霞美在哪里”，答案也无法脱口而出。

事情还要从戏剧美学的整体说起。

与世界的其他美相比，戏剧之美出现了极为复杂的大聚合。

例如，它把原先名目独立的视觉艺术和听觉艺术聚合了。

又如，它把不同的创造者聚合了，诸多演员化身角色，配合歌舞音乐创作和故事创作，聚合成了一个似真非真的世界。

更重要的是，它把无数观众聚合了，并产生了同一空间中的群情传染，强烈地播扬于社会……

这一来，历代研究者就敌不过它了。探索戏剧美，也就是探索人类天性中的幻想能力、模拟空间、集成感应、共享欲望。因此，戏剧美学也就接通了戏剧人类学。

更有趣的是，研究者们本来对世界的各种美都感兴趣，但戏剧却把他们的兴趣集中和升华了，因此在很长一段时间内，美学思考一直凝注在戏剧之上。在某种程度上，西方的整体美学有一大半就是戏剧美学，从亚里士多德到黑格尔都是这样。离开了希腊悲剧和莎士比亚，西方美学就难以成立。

这样，戏剧美学就出现了两种含义：一种是以戏剧为目标的门类美学，另一种是以戏剧为途径的整体美学。我的理论习惯，是让这两种含义交融，然后根据需要引申出不同的侧重。这就产生了学术上的两相互济：剖析具体之美时视野广阔，研讨宏观之美时充满质感。

正是根据这种理论习惯，本文论述昆曲美学，也会围绕着昆曲这个主角而纵横驰骋。如果读者有时间上的余裕，可以参阅我的其他几部著作，如《世界戏剧学》、《中国戏剧史》、《观众心理学》。

说了这番引言，我就可以在宏大的格局中来开启我们的论题了。

一

人类早期，有很多难解的奇迹。例如，为什么滋生于地球不同角落又没有任何往来的人群之间，许多精细的生理指数却完全相同？

说到文化上，各大文明之间语言文字并不相同，却为什么在未曾交流的情况下不谋而合地产生了几大基本艺术门类，如音乐、舞蹈、绘画、雕塑？

面对这些不谋而合的奇迹，一个奇怪的现象出现了。各门类艺术的融合，水到渠成地产生了戏剧。古希腊悲剧在公元前五世纪已进入了黄金时代。到公元一世纪至二世纪，印度戏剧也充分成熟。但是，什么都不缺的中国文化，却独独缺了戏剧，而且缺了很久。

对于这件事，我曾反复表达一种巨大的文化遗憾：居然，孔子、孟子没看过戏，曹操、司马迁也没看过戏，而且连李白、杜甫、白居易、王维也没看过戏！

真正有模有样的中国戏剧，到十三世纪才姗姗来迟，这比希腊悲剧晚了一千八百年，比印度梵剧也晚了一千一百年，实在是晚得有点儿离谱了。

为什么中华文化在自己极为灿烂辉煌的漫长历史中，竟与戏剧无缘？一定有一种特殊的消解机制在起作用，这种消解机制来自何方？是属于中华文化自身，还是属于中华文化之外？

这些问题，不属于一般戏剧史家的研究范围。因为出于专业分工，他们没有必要去钻研戏剧产生之前的文化土壤，而且这种钻研要动用的思维资源又必须非常广阔。但是，这恰恰是我最感兴趣的问题。我所写的《中国戏剧史》，就在这方面花费了很多笔墨。

我在这方面研究的最简要结论，曾在《为何迟到》、《迟到的原因》中做过简要表述。那就是，中国戏剧"迟到"一千多年，是出于两个原因：第一，中国人在生活上的"泛戏剧化"；第二，中国人在精神上的"非戏剧化"。

由于中国戏剧晚起的原因远不在艺术样式上，而在文化心理上，所以我比较仔细地研究了"戏剧美"的因子在中华民族集体心理走势中的进退状态。白先勇先生评论我的《中国戏剧史》在思维资源上出自二十世纪初在欧洲兴起的文化人类学，真是极有眼光。我认为，以前一些学者如任半塘先生根据古籍中点点滴滴记载便论定某种"疑似戏剧"可能已经出现在较早的历史时期，意义不大，因为戏剧不是一种私家秘箧，不是一种地下文物，而是大众文化、社会公器，它的历史应该是敞亮的、多证的。我把它拉到公共空间和集体心理之间来考察，是一种文化观念和美学思维的转变。

由于戏剧之美从根子上具有公共本性，所以当集体心理的火候未臻之时，它可以在千百年间放弃生存、放弃行动。但是，这种放弃很可能是一种潜在的心理积聚，积聚着审美渴望，堆贮着美学能量。结果，总会迎来一次大爆发。

中国戏剧之美的大爆发，主要体现在元杂剧[1]上。

这实在是中国人在美学上的无比幽默：积聚千年而一时灿烂，

而这一切似乎是故意憋着。憋过了多少云起潮落，改朝换代。只有美，才憋得住。

斯文漫漫的北宋和南宋，先后在眼泪和愤恨中湮灭了。岳飞、文天祥等壮士都没有能够抵挡住北方铁骑。在他们的预想中，一切已有的文化现场都将是枯木衰草，大漠荒荒。因此，说到底，他们的勇敢，是一种文化勇敢，他们的气节，是一种文化气节[2]。

但是，事情的发展和他们的预想并不相同。中华文化并没有被北方铁骑踏碎，相反，倒是产生了某种愉快或不愉快的交融。宋代文化越来越浓的皇家气息被彻底突破，文化，从野地里，从石缝间，从巷陌中，找到了新的审美天地。

更重要的是，这种突破不仅仅是针对宋代文化，还针对着中华文化自古以来某些越来越规范的“超稳定结构”，包括不利于戏剧美产生的一系列机制。

蒙古族的统治者基本上读不懂汉文，而且他们一时也不屑于懂。马背上取得的铁血优势，使他们在文化上也表现出强势的颠覆性。很快，千年儒学传统及其一系列体制架构全都失去了地位。

例如，在精神层面上，儒家所倡导的和、节、平、适、衷、敬等社会理想被冲破，而这些社会理想恰恰是与戏剧的美学精神完全相反。我在《中国戏剧史》中曾经引述了《吕氏春秋》中提出的儒家审美基调，然后指出这种审美基调是“非戏剧精神”。我是这样写的：

《吕氏春秋》说："太巨、太小，太清、太浊，皆非适也。何谓适？衷，音之适也。何谓衷？大不出钧，重不过石，小大轻重之衷也。"

这当然是一种醇美甘冽的艺术享受，但是只要想一想希腊悲剧中那种撕肝裂胆的呼号，怒不可遏的诅咒，惊心动魄的遭遇，扣人心弦的故事，我们就不难发现，这种以儒家理想为主干的艺术精神，是一种"非戏剧精神"。

…………

据记载，孔子本人，曾对"旍旄羽袚矛戟剑拨鼓噪而至"的武舞，以及"优倡侏儒为戏"，都表示了极大的不满……

直到宋代大儒朱熹，对当时大量寄寓于傀儡戏中的戏剧美也保持了警惕，他于南宋绍熙年间任漳州郡守时曾发布《郡守朱子谕》，其中有言："约束城市乡村，不得以禳灾祈福为名，敛掠财物，装弄傀儡。"

也正为此，中国戏剧集中地成熟于"道统沦微"的年代。

——《中国戏剧史》第一章《邈远的追索》

这就是说，一直要等到元代，儒家"非戏剧化"的审美基调与儒家本身一起沦微了，"戏剧精神"的审美基调也就一下子充溢大地[3]。

与精神层面相关，在行为模式上，儒家虽然排斥作为艺术的戏剧，却喜欢在生活中投入有关身份、地位的礼仪化、程式化“扮演”。这也就是我所说的生活上的“泛戏剧化”。古代中国人，既然天天在生活中“演戏”，所以也就懒得去张罗另一种舞台。到了元代，儒家的种种礼仪程式整体涣散，生活突然变得无序、无靠、失范、失阶，人们已经很难在社会动荡中“互为观众”，因此也都不再有意无意地摆谱、设台、作秀了，而更愿意以微末之身钻进勾栏里看另一番装扮，过另一种生活。这也成了戏剧之美聚合和勃兴的原因。

在勾栏里，本来活跃的是滑稽表演、杂技表演和魔术表演。在儒家主流文化排斥戏剧冲突的时代，只能让戏剧陷于滑稽、杂技和魔术，但元代很快改变了这种状态，这与艺术队伍的改变有关。原来只想通过科举考试而做官的书生们发觉这条路已被阻断，却又别无谋生长技，就一一移步到勾栏、瓦舍之间来帮助策划更好的演出了。这一下可不得了，一大批真正的戏剧作家就此面世，关汉卿[4]、王实甫[5]、马致远、白朴、纪君祥、郑光祖等名家，合力创造了一种全新的美学形态，他们自己也就快速走进了中国戏剧史、中国文学史、中国艺术史、中国美学史。

二

对于中国戏剧，我最愿意讲解的是元杂剧。原因是，这座峭然耸立的高峰实在太巍峨、太险峻了，永远看不厌、谈不完。但是，我在这篇文章中必须刻意讳避，因为我今天的目标是昆曲。元杂剧只是导向昆曲的辉煌过道，只能硬着心肠穿过它，不看、不想、不说。等到要说昆曲，元杂剧的路也已大致走完了。

像人一样，一种艺术的结束状态，最能看出它的高下尊卑。元杂剧的结束状态是值得尊敬的，我在《中国文脉》一书中曾经充满感情地描述它"轰然倒地的壮美声响"。其实，它在繁荣几十年后坦然地当众枯萎，有几方面的原因。譬如，传播地域扩大后的水土不服，随着时间推移致使社会激情和艺术激情的重大消退，作为一个"爆发式"的审美形态在耗尽精力后的整体老化，等等。

再重要的艺术，也无法抵拒生命的起承转合。不死的生命不叫生命，不枯的花草不是花草。中国戏剧可以晚来一千多年，可一旦来了却也明白生命的规则。该勃发时勃发，该慈祥时慈祥，该苍老时苍老，该谢世时谢世。这反而证明，真的活过了。

元杂剧所展现的这种短暂而壮丽的生命美学，被我称为"达观的审美生态学"。我为什么对此感触良深呢？因为历来总有太多早该结束生命却还赖着不走的文艺样式，老是在亢奋回忆，老是在夸张往昔，老是在呼吁振兴，老是在期待输血……

其实，哪怕是呼吁"振兴唐诗、宋词"，也是荒唐可笑的。

这就牵涉了美的"珍藏原则"和"代谢原则"。唐诗之美到了宋代就已经被“代谢”，但有资格进入“珍藏”，让后人回味咏叹。如果它要重新“振兴”于宋代，那就违背了美的“代谢原则”，扰乱了健康的审美生态。

这个问题，对戏剧之美来说更为严峻。戏剧之美的公共本性使它无法违逆广大民众的精神趋向，“代谢原则”更其明确。那种在小圈子里偶尔为“戏迷”演出，也只属于“珍藏”范围。希冀把“珍藏”普及，既不应该，也做不到。

成为一时趋向的“审美心理空间”历来不大，应该让给新时代的创造者和参与者。从这个意义上来说，达观的审美生态学，也体现了一种面向未来的美学道德。

正是元杂剧的“达观”，才有昆曲的兴盛。

元杂剧可以有一千个理由看不起昆曲。但它，还是拂袖躬身，通脱让位了。

年轻的昆曲虽然独具风光，志满意得，但毕竟未忘元杂剧的滋育之恩。正犹豫着是否要回头照顾，却看到了老者飘然离开的身影。老者走得那么干净爽利，直到今天，我们甚至还不知道元杂剧在唱腔和表演上的具体情况。它不想以自己的身份给后继者带来任何纠缠和麻烦。

这正是达观的审美生态学的最佳体现。

好，那就让我们依依不舍地转过头去，看看新兴的昆曲之美吧。

三

昆曲属于“传奇”系统，它的美学血缘产生得比元杂剧还要早一些。很长时间内统称南戏，产生地较多地集中在我家乡浙江，主要在温州、黄岩、嘉兴、余姚、慈溪一带。但是由于前面所说的受“非戏剧精神”审美基调的影响，并未形成声势，更没有引起文化目光的关注。后来更因北方元杂剧的风光独占，便更黯淡了。但它一直作为美的元素悄悄地存在着，依附于大地，依附于民间，直到元杂剧衰退，它才有了新的空间，新的面貌。

历史上很多学者都以为，这种传奇是从元杂剧中脱胎而来的，而不知道它自有南方基因。我觉得吕天成的《曲品》、沈德符的《顾曲杂言》、王骥德的《曲律》、沈宠绥的《度曲须知》在这个问题上都搞错了，日本学者青木正儿也跟着他们错。比较可以相信的，倒是祝允明、徐渭、何良俊、叶子奇等人的论述。对此，我在《中国戏剧史》第五章第二节的一个注释中专门做了说明。

传奇中出了一些不错的剧目，如《荆钗记》、《白兔记》、《拜月亭》、《杀狗记》、《琵琶记》[6]，但它们似乎都在为一个重大的变动做铺垫。

中国戏剧史终于产生了一个新的里程碑，那就是昆腔的改革。

是的，新的里程碑不是剧本，不是题材，不是人物，而是唱腔。在中国传统戏剧中，戏曲音乐、演唱方式、唱腔曲调，起着至关重要的作用，因此也是改革的关键。

中国戏剧史的研究者，多是文人，他们的着力点，往往是剧本，以及时代背景、意识形态之类。其实，决定一个剧种存废兴衰的关键，主要是它的音乐，特别是唱腔曲调。这在当代仍然如此，现今各地的“戏曲改革”为什么几乎没有成果？原因是很多从业者把主要精力放在剧本、题材、导演、舞台美术上，而独独没有在唱腔曲调上有大作为。令人耳腻的唱腔曲调，即便是唱着最时髦、最重要的内容，也很难吸引观众。当年传奇和元杂剧的兴衰进退，其实也是“南曲”、“南音”与“北曲”、“北音”之间的较量。

伟大的元杂剧所裹卷的“北曲”、“北音”为什么日趋衰落？除了水土不服的地域性因素外，主要原因是整体上开始被厌倦。越是伟大越容易被厌倦，原因是传播既强，倾听既多，仰望既久，自然碰撞到了观众审美心理的边界。审美心理的重大秘诀之一是必须“被调节”，不调节，再重要的对象也会面对抱歉转移的眼神。正是在“北曲”、“北音”的被厌倦中，“南曲”、“南音”渐渐获得了新的生命机遇。

在“南曲”、“南音”中，原有一些地方性声腔，如弋阳腔、余姚腔、海盐腔、昆山腔等等。相比之下，昆山腔流传地区最小，但最为好听。怎么好听？徐渭在《南词叙录》中用了四个字——“流丽悠远”。

说到这里，我必须从美学上做一个概括了。

前面说过，戏剧之美是一种综合之美、聚合之美，各种组成因素之间的美学重心，会产生一次次挪移。例如，古希腊悲剧和莎士比亚戏剧的美学重心，显然是剧本；中国早期不成熟的宫廷演剧和民间演剧，重在表演；元杂剧的美学重心，也是剧本。在元杂剧衰微之后，新兴的剧种如果只在剧本上翻花样，变革就不会很大。出乎意料，居然有一代戏剧家以远见卓识，把变革的重心挪移到了唱腔曲调之上。正是这个精准的决定，使得这次变革在中国戏剧史上显得无比重要。因为从此整个中国戏曲也找到了自己共同的美学重心。

四

仅仅对地方性曲调的探撷，远不能完成一种重大变革。必须等待一位在唱腔曲调上既有深厚修养又有变革之志的大音乐家来领军。

这个大音乐家，就是魏良辅[7]。

对于他的生平，我们知之甚少。从种种零星史料的互相参证中约略可知，他大概生于十六世纪初年，是一个高寿之人，活了八十多岁。他在六十岁左右已经是曲界领袖，并以这个身份成了昆腔改革的发轫者和代表者。

他原籍豫章，也就是现在的江西南昌，长期居住在江苏太仓。太仓离昆山很近，现在同属苏州市。从记载中来看，他本人有高妙的唱曲技巧，达到了“转音若丝”的精妙程度。更重要的是，他身边有一大批唱曲追随者，如张小泉、季敬坡、戴梅川、包郎郎等，能把他的唱曲技巧学得很到家。但他本人还不满足，觉得自己不如另一位唱曲者过云适，只要有了新的心得和创意，就一定前去请教，一直要等到过云适认可了才回来。他一次次去得很勤，从来不觉得厌倦。因此，他曲艺大进。当时昆山也有一个优秀的唱曲者陆九畴，想与魏良辅比赛一下，但一比之后，就自认应排位于魏良辅之下。

魏良辅不同于当时一般唱曲者的地方，就在于他对南曲毛病的发现。他认为，南曲过于平直简陋，缺少意味和韵致，因此就针对这种毛病，尽情发挥音律的徐疾、高下、清浊对比，使之婉转、协调、匀称。沈宠绥在《度曲须知》中说他“功深镕琢，气无烟火，启口轻圆，收音纯细”。我们虽未听到，却不难想象他已经超越了南曲的土朴状态，进入了精致境界。

在这个过程中，他虚心地向北曲、北音学习。其中，北方人王友山的唱曲，对他刺激很大。他把自己关在房子里很久，一次次面向北方雕镂南曲。正在这时，一个年轻人出现了。

这个年轻人叫张野塘，寿州人，因为犯事，发配到江苏太仓。他一定是一个快乐的人，即便是发配远行，也带着唱曲时伴奏的弦索。

说到北方弦索，就要先介绍一下南曲原来的伴奏乐器了。说来惭愧，原来很多南曲的伴奏比较简陋，主要是锣鼓。也用人工帮腔、接腔，起到衬托的作用。因此，当张野塘弹起随身带着的弦索唱北曲时，把太仓人都惊住了。一惊之后，又笑他唱得怪异，弹得怪异。

那天，魏良辅听到了张野塘唱曲。到底是内行，一听就停住了脚步。魏良辅拉着张野塘，让他整整唱了三天。听完，赞不绝口，两人就成了忘年之交。

当时魏良辅已年过半百，家里有一个出色女儿，也善于唱曲，附近很多贵公子争相求婚都未成，没想到，最后竟嫁给了这位身上还有罪名的张野塘。这是魏良辅的主意，还是女儿自己的主意？都有可能。我想，这是日夜切磋唱腔所结下的姻缘。于是，这一家三个唱曲家，便成了昆曲改革的最佳组合。

张野塘自然也学了南曲，并让弦索来适应南曲，改造弦索而成"弦子"。在这之后，杨仲修把弦子改为提琴。张梅谷喜欢洞箫，谢林泉则以管从曲。另有陈梦萱、顾渭滨、吕起渭等人，一时都以箫管著名。除箫管外，筝与琵琶也一一加入。这样一来，乐器磨砺着腔曲，腔曲带动着乐器，越磨越细，越带越顺，真可谓相得益彰，达到了昆腔改革的理想状态。

这一些活动，都以魏良辅为中心。因此，我对魏良辅的评价甚高。多年前，每次招收戏剧学的博士生，我总喜欢出一个考题，问昆腔改革的领袖名字。有一次，一位考生只记其姓而忘了其名，只写"老魏"两字。我在考卷上快乐地批写道："感谢你叫他叫得那么亲切。"

一切巨大的美学突破，必须由强悍的生命群体来引领。这是因为，美的最终实现都是对生命的承诺。昆腔的改革从一开始就获得了一个合格的生命群体的支撑。既有一位大音乐家领头，又有一大批唱曲者追随，还从天上掉下来一位能够促成南北音乐相融的张野塘。这个团队，称得上"强悍的生命群体"，而且全是唱腔曲调方面的专家，合在一起，十分称职。

我每次去昆山、太仓一带，都会对这片发生过一场成功美学革命的土地深表尊敬，并在田畴间侧耳细听，希望在风声中还夹带着这批音乐专家留下的依稀余音。

五

固然，昆腔改革的美学重心在音乐，但是作为一门综合艺术，戏剧改革的成果还是需要由一些完整的作品来体现。而且，作为一门公众艺术，广大普通观众也需要通过有故事的演出，来接受和适应新的唱腔曲调。

这就需要在魏良辅、张野塘之外，再出现一位能写剧本的戏剧家了，当然，他应该也懂音乐，非常理解这一场昆腔改革。

这个人，就是创作了《浣纱记》[8]的梁辰鱼。

梁辰鱼，昆山人，比魏良辅小了一辈，差二十岁左右。徐朔方先生考订他的生卒年，为一五一九年至一五九一年。

梁辰鱼在当时，是一位名声显赫的“达人”。他身材高大，模样俊朗，留着好看的胡子。他是官宦子弟，却不屑科举，富于收藏，喜游好醉，结交高人。连著名文史学家王世贞、抗倭名将戚继光，也曾到他家做客。当然，他的主要身份是戏曲音乐家，深得魏良辅真传，善于唱曲，又乐于授徒。远近唱曲者如果没拜会过他，就会觉得没有面子。

梁辰鱼完成《浣纱记》的创作，大概在一五六六年至一五七一年，那时他五十岁左右，而魏良辅已是古稀之年。魏良辅领导昆腔改革的成果，在这部戏里获得了充分的体现。甚至可以说，在这部戏里，人们看到了“完成状态”和“完整状态”的新昆腔。

剧本的文学等级也不错。虽然凌濛初、吕天成等人对这部戏有苛刻的批评，我却很难同意。例如，我此刻随手翻到的两段唱词就念得很顺口，那是西施和范蠡的对唱——

西施：秋江渡处，落叶冷飕飕。何日重归到渡头。遥看孤雁下汀洲，他啾啾。想亦为死别生离，正值三秋。

范蠡：片帆北去，愁杀是扁舟。自料分飞应不久。你苏台高处莫登楼，怕凝眸。望不断满目家山，叠叠离愁。

看得出，作者是能唱曲的，而且颇得元曲中马致远、白朴等人的遣词造句功夫。这类词句，在中国古诗文中不难看到，但对南曲而言却是一个标志，说明土朴俚陋的整体风格已不复存在。此后昆腔的词句，反而由此走向另一个极端，常常陷于过分的工丽典雅。

无疑，梁辰鱼也应列入昆曲改革巨匠的名单，而且紧随魏良辅之后。

唱腔一旦进入《浣纱记》这样的戏，要求就比一般的“清唱”全面得多了。除了在演唱上要更加小心翼翼地讲究出声、运气、行腔、收声、归韵的“吞吐之法”外，还要关注念白，而这是一般的“清唱”所不需要的。

念白也要把持抑扬顿挫的音乐性，还要顺应剧本中角色的情境来设定语气。当然，更复杂的是做功，手、眼、身、步各有法度，即便最自如的演员也要“从心所欲不逾矩”，懂得在一系列程式中取得自由。

与此相关，服装和脸谱也得跟上。种种角色分为五个行当，又叫“部色”、“家门”。在五个行当之下，再分二十来个“细家门”。

总之，舞台与观众之间，订立了一种完整的契约，并由此证明演出的完整性和成熟度。

这样的昆曲演出，收纳了元杂剧没有完全征服的一大片南方山河。在南方山河中，那些原来看不起南曲、南音之俗的大批文人、学士，也看到了一种让他们身心熨帖的雅致，便一一侧耳静听后，并撩起袍衫疾步走进。

南方的文人、学士多出自显达之家，他们对昆曲的投入，具有极大的社会传染性。在文化活动荒寂的岁月，这种社会传染性也就自然掀起了规模可观的趋附热潮。而更重要的是，昆腔的音乐确实好听。

请设想一下当时社会上的集体感觉吧。那么悦耳的音乐唱腔，从来没有听到过，却似乎又出自脚下的大地、众人的心底，一点儿也不隔阂，连自己也想张口哼唱；一哼唱又那么新鲜，收纵、顿挫、徐疾都出神入化，几乎时时都粘在喉间、心间，时时都想一吐为快；更何况，如此演唱盛事，竟有那么多高雅之士在主持，那么多演唱高手在示范，如不投入，就成了落伍、离群、悖时、逆世。

如果把事情推得更远一点，那么，几千年来一直不倡导纵情歌舞的汉族君子风习，一下子获得了释放。一经释放，很多君子才发现自己原来也有不错的歌舞天赋。于是，引吭一曲，其实也是找回自我、充实自我、完成自我。

因此，昆腔火了，昆曲火了，而且大火特火，几乎燎烧了半个中国的审美莽原，燎烧了很久很久。

多久？居然二百多年。

这二百多年，突破了中国文人的审美矜持，改写了中国人的集体风貌。中国文化，在咿咿呀呀中，进行了一种历史性的审美自嘲。

尽管是审美自嘲，但结果居然如此壮观，因此应该说是中国文化在美学上的一次大释放、大投入、大转身。当然，也是一次大收获、大胜利。

六

古今中外的大艺术家可以分为两类，一类是开启型的，另一类是归结型的。两者的区别是：他们的事业在他们去世之后，是更加热闹了，还是走向了沉寂？

魏良辅、梁辰鱼，是典型的开启型大艺术家。

魏良辅大约是在万历十二年去世的，梁辰鱼大约是在万历十九年去世的。简单说来，他们离开的时候，万历时代开始不久，而十六世纪已接近尾声。那几年，可以看成昆曲艺术的一个重大拐点。在这之前，即嘉靖、隆庆年间，昆曲已盛；而在这之后，昆曲出现了一种惊世骇俗的繁荣[9]。

在魏良辅、梁辰鱼的晚年，仅苏州一地，专业昆曲艺人已多达数千名。按照当时的人口比例，这个数字已经非同小可。但是，后来发生的事，是连魏良辅、梁辰鱼也想不到的了。

后来发生的事，主要不在艺人，而在观众。人类戏剧史上的任何一个奇迹，表面上全然出于艺人，其实应更多地归功于观众。如果没有波涌浪卷的观众集合，那么，再好的艺术家也只能是寂寞的岸边怪石，形不成浩荡的景观。

有一位叫祁彪佳的朝廷御史，在明代崇祯年间曾巡按苏松。从他偶尔留下的一本日记中可以发现，当时很大一批京官，似乎永远在赴宴，而有宴必看戏，成了一种生活礼仪[10]。你看，此刻我正翻到一六三二年三个月的部分行踪记录，摘几段：

五月十一日，赴周嘉定招，观《陈双红》剧。

五月十二日，赴刘曰都席，观《宫花》剧。

六月二十一日，赴田康侯席，……观《紫钗》剧，至夜分乃散。

六月二十七日，赴张濬之席，观《琵琶记》。

六月二十九日，同吴俭育作主，仅邀曹大来、沈宪申二客观《玉盒》剧。

七月初二，晚赴李金峩席，……观《迴文》剧。

七月初三，赴朱佩南席，观《彩笺》半记及《一文钱》剧。

七月十五日，晚，邀呦仲兄代作主，予随赴之，观《宝剑记》。

再翻下去，发觉八月之后看戏看得更勤了，所记剧目也密密麻麻，很少重复。由于太多，我也就懒得抄下去了。

请注意，这是在北京，偌大一个官场，已经如此绵密地渗进了昆曲、昆腔的旋律，日日不可分离。这种情况，就连很爱看戏的古希腊、古罗马政坛，也完全望尘莫及了。

北京是如此，天津也差不多。自然更不必说昆曲的发祥地苏州及其周边的扬州、南京、杭州、上海了。

南北各大都市的官场，足可概括中国的大半权力阶层和文化精英。一个国家的高层结构能够以如此大的规模投入密集而漫长的痴迷，实在是人类审美史上一种极为奇特的现象，其间原因重重叠叠，永远探索不尽。但是，不管怎么探索，任何一种原因都离不开美的魔力。这里就出现了昆曲美学最傲人又最让人不可理解的“顶峰体验”。

有过这种“顶峰体验”，昆曲美学也就成了一门艰深的学问。

七

其实，对当时的昆曲演出来说，官场只是一部分，更广泛的流行是在民间。这就需要有足够数量、不同等级的戏班子可供选择、调度了。从明代万历年间开始，中国南北社会戏班子的活动，已经繁荣到了今天难以想象的地步[11]。这中间，包括信息的沟通、中介的串络、行规的制定、艺人伦理的建立……非常复杂。

粗粗说来，昆曲的戏班子分上、下两个等级。上等的戏班子大多活跃在城市，在同行中有一定名望，因此叫作“上班”或“名部”。我上面引用的日记中所反映的那些观剧活动，大多由这样的戏班子承担。有些巨商、地主、富豪之家在做寿、宴客、谢神时，也会请来这些戏班子。演出的地点，多数在家里，但也可能在别墅。

我读到过明代一些“严谨醇儒”的“家教”，他们坚决反对在家里演戏，甚至立了苛刻的“家法”，但又规定，如果长辈要看戏，可把戏班子请到别墅里去，或向朋友借一个别墅演戏。由此可见，长辈们虽然用拘禁的规矩训导儿孙，但自己年纪一大，倒是向着流行娱乐放松了身段，成了家庭里的“时尚先锋”。这对儿孙来说，又成了另一部更重要的“家法”，因为“百善孝为先”。这情景，细想起来有点儿幽默。渐渐地，越来越多的家庭对看戏已经没有什么障碍了。于是，中国十六、十七世纪的社会意识形态，也就在昆腔、昆曲的悠扬声中发生了微妙的变化。

顺便，我们也知道了，当时这些城里的有钱人家在正式府邸之外建造“同城别墅”的原因。

除了在家里或别墅里演出外，明代更普遍的是在公共空间演出。这种演出，分固定和不固定两种。

公共空间的固定演出，较多地出现在庙会上。庙中有戏台，可称“庙台”。在节庆、拜神、祭典、赶集时到庙台看戏，长期以来一直是广大农村主要的文化生活。我们现在到各处农村考察，还经常能看到这类庙台的遗址[12]。

除了庙台，各种会馆中的戏台也是固定的。会馆有不同种类，有宗族会馆，也有在异地招待同乡行脚的商旅会馆。例如，我曾在其他著述中研究过的苏州三山会馆，那在万历年间就存在了。

比固定演出更丰富、更精彩的，是临时和半临时性的不固定演出。这种演出的舞台，是临时搭建的。虽为临时，也可以搭建得非常讲究。一般是，选一通衢平地，木板搭台，平顶布棚。更多地方是以席棚替代布棚，前台卷翻成一定角度，后台则是平顶。这种舞台很像后来在西方突破“第四堵墙”之后流行的“伸出型舞台”和“中心舞台”，观众从三面围着舞台看戏。

更有趣的是，其时风气初开，妇女家眷来到公共空间看戏，与礼教相违，但又忍不住想看，因此专门搭建了“女台”，男士不准进入。有的地方，“女台”就是指有座位的位置，而其他位置不设座。不过这事毕竟有点儿勉强，在摩肩接踵的人群聚集地，为了性别，让丈夫与妻子分开看戏，让老母和孝子也硬行区隔，反而不便。因此，女台越搭越少了。

最麻烦的是，城里一些重要的临时搭建舞台还要为很多技艺表演提供条件。例如，张岱在《陶庵梦忆》里写到的“翻桌翻梯、觔斗蜻蜓、蹬坛蹬臼、跳索跳圈、窜火窜剑”之类，都是高难度的特技。中国戏剧的演出，历来不拒绝穿插特技来调节气氛，因此搭建这种舞台很不容易，需要有一批最懂行的师傅与戏班子中的艺人细细切磋才成。

当然，如果在农村，临时搭建的舞台就可以很简单了。

我本人最感兴趣的，是江南水乡与船舫有关的几种演出活动。我认为，它们完全可以成为人类戏剧学的特例教材。

第一种，戏台搭在水边，甚至部分伸入水中，观众可以在岸上看，也可以在船上看。当时船楫是江南最重要的交通工具，船上看戏，来往方便，既可自如地安顿女眷，又可舒适地饮食坐卧。这情景，有点儿像现在西方的“露天汽车电影院”，但诗化风光则远胜其百倍。

第二种，建造巨型楼船演戏，吸引无数小船前来观看。由于巨型楼船也在水中，一会儿可以辉映明月星云，一会儿可以随着风浪摆动，一会儿又可以呈现真实的雨中景象。所以，在小船上看戏，称得上是一种“天人合一”的至高享受。

第三种，也是在船上演戏，但规模不大，戏船周围是一些可供雇用的小船，观众主要在岸上看戏。有趣的是，如果演得不好，岸上的观众可以向戏船投掷东西来表达不满，于是一船退去，另一船又上来。岸上观众投掷东西时，围在戏船边的小船也可能遭到连累。这种由观众强力介入演出的动态景象，我想不起在世界其他地方的戏剧活动中出现过。

通观这么多不可思议的演出方式，不难得出结论，昆曲美学已经完全渗入山河日月、百姓生息，而且渗入得那么欢乐、那么调皮、那么灵巧。

八

叙述至此已经明白，昆曲美学的奇迹，很大部分发生在观众身上。

这就回到了美学的本质。西方古典美学，着重研究“美的法则”，后来有一批高层智者渐渐懂得，美学更应该研究“美的接受”。于是，美学的更准确命题，是“审美学”。审美群体的心理感受，是美的立足点，如果一定要说“法则”，那也只能从那里派生出来。

由此，戏剧美学的基点，也就成了观众审美的心理学。昆曲美学，则早早地在这方面做出了惊人的示范，而且早于西方那些高层智者很多年。

昆曲美学既然以唱腔曲调为重心，那么，也必然需要有一大批热爱唱腔曲调的观众来支撑。这些观众，不仅是来看、来听，而且自己也唱。这种盘旋于千万观众心间的音乐，能把美的创造和美的接受完全打通，能让艺术家和观众彻底融化，这才能使昆曲美学的奇迹轰轰烈烈地延续。

与历史上其他剧种更不同的是，昆曲拥有一个庞大的清唱背景。

在很长一段时间内，社会各阶层的不同人群，大批大批地投入昆曲清唱的全民性流行，与昆曲演出内外呼应，表里互济，构成了一种宏大的文化现象。这就让昆曲更繁荣、更普及了。

清唱不算戏剧演出，任何人不分年龄、不分职业、不分贫富都能随时参与。令人惊讶的是，这种演唱活动居然在苏州自发地聚合成一种全国性大赛，一种全民性会演，到场民众极多，展现规模极大，延续时间极长，那就是赫赫有名的“虎丘山中秋曲会”[13]。

虎丘山中秋曲会是人类音乐史上的奇迹，也显现了昆曲美学有着何等强大的社会文化背景。

同时代的学者袁宏道、张岱等人详细地记录了虎丘山中秋曲会的实际情景，我要比较完整地引用。

袁宏道是这样记述的：

> 每至是日，倾城阖户，连臂而至。衣冠士女，下迨蔀屋，莫不靓妆丽服，重茵累席，置酒交衢间。从千人石上至山门，栉比如鳞，檀板丘积，樽罍云泻……
>
> 布席之初，呕者百千，声若聚蚊，不可辨识，分曹部署，竞以新艳相角。雅俗既陈，妍媸自别。未几而摇头顿足者，得数十人而已。
>
> 已而明月浮空，石光如练，一切瓦釜，寂然停声，属而和者，才三四辈。一箫一寸管，一人缓板而歌，竹肉相发，清声亮彻，听者魂销。
>
> 比至夜深……则箫、板亦不复用。一夫登场，四座屏息，音若细发，响彻云际，每度一字，几尽一刻，飞鸟为之徘徊，壮士听而下泪矣。

张岱是这样记述的：

> 虎丘八月半，土著流寓、士夫眷属、女乐声伎、曲中名妓戏婆、民间少妇好女、崽子娈童及游冶恶少、清客帮闲、傒僮走空之辈，无不鳞集……
>
> 天暝月上，鼓吹百十处，大吹大擂。十番铙钹，渔阳掺挝，动地翻天，雷轰鼎沸，呼叫不闻。更定，鼓铙渐歇，丝管繁兴，杂以歌唱，皆"锦帆开，澄湖万顷"同场大曲。蹲踏和锣，丝竹肉声，不辨拍煞。
>
> 更深，人渐散去，士夫眷属皆下船水嬉。席席征歌，人人献技，南北杂之，管弦迭奏，听者方辨句字，藻鉴随之。
>
> 二鼓人静，悉屏管弦。洞箫一缕，哀涩清绵，与肉相引，尚存三四，迭更为之。
>
> 三鼓，月孤气肃，人皆寂阒，不杂蚊虻。一夫登场，高坐石上。不箫不拍，声出如丝，裂石穿云，串度抑扬，一字一刻，听者寻入针芥，心血为枯，不敢击节，惟有点头。然此时雁比而坐者，犹存百十人焉。使非苏州，焉讨识者。

这两段记述，有不少差别，张岱写得更完整一点。两者也有某些共同点值得我们注意。例如：

一、曲会是一项全民参与的盛大活动，苏州的各色市民，几乎倾城而出，连妇女也精心打扮，前来参与。

二、曲会开始时，乐器品类繁多，到场民众齐声合唱昆曲名段，一片热闹，很难分辨。

三、齐声合唱渐渐变成了“歌喉相斗”，一批批歌手比赛，在场民众决定胜负。时间一长，比赛者的范围越缩越小，而伴奏乐器也早已从鼓铙替换成丝管。

四、夜深，民众渐渐回家，而比赛者也已减少成三四人，最后变成了“一人缓板而歌”。虽是一人，却“清音亮彻”、“裂石穿云”。这人，应是今年的“曲王”。

这种活动的最大魅力在于一夜的全城狂欢，沉淀为一年的记忆话题。无数业余清唱者的天天哼唱，夜夜学习，不断比较，有了对明年曲会的企盼。这样一来，多数民众都成了昆曲的“票友”，而且年年温习、年年加固、年年提升。

因此，我认为，虎丘山中秋曲会是每年都在修筑的水渠，它守护住了一潭充沛的美学活水。而昆曲，则是水中的鱼。

我们现在很多戏曲剧种为什么再也折腾不出光景来了？原因是让鱼泳翔的大水池没有了。

九

前面说到，全民性的昆曲清唱，使得完整意义上的昆曲演出，拥有了数目惊人的热心“票友”。但是，“票友”有宽、严两义。宽泛意义上的“票友”可以营造一种背景性的滋润气氛，但由于人数众多，波荡不定，往往会产生随风起落的失控状态，这就需要另一种严格意义上的“票友”了。

严格意义上的“票友”，其实也就是专业戏班近旁的“亚专业人员”，有时水准不在专业人员之下。他们对戏剧的热爱，甚至会超过专业人员，因为他们不存在专业人员的谋生目的。

任何重大的美学现象，如果要保持其重大并稳定地延续，需要有一个“亚专业的审美群体”长期围绕四周。他们既佑护，又评判，又参与，保证这个美学现象的生生不息。

昆曲在明代，除了在虎丘山中秋曲会上所集合的千万宽泛意义上的“票友”外，还有一批高水准的严格意义上的“票友”。这种“票友”，就是“亚专业的审美群体”，当时称作“串客”。一听这个称呼就可明白，他们是经常上台参加专业演出的。

“串客”中有一些人，在当时的观众中很出名，他们的名字，居然被一些好事的文人随手记下来了。我对这些“串客”名单颇感兴趣，因为正是这些似乎不重要的名字，让当时的戏剧史料更丰润、更可信了。

那就抄一些下来吧：王怡庵、赵必达、金文甫、丁继之、张燕筑、沈元甫、王共远、朱维章、沈公宪、王式之、王恒之、彭天钖、徐孟、张大、陆三、陈九、吴巳、朱伏……

这个名单可以开得很长。我的抄录，是想完成一次美学验证，说明在“美的创造”和“美的接受”之间，应该出现一个过渡地带、熔接地带、围护地带。这个地带可能有点杂乱，但对戏剧美学来说，不可以没有。戏剧美的创造不同于其他艺术门类，容不得那种孤独的诗人、画家离群索居的状态。

十

昆曲美学在权力阶层和不同票友的痴迷中，理所当然地叩开了财富之门。很多官宦和票友，本来就是一时富豪。财富的力量又使昆曲之美出现了一种特殊身份，使我们联想到欧洲文艺复兴时期佛罗伦萨美第奇家族对绘画、雕塑、建筑所做的一系列大事。

昆曲美学的“美第奇”，就是家庭戏班的大量出现。这是美与权力、财富相捆绑的结构，一时成为社会关注的热点。

家庭戏班，由私家置办，为私家演出。这种团体，这种体制，在世界各国戏剧史上都非常罕见。

在中国古代，秦汉甚至更早，诸侯门阀常有“家乐侑酒”。唐宋至元，士大夫之家也会有“女乐声伎”。到了明代嘉靖之后，工商业城镇发展很快，社会经济获得大步推进，权贵利益集团大批出现，官场的贪污之风，愈演愈烈。在权贵利益集团之间，有没有“家乐班子”，成了互相之间炫耀、攀比的一个标准。

与秦汉至唐宋不同的是，古代的“家乐”以歌舞为主，而到了明代，尤其是在万历之后，昆曲成了家庭戏班的主业。

每一个家庭戏班，有伶人十二人左右。无论是角色分配，还是舞蹈队伍，都以十二人为宜，少了不够，多了不必，后来也成了约定俗成的规矩。直到清代，《扬州画舫录》仍然有记：

> 副末以下，老生、正生、老外、大面、二面、三面七人谓之男脚色；

老旦、正旦、小旦、贴旦四人，谓之女脚色；打诨一人，谓之杂。此江湖十二脚色。

——李斗《扬州画舫录》卷五

当然，有的家庭戏班由于经济原因或剧目原因，不足十二人。七人、八人、九人，都有。

家庭戏班主要演折子戏。昆曲所依赖的剧本传奇，都很冗长、松散、拖拉，如果演全本，要连着演几昼夜，不仅花费的精力、财力太大，而且在家宅的日常起居之间，谁也不会耐着性子全都一出出看完。如果请来亲朋好友观赏，几昼夜的招待又使主、客双方非常不便。因此，挑几出全家喜欢的折子戏，进行精选型、集约型的演出，才是家庭戏班的常例。当然，如果演的是家班主人自己写的剧本，那很可能是全本，带有“发表”、“发布”的性质。请来的客人，也只能硬着头皮看到底了。

拥有家庭戏班的宅第，往往也同时拥有私家园林。演出的场所，大多在主人家的厅堂。厅堂上铺上红地毯，也叫“红氍毹”，就是演出区。“氍毹”两字，读音近似“曲舒”，是明代以后对于演出舞台的文雅说法，我们经常可以从诗句中看到。

家庭戏班的演员，年纪都很小，往往只有十二三岁。因此，他们并不是在外面学好了戏才被招到戏班，大多是招来后再学戏的。戏班，实际上也是一个小小的学校。学校需要教师，称为

"教习"。这些"教习"，不管男女，主要是一些有经验的年长艺人，有的在当时还很著名。

把戏班演出和戏剧教学一起延伸到家庭之中，并且形成长久的风气，这个现象，构成了一种贵族化、门庭化的美学范例，奢侈得令人惊叹。今人胡忌、刘致中先生收集过不少家庭戏班的资料，多数戏剧史家可能认为过于琐碎，极少提及。我却觉得颇为重要，能让今天的读者更加感性地了解那个由无数家门丝竹组成的戏剧时代。同时，也可从中了解那个时代中一大批权贵、退职官僚和士大夫的生活形态和审美方式。因此，我也曾对此用心关注。现稍稍选述几则如下，作为例证。

潘允端家班　在上海。当时被称为"江南名园"，现在仍作为上海著名旅游景点的豫园，就是潘允端营建的，是他的私家园林。他在北京、南京、山东、四川等地做过不小的官，一五七七年返回上海，一五八八年开始组建家庭戏班。戏班的演出，就在豫园里的"乐寿堂"或"玉华堂"内进行。园子里的舞台，直至四百多年后的今天，还经常作为演出场所。

钱岱家班　在江苏常熟。钱岱也曾长期在朝廷做官，大概是一五八二年辞官回乡的，一回乡就在城西营建私家园林，同时组建家庭戏班。园林中的"百顺堂"就是家庭戏班的活动地。家庭戏班中几个比较优秀的演员，是扬州徐太监赠送的，会唱弋阳腔。

钱岱希望他们改唱昆曲。不到一个月，已经学出一些名堂，甚至连当地的方言也学会了。其中一个比较出名的演员，叫冯翠霞。钱岱的家庭戏班有两位女教习：一位姓沈，主教演唱；另一位姓薛，主教乐器，兼管带。

邹迪光家班 在江苏无锡。邹迪光在一五七四年得中进士后担任过工部主事、湖广提学副使等官职。去职后在无锡的惠山脚下筑建私家园林，享受歌舞戏曲娱乐达三十年之久。本来当地已有不少著名的家庭戏班，但邹迪光出手，事事都求极致，别人就无法超越了。在私家园林里，他为家庭戏班的演员们盖了很多房子，真不知他怎么会那么有钱。

申时行家班 在江苏苏州。申时行就是人们常说的“申相国”，是真正的大官。他的儿子申用懋也是大官，曾任太仆少卿、尚书等。这对父子都喜爱昆曲，申府的家庭戏班就非同小可了，既有“大班”，又有“小班”，演出水平都很高。当时有不少风雅名士自视甚高，不屑看很多家庭戏班，但对申府家班则欣赏不已。申府家班演得最好的，是昆曲《鲛绡记》和《西楼记》。

许自昌家班 也在苏州。与前面几位退职官宦不同，许家是大商巨富，因此更加喜欢显摆。许自昌在自己家的祖宅南边，建造了一个豪华的私家园林，叫“梅花墅”，里边所挖水池占十分之七，花竹占十分之三，其中又布置不少奇石。梅花墅里经常在节庆之日招待宾客，“昼宴夜游”，满园灯火。而其中的主项，则是家庭戏班的昆曲演出。

吴昌时家班 在浙江嘉兴。吴昌时是一名大贪官，连《明史》都说他“为人墨而傲，通厂卫，把持朝官”。这里所说的“墨”，就是贪污。他在吏部做官时，以“卖官”所得的巨款，在嘉兴南湖边上大造私家园林，其中家庭戏班的规模也很大。吴梅村曾在一首长诗中描述南湖边的这种奢华演出：

……

轻靴窄袖娇妆束，

脆管繁弦竞追逐。

云鬟子弟按霓裳，

雪面参军舞鸲鹆。

酒尽移船曲榭西，

满湖灯火醉人归。

朝来别奏新翻曲，

更出红妆向柳堤。

——吴梅村《鸳湖曲》

对于这种场面，我不会像吴梅村这样笔醮欣喜。即便秉承着戏剧史家的专业立场，我也十分排斥南湖边上的这种排场。毕竟这一切都是“卖官”贪污所得，全部繁弦新曲都由“毒水”浇灌。

而且，从北京到南湖的转换逻辑证明，明代的政坛已经无救了。

屠隆家班 在浙江宁波。屠隆是明代出名的戏剧家、文学家，在拥有家庭戏班的富豪中间，算是为数不多的“专业人员”。他有能力办戏班，可能与他出任过青浦县知县、礼部郎中有关。在专业领域，屠隆创作过传奇《昙花记》、《修文记》、《彩毫记》，其中以《昙花记》最为有名。他的剧作，追求骈俪风格，非我所喜。他的戏班的具体情况，还不很清楚，但从点滴记载中可以知道：他自己写的剧本大多是由自己的戏班来演的；他曾带着戏班外出，自己也参加演出。

除屠隆外，艺术家拥有家庭戏班的，还有沈璟、祁豸佳等人。沈璟是江苏吴江人，因与汤显祖观点对立而著名史册，但他的家庭戏班，是与顾大典合办的。祁豸佳是浙江山阴人，是戏剧家祁彪佳的哥哥，他既精通音律，又会自己写剧，对戏班要求严格。

在明代，还有一个既是艺术家，又是大官僚的名人，那就是让人讨厌的阮大铖了。

阮大铖戏班 阮大铖为安徽怀宁人，曾经依附权奸魏忠贤，被废弃后隐居南京，在仓皇混乱的南明小朝廷中出任兵部尚书，后又降清。他在晚明士林中，是一个诸般劣迹叠加的反面角色。但是，在艺术上，他却是一个戏曲行家。他一共写过十一个传奇剧本，现存四个，即《燕子笺》[14]、《春灯谜》、《牟尼台》、《双金榜》。其中《燕子笺》一剧，更是名传一时。

阮大铖位高、权重、财厚，又懂得艺术，他的家庭戏班演他自己创作的剧本，整体水准也就明显高于一般。张岱到他家看过戏，后来在《陶庵梦忆》中具体地讲述了从文学剧本到表演、唱曲、舞台设置等方面所达到的高度，结论竟然是“本本出色，脚脚出色，出出出色，句句出色，字字出色”。这是我们现在能见到的对明代家庭戏班的最高评价。更奇怪的是，连一些政敌看了阮大铖戏班的演出，也颇为称赞。

这也就留下了一桩不小的公案：事隔几百年，我们该如何看待一个无德官僚家庭戏班的艺术成就呢？此事始终有争论，随着历史背景的淡化，越来越多的人渐渐偏向于“不要以人废言”的冷静立场。例如，近代戏剧家吴梅说，对阮大铖的戏曲，应该“不以人废言，可谓三百年一作手矣”。

我不赞成这种貌似公正的“冷静立场”，因此想跳开去多讲几句。

艺术当然不能与政治混为一谈，但我在《观众心理学》一书中曾详细论述，戏剧美学有点儿特殊。戏剧演出，是一种在同一个空间里当场反馈的集体审美活动。无论是演出者还是接受者，都人数众多，需要发生即时共鸣，因此，必定比其他个体艺术、单向艺术、隔时艺术更诉求社会共识。尤其是在历史转型时期，戏剧演出更有可能成为一种社会精神的冶炼现场和释放现场。阮大铖这么一个人，身处历史转型的关键时刻，一言一行都触动社会的神经中枢，那么，他亲手所写的剧本，他的戏班的演出，很难不让人看作他的另一种发言方式。他的特殊重要身份和他每天采取的重大行为，也使人们很难把他的创作看成纯粹的艺术。

美，是生命的外化。一旦创造者的生命格调受到广泛质疑，那么，美的品级也会蒙尘。在这个问题上，我们不应该抽离生命形态，把美仅仅看成一种装饰技巧。

因此，一直有人对阮大铖的剧作摇头。例如，姜绍书评他的剧作“音调旖旎，情文婉转，而凭虚凿空，半是无根之谎”、“皆靡靡亡国之音”。胡忌、刘致中认为他的剧作内容“或是为自表无罪而编造故事”。叶堂则嘲笑他自称秉承汤显祖[15]，“其实未窥见毫发”。

阮大铖确实曾经把自己与汤显祖放在一起。他说：“我的剧作，不敢与汤显祖比较，但也有一些优点。汤不会作曲，我会，因此演唱起来不会棘喉齿，而能清浊疾徐，婉转高下，能尽其致。”

你看，他自己还真和汤显祖比上了。不错，在戏剧美的广度上，阮大铖超过汤显祖，因为他会作曲，汤不会。但是，戏剧美除了广度还有高度，而决定终极等级的，恰恰是高度。

阮大铖，才能再广，权力再大，财产再多，也无法与汤显祖相比。对美，美学极为严厉，不可妥协。

既然提到了汤显祖，那么我就必须顺着说说剧作了。

十一

请读者原谅我迟迟不说昆曲的剧本创作，一直拖到现在。其实，我二十几年前在海内外发表的那个有关昆曲的演讲中，倒是花了不少口舌解析昆曲文学剧本的美学格局。

记得我当时着重讲了昆曲在文学剧本上不同于西方戏剧的一些特征，来证明它是东方美学格局的标本。例如：

一、昆曲在意境上的高度诗化。不仅要求作者具有诗人气质，而且连男女主角也需要具有诗人气质，唱的都是诗句，成为一种“东方剧诗”。

二、昆曲在结构上的松散连缀。不仅可以连绵延伸成一个“长廊结构”，又可以随意拆卸、自由组装，结果以“折子戏”的方式广为流传。

三、昆曲在呈现上的游戏性质。不苛求幻觉幻境而与实际生活驳杂交融，因此可以参与各种家族仪式、宴请仪式、节庆仪式、宗教仪式。

我是在完成了《世界戏剧学》的著述之后找出昆曲的这些特征的，因此并非偶得之见，至今未曾放弃。但是今天我不想在这里多说昆曲的剧本创作了。原因之一是，剧本创作，是我的《中国戏剧史》中的主要阐述内容，在那本书里不难找到，在这儿就不必重复了。更重要的原因，我是想通过调整重心，来表达一种更现代、更深刻的戏剧史观。

这种戏剧史观认为：无论哪个时代、哪个社会，整体的戏剧生态，远比具体的戏剧作品更值得研究；观众的审美方式，远比作家的案头写作更值得研究。由于这种戏剧史观在中国学术界还比较生疏，我不得不用故意的侧重来进行强调。

从上文对昆曲超常生态的描述就可以推断，当时的剧本创作一定非常繁荣。确实，要把明、清两代比较著名的昆曲作家列出来，是一件难事。名单很长，资料庞杂，如一一介绍，哪怕寥寥几句，加在一起，也会延绵无际。我可以从我的同乡浙江余姚吕天成的努力，来说明这一点。

吕天成在一六一〇年写了一部《曲品》，那时尚在万历年间，离昆曲的兴盛还不久，但他要排列可以传世的昆曲作家就已经很麻烦了。他先分出“旧传奇”和“新传奇”两大部分，在“新传奇”中，又分出不同的等级，即便是被他评为“上等”的，里边又分为“上之上”、“上之中”、“上之下”三个小等级。那就让我们来看看这三个小等级里的名单吧：

> 上之上：沈璟十七本，汤显祖五本；
>
> 上之中：陆天池两本，张灵墟七本，顾道行四本，梁伯龙一本，郑虚舟两本，梅禹金一本，卜大荒两本，叶桐柏五本，单槎仙一本；
>
> 上之下：屠赤水三本，汪昌朝十四本，陈荩卿四本，龙

朱陵一本，郑豹先三本，余聿云两本，冯耳犹一本，爽鸠文孙两本，阳初子一本。

除了这十九个人，还有不少补遗。但是，这样的排列到了三十年后祁彪佳写《远山堂曲品》的时候，已经被指责为太“严”、太“隘”。也就是说，应该进入上等名单的，还应大大增加。

在吕天成的排列之后，著名剧作家队伍进一步扩大，随手一写就有范文若、吴炳、冯梦龙、孟称舜、袁于令、沈自征、沈自晋、凌濛初等人。

到了清代，著名的就有李玉、朱素臣、邱园、毕魏、叶时章、张大复、薛旦、朱云从、吴伟业、来集子、黄周星、尤侗、万树、范希哲、嵇永仁、裘琏、陈二白、何蔚文、刘方、夏纶、张坚、黄之隽、唐英、董榕、杨潮观、蒋士铨、金兆燕、李斗、桂馥、沈起凤……还可以写出不少名字，但不要忘了李渔、洪昇、孔尚任他们。

这样抄名单，是不是有点儿无聊？不。我试图在汤显祖这样的大手笔背后，画出一片人头济济的群体性背景。人群中的每一位，在当时大多可划入“文化精英”的范畴，各有不小的风光。把他们叠加在一起，便组成了一个惊人的“剧潮曲海”。

国运未必顺畅，文脉已趋衰势，文人整体窝囊，而戏曲却如此扩张，这里实在沉淀着太多的美学悖论、兴亡玄机。

在那么多昆曲作家中，我选出的前三名，第一为汤显祖，第二为孔尚任，第三为洪昇。而在汤显祖的四部作品中，《牡丹亭》[16]又遥遥领先，甚至可享唯一的尊荣。他写的其他几部戏，失去了与《牡丹亭》的可比性。对于这几位剧作家，我在《中国戏剧史》一书中已有专章做长篇论述。在《中国文脉》一书中，我又简略分析了他们之间的高低利钝，读者可以参考。

我没有把那位被吕天成排为“上之上”第一名的沈璟排入，是从戏剧文学的“器格”着眼。沈璟是一位重要的昆曲作家，在当时影响很大。他是江苏吴江人，一五七四年他二十一岁时考上了进士，在北京做官，三十六岁就辞职回乡了，全身心地投入戏曲创作二十余年，直到五十七岁去世。他的居住地，是吴江的松陵镇，因此，我们凡是读到“松陵词隐先生”、“松陵宁庵”、“吴江沈伯英”等称呼时，都应该知道是在指他。词隐、宁庵、伯英，是他的别号和字。

我本人在“文革”灾难中被发配到吴江农场劳动，偶尔也会泥衫束腰到松陵镇送粮，走在颓朽的老街上，就会一次次想起沈璟三百六十多年前在这里拍曲写戏的情景，这也算是一段远年的缘分。

沈璟的戏剧努力，主要集中在曲词的格律、唱法上，到了“按字模声”而不怕“不能成句”的地步。他主张“宁律协而词不工，读之不成句，而讴之始协，是为曲中之巧”。这就把剧本当作了演唱的被动附庸，以戏剧的音乐价值贬低了文学价值，极为不妥。怪不得，他的剧本都写得不好，虽有那么多数量，却没有一个传得下来。

与他产生明显对立的，是比他大三岁的江西人汤显祖。汤显祖作为全部昆曲史中排名第一的剧作家，在整体戏剧美学观念上也比同行们更健全。

十二

健全很难。

说到整体戏剧美学观念，昆曲史上出过不少理论家，在这方面的谈论很多。我在早年所著的《戏剧理论史稿》一书中花费六十多页篇幅介绍的王骥德、李渔等人，就是代表。

我曾反复论述，辉煌的元杂剧并没有产生过相应的理论家。太大的辉煌必然是一个极为紧张的创造过程，没有空隙容得下说三道四、指手画脚。当理论家出现的时候，那种辉煌也已过去了。

昆曲一直在细细磨砺着唱腔曲调，流播的空间大、时间长，并没有出现爆发式的辉煌而让人急不择言的情况，于是理论家就一个个现身了。严格来说，中国古代戏剧史上的主要理论家，绝大多数都是昆曲理论家。但是，这些理论家如果自己写戏，基本不妙。《曲品》的作者吕天成、《曲律》的作者王骥德，都是如此。

清代的李渔，大家都知道。他的《闲情偶寄》，可以看作中国古代最著名的戏剧理论，也是在讲昆曲。他是一个繁忙的戏剧活动家，也有自己的职业戏班，走南闯北，因此他的理论有充分的经验支撑，既实用又全备。但是，他的那些戏，还是写得很平庸，并不出色。再回头看他的理论，也是重“术”轻“道”，缺少高层次的戏剧美学思维。

对此，我们不能不佩服汤显祖了。他不仅戏写得最好，而且在审美品级上与沈璟划出了明确界限，终被时间首肯。更难能可贵的是，他还表述过自己对戏剧美学的整体观念，显得健全而深刻。

我指的是他写的《宜黄县戏神清源师庙记》。

这是一篇用诗化语言写出的戏剧礼赞。汤显祖告诉人们，戏剧美的起点和终点是什么：

> 极人物之万途，攒古今之千变。一勾栏之上，几色目之中，无不纡徐焕眩，顿挫徘徊。
>
> 恍然如见千秋之人，发梦中之事。使天下之人无故而喜，无故而悲。
>
> 或语或嘿，或鼓或疲，或端冕而听，或侧弁而咍，或窥观而笑，或市涌而排。
>
> 乃至贵倨弛傲，贫啬争施。瞽者欲玩，聋者欲听，哑者欲叹，跛者欲起。
>
> 无情者可使有情，无声者可使有声。寂可使喧，喧可使寂，饥可使饱，醉可使醒，行可以留，卧可以兴。
>
> 鄙者欲艳，顽者欲灵……

汤显祖这段话的美学等级，远远高于中国古代一般的戏剧理论。因为在这里，罕见地触及了戏剧如何拓宽和改变人类生命结构的问题。

汤显祖说，戏剧能让观众“见千秋之人，发梦中之事”，即把生命带出现实生活，进入异态时空。他认为，这种带出，能让生命进入一种摆脱现实理由的“无故”状态，即所谓“无故而喜，无故而悲”。其结果，却是改变观众的心理偏狭，走向精神健全，即所谓“贵倨弛傲，贫啬争施”、“无情者可使有情，无声者可使有声”。

在汤显祖看来，演剧之功，在于让人在幻觉中快乐变异，并在变异中走出障碍。这就逼近了中外美学的共同追求，其立论之高，令人仰望。

为了达到这个目标，汤显祖对演员的艺术提出了相应的要求。

> 一汝神，端而虚。择良师妙侣，博解其词，而通领其意。
>
> 动则观天地人鬼世器之变，静则思之。绝父母骨肉之累，忘寝与食。
>
> 少者守精魂以修容，长者食恬淡以修声。为旦者常自作女想，为男者常欲如其人。

对这一段话需要解释一下。

汤显祖对戏剧表演者的总体要求是：专一你的精神，端正而又虚静。

具体要求是：找几个水平高的人一起好好读剧本，领会其中意思。平日主动地观察天地世态之变，又会不断地静下心来思考，不要被家事俗务拖累。年轻的，要懂得安顿精神魂魄来美化姿态容貌；年长的，要懂得薄饮淡食来保养自己的声音。演旦角的男演员，要经常站在女性立场上思考，即使是演男性，也要经常体验戏中的那个角色。

汤显祖本人很重视这篇戏剧论文，要求“觅好手镌之”。也就是请最好的雕刻者，把它刻在一个祭祀“戏神”的祠庙中。

这又一次证明：一方苍苔斑驳的碑刻，其价值，很可能超过厚厚一堆书。

十三

一种过度的文化流行，时间一长，一定会渐渐背离汤显祖他们划出的美学等级，一步步走向美的钝化、退化、僵化，背着往日的记忆和今日的抱怨，成为沉重的社会负担。后代文人经常会片面地激赞远去的审美现象，把它们正在承受的衰败、伤痕、羞辱全然抹去。其实这种做法是不对的，只能使九天之上的文化祖先们老泪纵横。

须知，在过度的流行中，真正的艺术不可能不寂寞。越流行，越寂寞。我前面抄写了部分昆曲作家的名字，显现了当时的笔墨之盛。那么多人写了那么多戏，好东西一定不少吧？遗憾的是，事实与想象完全不同：好东西实在很少。

创作思想被流行浪潮严重磨损，即使有才华的人，也都在东张西望、察言观色，结果，大量的作品越来越走向公式化、老套化、规制化。这种情形，古今中外皆然。

公众一旦集合，最容易形成粗糙的公式。因此，多数流行一开始不错，但当那个公式被拉长、拉大后，就必然会诱发因袭和拼凑，令人头疼。

对于这样的流行，不要说汤显祖这样的创新者越来越受不了，就连比较平庸的李渔，也在不断抱怨。他在《闲情偶寄》中说：

> 吾观近日之新剧，非新剧也。皆老僧碎破之衲衣，医士合成之汤药。

取众剧之所有，彼割一段，此割一段，合而成之，即是一种“传奇”。

李渔还说，他看了那么多年的戏，只听到过不熟悉的姓名，没见到过不熟悉的剧情。

对于昆曲剧本的公式化、老套化，戏剧家吴梅揭露得最为有趣。他说，那么多戏，竟然都逃不出一大堆“必”：

生必贫困，女必贤淑，先订朱陈，而女家毁盟。当其时，必有一富豪公子，见色垂涎，设计杀生。

女父母转许公子，而生卒得他人之救，应试及第，奉旨完姻，置公子于法，然后当场团圆。

十部传奇，五六如此！

——《词余讲义》

请注意吴梅所统计的比例：在所有的昆曲剧本中，十分之五，甚至十分之六，都是这么一个老套，这实在是有点儿恐怖了。

长久地痴迷一种老套，对于普通观众而言，是出于一种浅薄而又惰性的从众心理，迟早会厌倦和转移，但对文人和官员来说就不一样了。他们痴迷老套，有一系列艺术之外的原因，说起来颇为悲哀。原来，他们在社会大变动中产生了种种不安全感，试图借助于文化来摆脱。但是一进入文化又发现，最大的不安全感恰恰在于文化。因此，他们要用一种故意的陈旧和重复来筑造一道心理抚慰之墙。

不管在什么时代，当一大批官僚和文人都竞相沉溺在老腔、老调里，基本上都是这个原因，尽管他们总有高雅的借口。

正因如此，昆曲的悠扬曲调，一再在兵荒马乱中成为自欺欺人的安神汤、麻醉剂。也正因如此，它总是被冤枉地看作“世纪末的颓唐之音”。

十四

明朝末年发生的事情最能说明问题。

一六四四年春天，崇祯皇帝朱由检自缢而亡，北京城易主，明朝实际上已经灭亡。但在南京，却建立了以朱由崧为皇帝的弘光小朝廷，在清军南下、战火紧逼中苟延残喘。这个小朝廷虽只延续了一年，但几乎天天都在看昆曲。

据《鹿樵纪闻》、《小腆纪年》、《栋亭集》、《枣林杂俎》、《明季咏史百一诗》等文献记载，弘光小朝廷的高官们争着给朱由崧送戏、送演员、送曲师，甚至还到远处收集。

这年秋天，宫中演了一部长达六十多出的昆曲《麒麟阁》。到冬天，阮大铖又张罗大演自己写的昆曲《燕子笺》。除夕之夜，朱由崧还不高兴，因为没有新戏进宫演出。当时战事紧急，宫中早已规定，如果局势危急，即使半夜也要敲钟示警。一夜突然响起钟声，宫外只听得一片混乱，其实那只是宫内要演戏了。

小朝廷成立一周年之时，百官入朝致贺，没想到皇帝朱由崧根本就没有露面，原因是在看戏。那时，离小朝廷的彻底覆灭已经没有几天了。

知道清兵渡江的时候，朱由崧还在握杯看戏。一直看到三鼓之时，才与后宫宦官一起骑马逃出宫去。因此，史学家写道，南明弘光王朝是在戏曲声中断送的。

“戏迷”朱由崧出宫之后，在芜湖被俘。他被清军押回南京时，沿途百姓都夹路唾骂，投掷瓦砾。

那些不甘心降清的明末遗臣，一会儿拥立“鲁王”，一会儿又拥立“永王”，乍一看颇有气节，但从留下的相关资料上来看，整个过程中永远在演戏，在看戏。到处是铁血狼烟，他们却在昆曲中逍遥。

朝廷是这样，那些士大夫更是这样。逃难的长途中满目疮痍，他们居然还带着零落的戏班，逮到机会就看戏。有一些家庭戏班，几经逃难已经“布衣蔬食，常至断炊”、“下同乞丐”，却还保留着没有解散。王宸章的家庭戏班早已不成样子，而在流浪演出中，那个与艺人一起“捧板而歌”、“氍毹旋舞不羞”者，就是王宸章本人。现代研究者不必为这样的事情所感动，把这些人说成“在战乱之中仍然把艺术置于兴亡之上、生命之上的真正艺术家”。其实，这里没有太多的艺术。那些逃难的官僚、士大夫，把昆曲看成了麻醉品。此间情景已近似于“吸毒”，尽管其毒不在昆曲。

那个阮大铖，在弘光小朝廷任兵部尚书，很快降清。清军官员对他说：“听说你还写过剧本《春灯谜》、《燕子笺》，那你自己能唱昆曲吗？”

阮大铖立即站起身来，“执板顿足而唱”。清军多是北方人，不熟悉昆曲，阮大铖就改唱弋阳腔。清军这才点头称善，说：“阮公真才子也！”

唱完曲，阮大铖为了进一步讨好清军，还跟着行军。在登仙霞岭时，他想要表示自己还身强力壮，足堪重用，居然还骑马挽弓，奋力奔驰。其实，那时他已年逾花甲。清军跟着他来到山顶，只见他已经下马，坐在石头上。叫他不应，清军以马鞭挑起他的发辫，也毫无反应。走近一看，他已经死了。

这段记述，见之于钱秉镫《藏山阁存稿》中第十九卷。未必全然皆真，或许大体可信。一代权奸戏剧家，就这么结束了生命。昆曲在这天的仙霞岭，显得悲怆、滑稽而怪异。

这实在是一场政治灾难中的“美学灾难”。

十五

到了清代，强化吏治，禁止官僚置备家庭戏班，雍正、乾隆都下过严令。被允许的，只是职业戏班。这样一来，昆曲的强势就消弭了。

由此，昆曲也就发现了自己以前的生命力迷局。原来，当初虎丘山中秋曲会的清唱、职业戏班的风靡，早已是远年记忆。后来乘势涌现的大量昆曲剧本，都局囿在官僚士大夫的狭隘兴致中，与社会民众隔了一道厚墙。所以，当官僚阶层的家庭戏班一被禁止，也就在整体上失去了生存的基石。

清朝初期苏州地区出现的一大批文人创作，更进一步从反面证明了这个残酷的事实。

这么一来，社会民众所喜爱的“花部”，即众多声腔的地方剧种，也就有了足以与昆腔“雅部”抗衡的底气。尽管它们还要经历多方面的锻铸和修炼。

犹如回光返照，在康熙年间出现了两部真正堪称杰作的昆曲剧本：洪昇完成于一六八八年的《长生殿》[17]和孔尚任完成于一六九九年的《桃花扇》。这两部戏，也属于士大夫文化范畴，也都由于不明不白的原因受到朝廷的非难。

在这之后，昆曲不再有大的作为，只是在声腔、表演上延续往昔了。

“花部”和“雅部”的互渗和竞争，最后的结果是昆曲的败落，这是大家都知道的了。

这么说来，昆曲整整热闹了二百三十年。说得更完整点儿，是三个世纪。这样一个时间跨度，再加上其间人们的痴迷程度，已使它在世界戏剧史上独占鳌头，无可匹敌。

我看到不少人喜欢用极端化的甜腻词汇来定义昆曲，并把这种甜腻当作昆曲长寿的原因。这显然是不对的，就像一个老太太的长寿，并不是由于她曾经的美丽。

一切有历史的文化，总是布满了瘢疤和皱纹。我们只需承认，长寿的昆曲已成为中华文化发展史中极为重要的一部分。而且，由于这个部分在中外文化长廊中显得那么独特，那么无可替代，它又成了我们读解中华文化的一个窗口、一条门径、一把钥匙。

为此，我在这篇长文的最后留下一个沉重的难题：延绵三个世纪的昆曲，对整个中国文化而言，究竟是积极大于消极，还是消极大于积极？

十六

照理，对于一个已经发生的事实，不必再做这种衡量。但是，这三个世纪对中华民族实在是至关重要。十六、十七、十八世纪，正是我在《中国文脉》一书中论定的数千年中国文化的衰落期，也是中华文化落后于西方文化的转折期。

且不说经济和政治，只在文化上，就有一系列令人心动、甚至令人心酸的比较。例如，昆曲开始发展的时候，正逢西方地理大发现已经完成，文艺复兴正在进行。就在汤显祖十四岁、沈璟十一岁那一年，英国的莎士比亚诞生。十年前，魏良辅的女儿嫁给了张野塘。

有学者考证，一五九一年汤显祖在广东见过西方传教士利玛窦，这是徐朔方先生的观点。我比较赞成龚重谟先生的看法，汤显祖见到的西方人也许不是利玛窦，可能是罗如望，也可能是苏如汉。但不管怎么说，我们的昆曲作家与西方近代文化已经离得很近。显然，在任何一种意义上，他们都"失之交臂"了。昆曲在汤显祖之后，没有太大进步，却依然还是占据中国文化的要津，那么久远。而在这么漫长的时间里，莎士比亚之后的欧洲文化，却不是这样。

李渔与莫里哀，也只相差十一岁。

我又联想到十八世纪后期的一个年份，一七九二年。那一年，汇辑流行昆曲和时剧的《纳书楹曲谱》由叶堂完成，昆曲也算有了一个归结点。但是，我们如果看看远处，那么，这一年的前一年，莫扎特上演了《魔笛》并去世；第二年，法国《马赛曲》问世，海顿成为交响曲之父。而仅仅几年之后，贝多芬贡献了他的《英雄》和《田园》。

相比之下，我们如果再回想一下吴梅所揭露的多数昆曲的老套，就知道当时不同文化之间的方向性差异了。

这种方向性差异，后来带来了什么结果，我就不必再说了。

我并不是要在比较中判定两种不同文化之间的绝对优劣，而只是想说明，中华文化即便在明、清两代的衰落时期，本来也有可能走得更为积极和健康一点儿。

文化，除了已经走过的轨迹外，总有其他多种可能。甚至，有无限可能。

不错，存在是一种合理。但那只是“一种”，而不是唯一。而且，各种不同的“合理”分为不同的等级。哲学和美学的使命，是设想和寻找更高等级的合理，并让这种合理变为可能。

因此，我们面对一个伟大民族在文化衰落期的心理执迷和颤动，都应反思，都可议论。

昆曲之美，是我们进行这种反思和议论的重要题材。我会把自己反思的感受，写在后面的小结里。

小 结

对于昆曲美学，可以做以下十六项小结：

一、昆曲，是中国戏剧美学的最高范型，也是人类戏剧美学的珍罕标本。它以显要地位入选《世界非物质文化遗产名录》，而且由于它，联合国世界遗产大会在中国苏州隆重举行，并不奇怪。

二、昆曲美学作为一门学科，并不仅仅用来解释昆曲广为人称道的唱腔之美和身姿之美，而是要系统研究昆曲之美的产生、提炼、播扬、定型、僵化、衰落的每一个生命阶段，并将它与前后左右的其他戏剧形态和社会生活形态进行对比。这是一个不小的学术工程，世界上能够经得起如此规模研究的剧种很少，昆曲在中国则肯定数第一。

三、中国主流的传统文化儒家、道家、佛家，都与戏剧不亲。直到元代北方少数民族入主，才改变了这个状态，以元杂剧填补了历史空缺。由于需要填补的沟壑太长、太宽，元杂剧以一种“爆发式”的壮美惊动历史，却又快速地耗尽了生命，以垂暮英雄的姿态退出了舞台，这就为昆曲让出了地位。元杂剧为戏剧争得的前所未有的荣耀地位、浩荡气格，被昆曲的开拓者们继承了，他们又发现了元杂剧的种种缺陷，便在南方地方性唱腔的基础上实行大胆的改革，并取得了成功。

四、昆曲改革的成功，先是确认了这个剧种的美学重心，那就是唱腔曲调。这与原始演剧以表演为中心，元杂剧以剧本为中心的格局，判然有别。美学重心的移位，使“昆曲美”得以独立。

五、美学重心的移位，取决于改革团队的美学身份。以魏良辅为代表的这个艺术家群体，主要由作曲家、唱曲家和听曲行家组成。他们知道元杂剧所依附的北曲浩荡有余、婉转不足而难以在民间流行，又发现自己所擅长的南曲又平直简陋，缺少意味和韵致，因此在音律的徐疾、高下、清浊上下功夫，渐渐达到了“启口轻圆、收音纯细、轻磨精琢、气无烟火”的境界。这就是昆曲美在唱腔曲调上的基本特征，改革后的昆曲立即受到当地观众的喜爱而快速播扬，这也成了后来长期被朝野痴迷的主要原因。

六、唱腔曲调的改革必然伴随着乐器的重大推进。从北方来的张野塘把北曲的弦索交给了昆曲，并把弦索改成了适合南曲的弦子；杨仲修又把弦子改为提琴；张梅谷、谢林泉、陈梦萱、顾渭滨、吕起渭等人又在箫管、筝、琵琶上配合改革，使昆曲美在音乐上达到了充盈丰美、婉转自如的地步。

七、唱腔曲调的改革，必须有一些代表性的完整演剧来体现。这也就是说，美学重心只有出现在美学整体中，才能显示出重心的魅力。改革之前，有过《荆钗记》、《白兔记》、《拜月亭》、《杀狗记》、《琵琶记》等传奇，而在改革之后第一个体现出全新成果的，则是梁辰鱼的《浣纱记》。梁辰鱼创作了剧本，让昆曲在文学上走向文雅，但他的主要身份还是一位成熟的戏曲音乐家和社会活动家。因此，他的作品最能传达改革后的昆曲之美，又能产生重大的社会影响。

八、有了《浣纱记》这样完整的演出，昆曲改革中的唱腔曲调也就是进一步根据角色和场景讲究运气、行腔、收声、归韵等吐纳之法，还要关注念白，以及手、眼、身、步等方面的表演法度。行当也开始分得明确而细致，服装、脸谱又逐一跟上。由此，演出与观众之间订立了一系列美学契约。正是这种演出所呈现的完整美学结构，收服了元杂剧所没有完全收服的南方山河。

九、说昆曲收服了广阔山河，是指收服了南北观众的审美心理。其间最重要的是，收服了大部分仕子之心。须知这些仕子，也就是当时的中国知识分子，千百年来因受传统思想的统制而在心理上与戏剧美学存在着严重隔阂。他们从小习惯于“非礼勿视，非礼勿听，非礼勿言，非礼勿动”的人生规矩，这下都要在美的引导下进行礼教之外的视、听、言、动了，而且，立即觉得欲罢不能。长久的沉睡，会让一旦惊醒变得惊心动魄，昆曲之美从容地征服了此后的几代仕子。这似乎是昆曲的胜利，其实更是中国文化心理结构的一次大突破、大调整。令人高兴的是，主导这次大突破、大调整的，主要是美的力量。

十、让大江南北、官场民间一起痴迷了二百多年的事实，是人类美学史上绝无仅有的罕例，又是人类美学史永久需要研究的难题。一方面，一个无比庞大、又代代相续的审美群体，使审美对象享尽荣华，又颇感吃力。但是，无论如何，这是中华文化有可能偏离古板说教，而全然沉浸于一个综合审美系统之中的“隆重出轨”，对于集体人格的重建，意义非凡。从另一方面看，“隆重出轨”又是“隆重入轨”，入了昆曲美学之轨，其实也是入了中华美学之轨、东方美学之轨。

十一、昆曲拥有难以计量的观众、戏迷、票友，并从中出现了浩浩荡荡的“亚专业群体”作为“串客”，使昆曲演出的团队具有雄厚的后备人才贮存，辅助着创作人员的流动、轮替、补充。在戏迷和票友中，又夹杂着大量官员和富商，使昆曲演出日益走向精致、铺张、冗长和豪奢。官员和富商又在这方面激烈竞争，由此产生了一批批“家庭戏班”。这种戏班需要凭借一个家庭的财力和影响力集中演员、教习、乐师和各种工作人员，又需要修筑家庭舞台，招引亲朋观众，耗资巨大，在世界戏剧史上找不到可以类比者。“家庭戏班”是昆曲之美被权力和财富严密包裹和装潢的特例，已经开始背离戏剧美学无局限地向公众开放的本性。

十二、昆曲的美学重心取决于唱腔曲调，而它的文化等级则取决于文学剧本。昆曲在文学剧本中有三大特征渐渐变成了中国戏曲文学的共性。第一特征是意境上的高度诗化，作者和主角都具有诗人气息，被称为“剧诗”；第二特征是结构上的松散连缀，连绵成一个“长廊结构”，可以自由拆卸出一出出“折子戏”而独立演出；第三特征是呈现上的游戏性质，即与实际生活驳杂交融，参与各种家族仪式和节庆仪式。

十三、在昆曲文学领域中，占据第一位的是汤显祖，第二位是孔尚任，第三位是洪昇。沈璟也很有名，但过于用心于曲词的音律而降低了文学价值。清代李渔是一个全能的戏剧活动家和理论家，但剧作却显得整体平庸。

十四、昆曲的衰落，开始于流行浪潮对于创新思维的吞没。一切有才华的艺术家也在流行浪潮中东张西望、察言观色，结果使大量作品走向公式化、老套化、规制化。连所谓的“新剧”，也都是“彼割一段，此割一段，合而成之”。据戏剧家吴梅统计，昆曲中一半以上的作品，全是老套。这就让昆曲之美极度地僵化了，只能日渐衰落。

十五、在昆曲因老套而衰落的过程中，很多痴迷其间的官员和文人起到了助长保守主义的负面作用。他们面对险恶的政治风浪产生了一种巨大的不安全感，因此最想在老套的唱腔曲词中寻找“韶华犹存”的安慰。在这种情况下，创新的势头越来越微弱。只是在清代康熙年间出现了两部“回光返照”式的优秀剧作《长生殿》和《桃花扇》，内容都困囿士大夫文化范畴，却又受到朝廷的非难。由此，昆曲也只能渐渐让位给“花部”，后世所熟悉的京剧自此开始热闹登场。

十六、昆曲美繁荣于十六、十七、十八世纪。这三个世纪，正是数千年中华文化的下行期和衰落期，也是中华文化开始落后于西方文化的转折期。那么，昆曲美在这一过程中究竟充当了什么角色？它在中华文化的整体兴衰历程中，所起的作用以正面为主，还是以负面为主呢？我认为，它确实没有能力为社会发展做出更积极的美学选择，但它的作用还是以正面为主，而不是那些激进评论家所说的“世纪末的颓唐之音”、“亡国衰邦之音”。中华文化的兴衰，本于一系列更大的历史原因。艺术和美学，并不是扭转乾坤的枢纽，却可以在兴衰过程中滋润人心，使人们在不同的生活境遇中都有权利与美相伴。以魏良辅、汤显祖为代表的昆曲艺术，正是发挥了这样的功能。后来在社会危机中昆曲的身份和形象都有点尴尬，那是由它的疲惫和无奈所致，而直到此时，它也没有成为“恶声”。不管怎么说，中华文化在自己的下行期有昆曲相伴，是一件幸事。世上如果有一种文明形态即使下行也保持着欣赏美丽的高尚情怀，那么，这种文明就有重新上行的可能。

1 杂剧石刻

2 宋金时代砖刻中的早期戏剧人物

2 宋金时代砖刻中的早期演剧舞台

3 元壁画中的戏剧演出

4 关汉卿画像（李斛画）

5 明代闵齐伋绘刻《西厢记》彩图 1

5 明代闵齐伋绘刻《西厢记》彩图 2

6 明刻本《琵琶记》插图

7 中国昆曲博物馆 魏良辅塑像

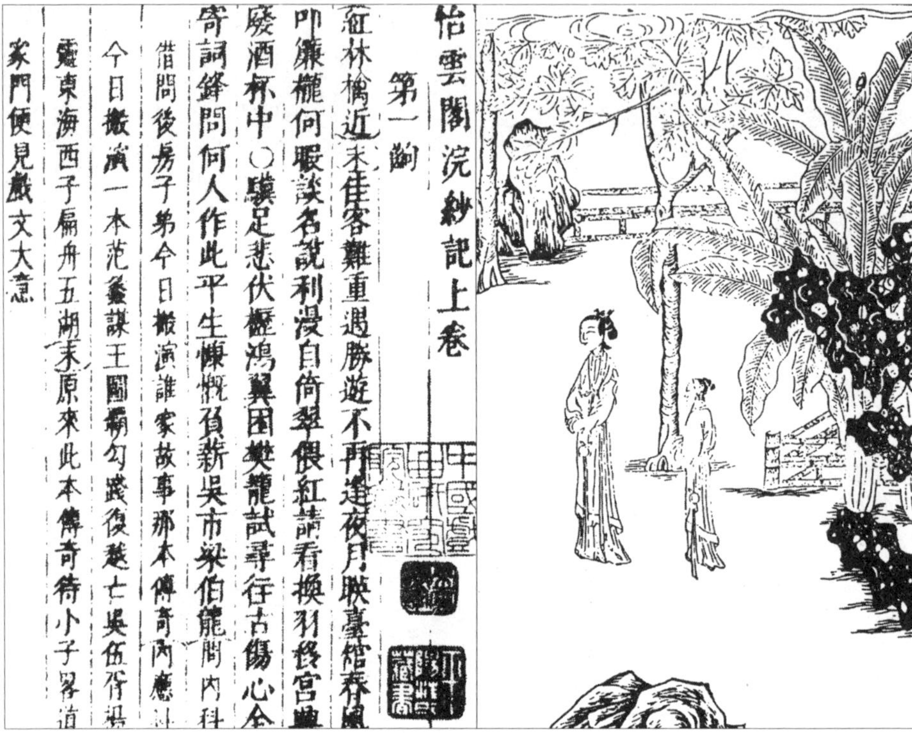
怡雲閣浣紗記上卷
第一齣
紅林檎近 未住客難重遇勝遊不再逢夜月映臺館春風
叩簾櫳何暇談名說利漫自倚翠偎紅請看換羽移宮興
廢酒杯中○驥足悲伏櫪鴻翼困樊籠試尋往古傷心全
寄詞鋒問何人作此平生慷慨負薪吳市梁伯龍
借問後房子弟今日搬演誰家故事那本傳奇
今日搬演一本范蠡謀王圖霸勾踐復越亡吳伍胥
靈東海西子扁舟五湖 末 原來此本傳奇待小子略道
家門便見戲文大意

8 明刻本《浣纱记》及插图

9《康熙六旬万寿庆典图卷》绢本之“游殿”

9《康熙六旬万寿庆典图卷》绢本之“醉打山门”

9《康熙南巡图》中的戏台

10 明人画中的戏剧人物

11 明代《南都繁会景物图卷》中的演剧场面

12 明代江南民间演出图

13 苏州虎丘千人石，明代一年一度的“虎丘山中秋曲会”在此举行

14 明刻本《燕子笺》插图

15 汤显祖像，清代叶衍兰绘

16《牡丹亭》剧照，梅兰芳饰演杜丽娘

16 青春版《牡丹亭》剧照，此剧由白先勇总策划，沈丰英、俞玖林主演

17《长生殿》插图

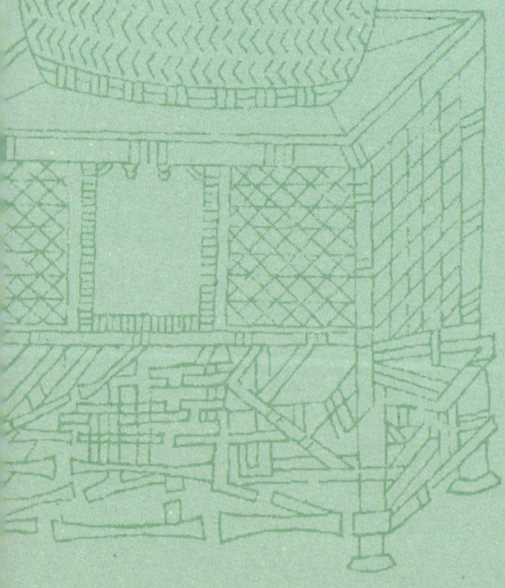

普洱茶美学

引　言

我在讲述书法美学和昆曲美学之后，又郑重地推出了普洱茶美学，这会使不少读者感到突兀。书法和昆曲都是世上的文雅事项，说说它们的美学特征很自然，怎么会接得上山野之中的普洱茶呢？茶，也挨得上美学吗？

这是一个深刻的问题，我必须说明原委。

其实，我们从书法美学过渡到昆曲美学的时候已经会感受到一种巨大的跳跃。书法，写于书桌，挂在墙上，那么安静自守，那么不动声色。但是一到昆曲就不一样了，不仅有声有色，而且展现在闹市广场，乡野河港，所到之处人山人海，欢声雷动，完全与城乡民众的生活形态融为一体，变成了辽阔空间中的美学生态。

就此我们可以进一步拓展思维：比人山人海的观剧现场更大的，还有一系列以自然条件为基础的美学生态。

例如，昆曲是对北曲和南曲的综合，那么，北曲和南曲为什么会有那么大的区别？因为在曲调背后，有地理环境、气候风土在操纵。也就是说，这里是大自然交响中的不同声部。又如，比赛昆腔的虎丘山中秋曲会为什么能吸引千万民众参加？因为这儿有清风明月，这儿有千古山丘，这儿有良辰吉时。也就是说，是一系列大自然提供的因素，成了人们聚集的理由。

大自然，这是中国道家的主要审美空间。从老子、庄子到一代代道家高人，他们很少说美，甚至故意避开美，因为他们的美学课本，就是辽阔无限、郁郁葱葱、深邃神秘的大自然。他们恭敬地把大自然称之为“天”、“道”，认为这是天下一切真、善、美的起点和归宿。他们不相信，人类能够离开自然而折腾出什么“美”。

对于自然之美、天授之美，人们能做的，只是寻访、采撷、拼配、存贮、吮饮、品咂、吞噬、回味，然后再双手捧之，奉献与世人。这样一个谦恭而又宏大的美学过程，道家认为是人的本分和荣幸。

我的这番比喻性表述，已经很容易让人联想到茶。不错，从采撷到吮饮，茶都是人类汲取自然之美的一个象征。

道家把美学领域的最高标准称之为“天籁”。音乐是送到耳旁的天籁，绘画是送到眼前的“天籁”，茶是送到嘴边的“天籁”。

说到这里，也许，读者能够接受我把茶纳入美学范畴了。

接下来的问题是，茶有多种，为什么独独选中了普洱茶呢？

这是因为，我的整体研究课题是“极品美学”，也就是要选取几个为中华文化所特有、很难为世上其他族群深切体会的品类，来揭示中华民族卓尔不群的审美心理秘径。前面所讲述的书法和昆曲，都属于这样的珍罕品类。中国茶传向世界数百年，有的民族对茶的嗜好已经超过了中国本土，几乎到了每日不可无茶的地步，但是，唯有普洱茶，他们虽然也喝，却难于品咂出云南原始森林的神奇厚味在酵藏多年后形成的口舌之珍。这也就成了不可替代、不可比拟的“极品”，可以与书法、昆曲一起来阐释中华美学的深度秘仪了。

三项极品，若要做一个递进式的区分，那就是：

书法美学，乃是一种文本美学所承载的线条美学；

昆曲美学，乃是一种包裹着文本美学的声色美学、生态美学；

普洱茶美学，乃是一种纯粹的生态美学。

从人类发展的前景来看，生态美学的地位将会越来越高。这一点，也正好符合道家的预想。老子和庄子他们如果穿越时空面对书法美学和昆曲美学，估计不会太上心，但是一旦看到采自原始森林的千古叶芽被他们极为重视的泉水冲泡，沁人心脾，一定会惊喜莫名。我想，越到将来，人类越会重视生态美学，因为这是人类生存美学的终极依凭。

很多读者都知道，我在书法和昆曲上都具有比较专业的权威话语权，那么，对普洱茶呢？我轻轻一笑，请诸位向海内外那些普洱茶收藏家打听一下，就知道了。

我在普洱茶领域取得话语权，有一个曲折而有趣的过程。这个过程正反映了当代人与生态美学的关系，因此很可以拿来作为讲述的入门。入门之后，我还是会用浅显的散文笔调来深入，因为我一直不喜欢长期在学术界流行的理论生态。今天既然在讲生态美学，那更要坚守话语上的自然生态了。

好，那就开始吧。

一

一个人总有多重身份。往往，隐秘的身份比外显的身份更有趣。

说远一点，那个叫作嵇康的铁匠，还能写一手不错的文章；那个叫黄公望的卜者，还能画几笔淡雅的水墨。说近一点，一个普通的中学教师其实是个一流厨师，一个天天上街买菜的邻居大妈居然是个投资高手。

辛卯年（2011年）秋天的一天，深圳举办“新生代普洱茶”品鉴会，近二十年来海内外各家著名茶场、茶厂、茶庄、茶商提供的入围产品，经过多次筛选，今天要接受一批来自亚洲不同地区的品鉴专家的终极评判。

一排排茶艺师已经端坐在铁壶、电炉、瓷杯后面，准备一展冲泡手艺。一本本精致的品鉴书，也已安置在品鉴专家们的空位之前。品鉴书上项目不少，从汤色、纯度、厚度、口感、余津、香型、气蕴、力度等方面都需要一一打分。

众多媒体记者举起了镜头，只等待着那些品鉴专家在主持人读出名字后，一个个依次登场。

品鉴专家不多，他们的名字，记者们未必熟悉，但普洱茶的老茶客们一听都知道。突然，记者们听到一个十分疑惑的名字，头衔很肯定——“普洱老茶品鉴专家”，却奇怪地与我同名同姓。仔细一看，站出来的人竟然也长得与我一模一样。

不好意思，这是我的另一个秘密身份的无奈“漏风”。

本来，我是想一直秘而不宣偷着乐的，没想到这次来了这么多

“界外记者”。这次和我一起“漏风”的，还有我的妻子马兰，她在文件上标出的头衔也是“普洱老茶品鉴专家”。但她觉得我们两人既然一起“漏风”就不必一起亮相了，便躲在茶桌、茶客的丛林中低头暗笑。其实，几乎所有的高层专家都知道，她在普洱茶的品鉴上，座次还应该排在我的前面。

人们一旦沉浸于自己的某一身份，常常会忘了其他身份。如果不忘，哪一个身份的事都做不好。每当我进入普洱茶江湖，全然忘了自己是一个能写文章的人。当然也会看一些与普洱茶有关的文章，那也只是看看罢了，从来没有以写文章的标准去要求。这次在深圳“漏风”之后，就有很多朋友希望我以自己的文笔来写写普洱茶之美。

这就要我把两个身份交叠了，自己也感到有点不知所措。

想了半天后我说，本人对文章的要求极高，动笔是一件隆重的事。当然，隆重并不是艰深。文章之道恰如哲学之道，至低很可能就是至高，终点必定潜伏于起点。世间不少谈普洱茶的文章写得半文半白、故弄玄虚、云遮雾罩，实在让人遗憾，因为这恰恰违背了一切生态美学的简约精神。如果让禅宗大师看到这样的文章，一定会朗声劝阻，说出那句只有三个字的经典老话：“吃茶去。”这就是让半途迷失的人回到起点。

因此，如果由我来写一篇谈普洱茶之美的文章的话，一定从零开始，而且全是大白话。

二

很多人初喝普洱茶，总有一点障碍。

障碍来自对比。最强大的对比者，是绿茶[1]。

一杯上好的绿茶，能把漫山遍野的浩荡清香，递送到唇齿之间。茶叶仍然保持着绿色，挺拔舒展地在开水中浮沉悠游，看着就已经满眼舒服。凑嘴喝上一口，有一点草本的微涩，更多的却是一种只属于今年春天的芬芳，新鲜得可以让你听到山岙白云间燕雀的鸣叫。

我的家乡出产上品的龙井，而马兰的家乡出产更好的猴魁，因此我们深知绿茶的魅力。后来喝到乌龙茶里的“铁观音”[2]和岩茶“大红袍”，就觉得绿茶虽好，却显得过于轻盈，刚咂出味来便淡然远去，很快连影儿也找不到了。

乌龙茶就深厚得多，虽然没有绿茶的鲜活清芬，却把香气藏在里边，让喝的人年岁陡长。相比之下，“铁观音”浓郁清奇，“大红袍”饱满沉着，我们更喜欢后者。与它们生长得不远的红茶“金骏眉”，也展现出一种很高的格调，平日喝得不少。

其实，不管是龙井、猴魁，还是铁观音、大红袍、金骏眉，都是把自然之美收纳于杯壶之中的可爱范例。那一杯杯澄澈清香的液体，都是生态美学的精妙萃取。你如果要了解何谓“自然人化”、“口舌山水”，那就端起这些美学试杯一饮而尽吧。

正这么喝着呢，猛然遇到了普洱茶[3]。

一看样子就不对，一团黑乎乎的“粗枝大叶”，横七竖八地压成了一个饼形，放到鼻子底下闻一闻，也没有明显的清香。抠下来一撮泡在开水里，有浅棕色漾出，喝一口，却有一种陈旧的味道。

人们对食物，已经习惯于挑选新鲜，因此对陈旧的味道往往会产生一种本能的防范。更何况，市面上确实有一些制作低劣、存放不良的普洱茶带着近似“霉锅盖”的气息，让试图深入的茶客扭身而走。

但是，扭身而走的茶客又停步犹豫了，因为他们知道，世间有不少热爱普洱茶的人，生活品质很高。难道，他们都在盲目地热爱“霉锅盖”吗？而且，这些人各有自己的专业成就，不存在“炒作”和“忽悠”普洱茶的动机。于是，扭身而走的茶客开始怀疑自己，重新回头，试着找一些懂行的人，跟着喝一些正经的普洱茶。

这一回头，性命攸关。如果他们还具备着拓展自身饮食习惯的生理弹性，如果他们还保留着发现至高口舌感觉的生命惊喜，那么，事态就会变得比较严重。这些一度犹豫的茶客很快就喝上了，再也放不下。

这是怎么回事呢？

首先，是功效。

几乎所有的茶客都有这样的经验：几杯上等的普洱茶入口，口感还说不明白呢，后背脊已经微微出汗了。随即腹中蠕动，胸间通畅，舌下生津。我在上文曾以“轻盈”二字来形容绿茶，而对普洱茶而言，则以自己不轻盈的外貌，换得了茶客身体的“轻盈”。

这可了不得。想当年，清代帝王们跨下马背过起宫廷生活，最大的负担便是越来越肥硕的身体。因此，当他们不经意地一喝普洱茶，便欣喜莫名。

雍正时期，普洱茶已经有不少数量进贡朝廷。乾隆皇帝喝了这种让自己轻松的棕色茎叶，就到《茶经》中查找，没查明白，便嘲笑陆羽也“拙”了。据说他为此还写了诗：“点成一碗金茎露，品泉陆羽应惭拙。”他的诗向来写得不好，不值得我去认真考证，但如果真用“金茎露”来指称普洱茶，勉强还算说得过去。

《红楼梦》里倒是确实写到，哪天什么人吃多了，就有人劝“该焖些普洱茶喝”。宫廷回忆录里也提到，敬茶的先敬上一盏普洱茶，因为它又暖又能解油腻。

由京城想到茶马古道[4]，那一条条从普洱府[5]出发的长路，大多通向肉食很多、蔬菜很少的高寒地区。那里本该发生较多消化系统和心血管系统的疾病而实际情况并非如此，人们终于从马帮[6]驮送的茶饼、茶砖上找到了原因。

我们现在还能找到一些相关的文字记述，如普洱茶“味苦性刻，解油腻、牛羊毒”，“茶之为物，西戎、吐蕃古今皆仰食之，以腥肉之食，非茶不消”，“一日无茶则滞，三日无茶则病”。

这一切都证明，普洱茶比其他茶种更有效地渗入了我们的生命系统。它从何处获得渗入之力？得自于大自然的生态系统。因此切莫小看了这么一杯不起眼的普洱茶，它居然是大自然的生态系统和人类生命系统的磨合点。因此，它那不太美的外表下，蕴藏着一种大美学[7]。

当今中国，食物充裕，油腻过剩，越来越多的人遇到了与清王室和高原山民同样的健康问题。而且，现代科学检测手段已经证明，普洱茶确实具有降低血糖和血脂的明显功效。因此，它的风行，理由成立。

不仅如此，普洱茶还有一个优点，那就是喝了不影响睡眠。即使在夜间喝了，也能倒头酣睡。这个好处，在各种茶品里几乎绝无仅有，实在是解除了世间饮茶人的千年忧虑。

试想，在大批繁忙的人群中，要想舒舒服服地摆开阵势喝茶，总在夜间。但其他茶，一到夜间总是很难被畅饮，因此，普洱茶就在夜色之中成了霸主。谁想夺霸，只在白天叫叫罢了，一到夜幕降临，就不再吱声。

这也就是说，普洱茶对人类生命系统的介入，虽然特别有效，却又特别温和。它体现了一种柔性的生态美学。

其次，是口味。

如果普洱茶的好处仅仅是让身体轻盈健康，那它也就成了保健药物了。但它最吸引茶客的地方，还是口味。

要写普洱茶的口味很难，一般所说的樟香、兰香、荷香等，只是一种比拟，而且是借着嗅觉来比拟味觉。

世上那几种最基本的味觉类型，与普洱茶都对不上。即使在茶的天地里，那一些由绿茶、乌龙茶、红茶、花茶系列所体现出来的味觉公认，与普洱茶也不对路。

人是被严重"类型化"了的动物，离开了类型就不知如何来安顿自己的感觉了。经常看到一些文人以"好茶至淡"、"真茶无味"等句子来描写普洱茶，其实是把味觉的失落当作了玩弄文字的缺口，实在有点自欺欺人。但不管怎么说，普洱茶绝非"至淡"、"无味"，它是有"大味"的。如果一定要用中国文字来表述，比较合适的是两个词——"陈酽"、"暖润"。

普洱茶在陈酽、暖润的基调下变幻无穷，而且，每种重要的变换都会进入茶客的感觉记忆，慢慢聚集成一个安静的"心理仓储"。这一点，已经进入了生态美学的至深部位[8]。

在"心理仓储"中，普洱茶的各种口味都获得了安排，但仍然不能准确描述，只能用比喻和联想稍加定位。

我做过一个散文化的美学实验，看看能用什么样的比喻和联想，把自己心中不同普洱茶的口味勉强说出来。

于是有了：

这一种，是秋天落叶被太阳晒了半个月之后躺在香茅丛边的干爽呼吸，而一阵轻风又从土墙边的果园吹来；

那一种，是三分甘草、三分沉香、二分当归、二分冬枣用文火熬了半个时辰后在一箭之遥处闻到的药香。闻到的人，正在磬钹声中轻轻诵经；

这一种，是寒山小屋被炉火连续熏烤了好几个冬季后木窗、木壁散发出来的松香气息。木壁上挂着弓箭马鞍，充满着草野霸气；

那一种，不是气息了，而是一位慈目老者的纯净笑容和难懂语言，虽然不知意思却让你身心安顿、滤净尘嚣，不再漂泊；

这一种，是两位素颜淑女静静地打开了一座整洁的檀木厅堂，而廊外的灿烂银杏正开始由黄变褐；

…………

这些比喻和联想是那样的“无厘头”，但是，凡有一点文学感觉的老茶客听了都会点头微笑。只要遇到近似的信号，各种口味便能从茶客们的“心理仓储”中立即被检索出来，完成对接。

普洱茶的“心理仓储”一旦建立，就容不得同一领域的低劣产品了。这对人生实在有一点麻烦，如我这么一个豁达大度的人，外出各地几乎可以接受任何饮料，却已经不能随意接受普洱茶。

经常遇到一些好心而又殷勤的朋友听说我喝普洱茶在行，专门拉我到当地茶馆喝。进得门去，茶具、茶艺师一应俱全，那就会使我非常尴尬。专业素养的积累很容易让人在某一领域的接受范围越变越小、越来越严，实在是没有办法。我的普洱茶“心理仓储”，时时会产生敏锐的警觉，错喝一口，就像对不起整个潜在系统，全身心都会抱怨。

这种情景，与人们对审美等级的严格固守很接近。再宽容的人，在美的领域也仍然保持着进退敏感。例如，我平日很难去参加某个文学朗诵会，我妻子更不会涉足戏曲演唱活动。美的品级造成了一种不容骚扰的“自守系统”，而且已经化成本能。

普洱茶的品鉴，如果在口味上进入了美学系统，那就麻烦了，但是，这也是最令人向往的境界。

我在这里划出了三个台阶：由口感，到快感，再到美感。

第一台阶——口感。入口舒适，又获得了有益健康的体验。由此产生信任，成了一名热心的茶友；

第二台阶——快感。放不下了，日日惦记，一杯在手，浑身安泰。而且能够分辨品牌，知晓冲泡，成了一名专业的茶痴；

第三台阶——美感。执杯而恭，细品而静，进入一种无忧无虑的精神境界，生命与层峦叠翠相溶，成了一名世间的“茶神”。

当然，能踏上第三台阶的人并不太多。美的领域，向来如此。

最后，是深度。

不管上了哪一级台阶，普洱茶的“心理仓储”总是空间幽深、曲巷繁密、风味精微。这也就有了徜徉、探寻的余地，有了千言万语的对象，有了玩得下去的可能。因此，“茶友”和“茶痴”的队伍不断扩大，这实在是一种好事。

相比之下，世上很多美食佳饮，虽然不错，但是品种比较单一，缺少发展空间，吃吃可以，却无法玩出大世面。无法玩出大世面，也就成不了一种像模像样的文化。以我看来，普洱茶丰富、复杂、自成学问的程度，在世界上，只有法国的红酒可以相比。

你看，在最大分类上，普洱茶有“号级茶”、“印级茶”、“七子饼”等代际区分[9]；有老茶、熟茶、生茶等制作储存区分；有大叶种、古树茶、台地茶等原料区分；又有易武山、景迈山、南糯山等产地区分。其中，即使仅仅取出“号级茶”来，里边又隐藏着一大批茶号和品牌。哪怕是同一个茶号里的同一种品牌，也还包含着很多重大差别，谁也无法一言道尽。

在我的交往中，最早苦心孤诣地试着用文字写出这些区别的，是台湾的邓时海先生；最早拿出真实茶品让我们从感性上懂得一款款上品老茶的，是菲律宾的何作如先生；最早以自己几十年的普洱茶贸易经验传授各种分辨诀窍的，是香港的白水清先生。我与他们，一起不知道喝过了多少茶。年年月月茶桌边的轻声品评，让大家一次次感叹杯壶间的天地实在是无比深远。

其实，连冲泡也大有文章。有一次在上海张奇明先生的大可堂，被我戏称为“北方第一泡”的唐山王家平先生、“南方第一泡”

的中山苏荣新先生和其他几位杰出茶艺师一起泡着同一款茶，一盅盅端到另一个房间，我一喝便知是谁泡的。茶量、水量、速度、热度、节奏组成了一种韵律，上口便知其人。

这么复杂的差别，与一个个朋友的生命形态连在一起，与躲在后面的大山、茶号、高师、岁月连在一起，与千里之隔又立即贯通的茶香、茶语连在一起，构成一种特殊的“生态美学语法”。进得里边，处处可以心照不宣，不言而喻，见壶即坐，相见恨晚。这样的天地，当然就有了一种让人舍不得离开的人文深度。

——以上这三个方面，大体概括了普洱茶那么吸引人的原因。但是，要真正说清楚普洱茶，不能仅仅停留在感觉范畴。

从现代认知水平上来定义普洱茶，并不太难。一般来说，它是云南澜沧江流域普洱市西双版纳地区生产的，以大叶种晒青毛茶为原料，经自然发酵陈化或人工渥堆后发酵制成的茶品[10]。

这虽然说得很明白，但还没有涉及普洱茶的“核心机密”。

于是，茶学和美学，就必须去恭敬地叩击科学的大门了。

三

普洱茶的“核心机密”是什么？这个问题不能由一般的“茶友”和“茶痴”来回答。这正如，只要是“戏迷”，就一定说不清楚所迷剧种存在的根本意义。能够把事情看得比较明白的，大多是保持距离的客观目光。

在我的认识范围内，往往越有科学思维的研究者越能说得比较清楚。例如，一九七四年才出生的普洱茶专家太俊林先生，在这方面就远胜年迈的老茶客。距离也不是问题，两位离云南普洱很远的东北科学家，盛军先生和陈杰先生，对普洱茶所做的研究就令人钦佩。

因此，我希望茶客们也能听听有关普洱茶研究的当代科学话语。即便遇到一些不熟悉的概念，也请暂时搁下杯壶，硬着头皮听下去。

我们不妨从发酵说起[11]。

何谓发酵？简单来说，那是人类利用微生物来改变和提高食物细胞的质地，使之产生独特风味的过程。平日我们老在暗中惦念的那些食物，大多与发酵有关，如各种美酒、酸奶、干酪、豆腐乳、泡菜、纳豆、酱油、醋等等。即便是粮食，发酵过的馒头、面包也比没有发酵过的面粉制品更香软、更营养。在医学上，要生产维生素、氨基酸、胰岛素、抗生素、疫苗、激素等，也离不开发酵过程。

可以想象，如果没有发酵，人类的生活将会多么简陋、寡味，我们的口味将会多么单调、可怜。

发酵的主角，是微生物。

一说到微生物，题目就大了。科学家告诉我们，人类在地球上出现才几百万年，而微生物已存在了三十五亿年。世界上的生命，除了动物、植物这“两域”外，“第三域”就是微生物，并由此建立了“生命三域”的学说。这些无限微小又无限繁密、无比长寿又无比神秘的“小东西”，我们至今仍然了解得很少，却已经逼得当代各国科学家建立了包括基因工程、细胞工程、酶工程等分支组成的生物工程学来研究。尽管研究还刚开始，奇迹已叹为观止。听说连开采石油这样的重力活儿，迟早也可以让微生物来完成。真不知道再过多少年，这些“小东西”会把世界变成什么样。

这就可以说到普洱茶了。它就是由两批微生物菌群先后侍候的结果。

第一批微生物菌群长期活跃在云南澜沧江流域西双版纳自然保护区的茶山里，一直侍候着大叶种古茶树[12]，使它们能够保存并增加多酚类化合物，如茶多酚、茶碱、儿茶素等，再加上氧化酶，为普洱茶的制作提供了良好的原料。

第二批微生物菌群就不一样了，它们趁着采摘后的“晒青毛茶”在湿热条件下“氧化红变”，便纷纷哄然而起，附着于茶叶之上。经由茶叶的低温杀青、轻力揉捻、日光干燥，渐渐成为今后长期发酵的主人。它们一步步推进发酵过程，不断地滋生、呼吸、放热、吞食、转化、释放，终于成就了普洱茶[13]。

说到这里，我们可以凭着发酵方式的不同，来具体划分普洱茶与其他茶种的基本区别了。绿茶在制作时需要把鲜叶放在铁锅中连续翻炒杀青，达到提香、定型、保绿的效果，为此必须用高温剥夺微生物活性，阻止茶多酚氧化，因而也就不存在发酵。乌龙茶在制作时先激发生物酶的活性，也就是用轻度发酵提升香气和口味后，随即用高温炒青烘干，让发酵停止。红茶则把发酵的程度大大往前推进了一步，比较充分地待香待色，然后同样用高温快速阻止发酵。

必须说明的是，红茶、乌龙茶虽然也有发酵过程，却因为不以微生物菌群的参与为主，实际上是一种“氧化红变”，与普洱茶的“发酵”属于不同的类型。

普洱茶的发酵，在长年累月之间让茶品无声无息地升级。微生物菌群裂解着细胞壁，分解着有机物，分泌着氨基酸，激活着生物酶，合成着茶氨酸……结果，所产生的茶多酚、茶色素、泛酸、胱氨酸、生物酶，以及汀类物质、果胶物质等，不仅大大增进了保健功能，还天天提升着口味等级。即便是上了年纪的老茶品，也会在微生物菌群的辛勤劳作下，成为永久的半成品、不息的变动者、活着的生命体。

发酵沉淀时间。发酵过程可以延续十几年、几十年，使茶品越来越具有时间深度，形成了一个似乎是从今天走回古典的“陈化”历程。这一历程的彼岸，便是渐入佳境，妙不可言，让一切青涩之辈只能远远仰望，歆慕不已。

普洱茶对时间的长久依赖，也给茶客们带来一种巨大的方便，那就是不怕“超期储存”。有好茶，放着吧，十年后喝都行，不必担心“不新鲜”。这也是它能制服其他茶品的一个撒手锏，因为其他茶品只能在“保质期”内动弹。

我见过那种每个茶包上都标着不同年代的普洱茶仓库，年代越久越在里边享受尊荣。这也让我联想到在欧洲很多国家地底下秘藏着的陈年酒窖，从容得可以完全不理地面上的兵荒马乱、改朝换代。我的《行者无疆》这本书里有一篇题为《醉意秘藏》的文章，记述了这种傲视时间的生态秘仪。这种生态秘仪，是我特别重视的“生态美学”的崇高殿堂。

既然称之为“生态美学”，这里确实还出现了一个美学形态上的有趣对比。

按照正常的审美标准，漂亮的还是绿茶、乌龙茶、红茶，不仅色、香、味都显而易见，而且从制作到包装的每一个环节都可以打理得美轮美奂。而普洱茶就像很多发酵产品，既然离不开微生物菌群，就很难“坚壁清野”、整洁亮丽。

从原始森林出发的每一步，它都离不开草叶纷乱、林木杂陈、虫飞禽行、踏泥扬尘、老箕旧篓、粗手粗脚的鲁莽遭遇，正符合现在常说的“野蛮生长”。直到最后压制茶饼时，也不能为了脱净蛮气而一味选用上等嫩芽，因为过于绵密不利于发酵转化，而必须反过来用普通的“粗枝大叶”构成一个有梗有隙的支撑骨架，营造出原生态的发酵空间。这看上去，仍然是一种野而不文、糙而不精的土著面貌，仍然是一派不登大雅之堂的泥昧习性。

但是，漫长的时间也能让生态美学展现出一种深刻的逆反。青春芳香的绿茶只能浅笑一年，笑容就完全消失了。老练一点的乌龙茶和红茶也只能神气地挺立三年，便颓然神伤。这时，反倒是看上去蓬头垢面的普洱茶越来越光鲜。原来让人担心的不洁不净，经过微生物菌群多年的吞食、转化、分泌、释放，反而变成了大洁大净。

你看清代宫廷仓库里存茶的那个角落，当年各地上贡的繁多茶品都已化为齑粉，沦为尘土，不可收拾，唯独普洱茶，虽百余年但仍筋骨疏朗，容光焕发。二〇〇七年春天，从北京故宫回归普洱的那个光绪年间（1875—1909 年）出品的“万寿龙团贡茶”，很多人都见到了，便是其中的代表性形象。

这就是赖到最后才登场的“微生物美学”，一登场，全部不起眼的前史终于翻案。这就是隐潜于万象深处的“大自然美学”，一展露，连人类也成了其间一个小小的环节。

这让我回想起早年研究法国十八世纪狄德罗美学所产生的激动。狄德罗不喜欢修剪整齐的曲雅纤巧，向往着旷野美学、断礁美学、草莽美学、悬崖美学。我被这样的美学所感染，却又思考着为什么这些无人的图像能让人振奋。结论是：这些图像饱含着自然的生命力，又能激发起人们的生命力。但那时，说那些旷野、断礁、草莽、悬崖饱含着生命力，只是一种象征，没想到普洱茶美学告诉我，那些看似无人的自然物上活跃着无数的微生物菌群，才使它们一直保留着生命的色彩和信号。

因此，微生物菌群，为宏观美学提供了微观因子。普洱茶美学，也就成了宏观美学和微观美学之间的杠杆。

说到这里，我想读者诸君已经明白，我所说的普洱茶的“核心机密”是什么了。

四

细算起来，人类每一次闯入微生物世界都非常偶然。开始总以为一种食品馊了、霉了、变质了，不知道扔掉多少次而终于有一次没有扔掉。

于是，由惊讶而兴奋，由贪嘴而摸索。

中国茶的历史很长，已有很多著作记述。但是，由微生物发酵而成的普洱茶究竟是什么时候被人们发现，什么时候进入历史的呢？我见到过一些整理文字，显然都太书生气了，把偶尔留下的边缘记述太当一回事了，而对实际发生的宏大事实却轻忽了。

那么，就让我把普洱茶的历史稍稍勾勒一下吧。

中国古代，素来重视朝廷兴亡史，轻忽全民生态史，更何况云南地处边陲，几乎不会有重要文人来及时记录普洱茶的动静。唐代的《蛮书》、宋代的《续博物志》、明代的《滇略》中都提到过普洱一带出茶，但从记述上来看，采摘煮饮方式还相当原始，或语焉不详，并不能看成我们今天所说的普洱茶。这就像，并不是昆山一带的民间唱曲都可以叫昆曲，广东地区的所有餐食都可以叫粤菜。普洱茶的正式成立并进入历史视野，是在清代。

幸好是清代。那年月，世道不靖，硕儒不多，普洱茶才有可能摆脱文字记述的陷阱，由“文本文化”上升到“生态文化”。历来对普洱茶说三道四的文人不多，这初看是坏事，实质是好事。普洱茶由此可以干净清爽地进入历史而不被那些冬烘诗文所纠缠。吃就是吃，喝就是喝。咬文嚼字，反失真相。

我在上文曾写到清代帝王为了消食而喝普洱茶的事情。由于他们爱喝，也就成了贡品。既然成了贡品，那就会引发当时上下官僚对皇家口味的揣摩和探寻，于是普洱茶也随之风行于官场士绅之间。朝廷的采办官员，更会在千里驿马、山川劳顿之后，与诚惶诚恐的地方官员一起，每年严选品质和茶号，精益求精，谁也不敢稍有疏忽。普洱茶，由此实现了高等级的生命合成，而且早早地染上了宫廷气韵。

从康熙、雍正、乾隆到嘉庆、道光、咸丰，这些年代都茶事兴盛。而我特别看重的，则是光绪年间。其主要标志，是诸多“号级茶”的出现[14]。

“号级茶”，是指为了进贡或外销而形成的一批茶号和品牌。品牌意识的觉醒，使普洱茶从一开始就进入了“经典时代”。以后的一切活动，也都有了基准坐标。这种情景，在种种生态美学项目中并不多见，可赞之为“早熟的完美”。

早在光绪之前，乾隆年间（1736—1795 年）就有了同庆号，道光年间（1821—1850 年）就有了车顺号，同治年间（1862—1874 年）就有了福昌号，都是气象不凡的开山门庭，但我无缘尝到它们当时的产品。我们今天还能够“叫得应”的那些古典茶号，像宋云号、元昌号，以及大名鼎鼎的宋聘号，都创立于光绪元年。

由此带动一大批茶庄、茶号纷纷出现。说像雨后春笋，并不为过。

我很想和业内朋友一起随手开列一批茶号出来，让读者诸君吓一跳。数量之多，足以证明一个事实：即便在交通艰难、信息滞塞的时代，一旦契合某种生态需求，也会喷涌成一种不可思议的商市气势。但是，我拿出来的一张白纸很快就写满了，想从里边选出几个重要的茶号来，也不容易。刚勾出几个，一批自认为比它们更重要的名字就在云南山区的老屋间嗷嗷大叫。我隐约听到了，便仓皇收笔。

只想带着点儿私心特别一提：元昌号在光绪元年创立后，又在光绪中期到易武大街开设分号而建立了福元昌号，延绵到二十世纪还生机勃勃，成为普洱茶的“王者一族”。这个茶庄后来出过一个著名的庄主，恰是我的本家余福生先生。

就像我曾经很艰苦地抗议自己的书籍被大量盗版一样，余福生先生也曾借着茶饼上的“内票”发表打假宣言：“近有无耻之徒假冒本号……”我一看便笑了，原来书茶同仇，一家同声，百年呼应。

茶号打假，说明市场之大，竞争之烈，茶号之多，品牌之珍。品牌的名声，本来应由品质决定，但是由于普洱茶的品质大半取决于微生物菌群的微观生态，恰恰最难说得清楚。因此，可怜的打假者们不知道该怎么办。他们不得不借用一般的“好茶印象”，来涂饰自己的品牌。

这情景，就像自己家的松露被盗，却无法说明松露是什么，只能说是自己家遗失的蘑菇远比别人家的好，结果又成了蘑菇被盗。普洱茶的庄主们竭力证明自己家的茶是别人无法复制的上品，用的却是绿茶的标准。

例如，这家说自己是“阳春细嫩白尖”，那家说自己是“细嫩茗芽精工揉造”，甚至还自称“提炼雨前春蕊细嫩尖叶，绝无掺杂冲抵”云云。你看，借用这种审美标准来说普洱茶，反而“扬己之短，避己之长”，完全错位了。

这事也足以证明，直到百年之前，普洱茶还不知如何来说明自己。这种现象，从学术上来讲，它还缺少“对自身身份的美学自觉”。

普洱茶的品质是天地大秘。在获得美学自觉之前，唯口舌知之，身心知之，时间知之。当年的茶商们虽然深知其秘而无力表述，但他们知道，自己所创造的口味将随着漫长的陈化过程而日臻完美。会完美到何等地步，他们当时还无法肯定。

因此，每当我恭敬地端起“号级茶”的茶盅时，就会特别感念当年的创造者，他们只是设计而无从享用今天的口味之美。

我想，世上一切有希望的族群都应该这样，为后世设计口味之美。只当“啃老族”固然令人害羞，即便是吃掉自己这一代创造的一切，也显得过于自私。人类之所以有着绵延不绝的历史，是因为前代对后代有着绵延不绝的馈赠。而且，总是超过自己这一代享受水平的美丽馈赠。前代普洱茶的制作者把自己作品的最后完成，交给了时间。他们轻轻地抿着嘴，暗暗咽下一口唾沫，设想着孙子一代的无上口福。

如果说，光绪元年是云南经典茶号的创立之年，那么，光绪末年则是云南所有茶号的浩劫之年。由于匪患和病疫流行，几乎所有茶号都关门闭市。如此整齐地开门、关门，开关于一个年号的首尾，使我不得不注意光绪朝代和茶业的宿命。那么，不妨做一个文字游戏了：普洱茶，开“光”于光绪之始，留“绪”于光绪之末。这实在是一个“冤家朝代”。

浩劫过去，茶香又起。只要茶盅在手，再苦难的日子也过得下去。毕竟已经到了二十世纪，就有人试图按照现代实业的规程来筹建茶厂。一九二三年到勐海计划筹建茶厂的几个人中间，领头的那个人正好也是我的本家余敬诚先生。

后来在一九四〇年真正把勐海的佛海茶厂建立起来的，是从欧洲回来的范和钧先生。他背靠中国茶业公司的优势，开始试行现代制作方式和包装方式，可惜在兵荒马乱之中，到底有没有投入批量生产？产了多少？销往何方？至今还说不清楚。我们只知道十年后战争结束，政局稳定，一些新兴的茶厂才实现规模化的现代制作。

这次大规模现代制作的成果，也与前代很不一样。从此，大批由包装纸上所印的字迹颜色而定名的“红印”、“绿印”、“蓝印”、“黄印”等品牌，陆续上市。有趣的是，正是这些偶尔印上的颜色，居然成了普洱茶历史上的里程碑，开启了五彩斑斓的“印级茶”时代[15]。

那又是一个车马喧腾、旌旗猎猎、高手如云的热闹天地。“号级茶”就此不再站在第一线，而是退居后面，安享尊荣。如果说，“号级茶”在今天是难得一见的老长辈，那么，“印级茶”则还体力雄健，经常可以见面。

你如果想回味一下二十世纪五十年代、六十年代那种摆脱战争之后大地舒筋活血的生命力，以及这种生命力沉淀几十年后的庄重和厚实，那就请点燃茶炉，喝几杯“印级茶”吧。喝了，你就会像我一样相信，时代是有味道的。至少有一部分味道藏在普洱茶里了。

无奈海内外的需求越来越大，“印级茶”也撑不住了。普洱茶要增加产量，关键在于缩短发酵时间，这就产生了一个也是从偶然错误开始的故事。

据说有一个叫卢铸勋的先生在香港做红茶，那次由于火候没掌握好，做坏了，发现了某种奇特的发酵效果。急于缩短普洱茶发酵时间的茶商们从中看出了一点端倪，便在香港、广东一带做了一些实验。终于，一九七三年，由昆明茶厂厂长吴启英女士带领，在这些实验的基础上以“洒水渥堆”的方法成功制造出了熟茶。熟茶中，陆续出现了很多可喜的品牌。

一些刚喝普洱茶的朋友，常常会问“生茶”和“熟茶”的区别。按照中国语文的认知习惯，似乎“熟”比“生”好一点。其实在普洱茶里边，“生”反倒是沉得住气，要耐心等待自然发酵的生态程序；“熟”则是有点着急，用人工方式加水堆积，使它快一点发酵成熟。我在前面频频称赞的“号级茶”、“印级茶”品牌，都是生茶，或者说得全一点，称之为“自然生态茶”。

如果原料不错，渥堆恰当，熟茶也能产生温润而干净的口感，又有较好的暖胃功能，比较适合长者。当然，对于像我这样刁钻、讲究的茶人而言，更会寄情于自然发酵的生茶。而且，熟茶的成功也刺激了生茶的发展。在后来统称“云南七子饼”的现代普洱系列中，就有很多不错的生茶产品。从此之后，生、熟两道，并驾齐驱。

即使到了这个时候，普洱茶还严重缺少科学测试、生化分析、品牌认证、质量鉴定，因此虽然风行天下，生存基点还非常脆弱，经受不住滥竽充数、行情反转、舆情质询。日本二十几年前由痴迷到冷落的滑坡，中国在二〇〇七年的疯涨和疯跌，都说明了这一点。因此，二〇〇八年，由沈培平先生召集众多生物科学家和其他学者集中投入研究，开启了“科学普洱”的时代。

我用如此简约的方式闲聊着普洱茶的历史，还是觉得没有落到实处，就像游离了一个个作品来讲美术史。然而普洱茶那么多“作品”，有哪几个是广大读者都应该知道的呢？它们的等级又是如何划分？我们有没有可能从一些“经典品牌”的排序中，把握住普洱茶的历史魂魄呢？

五

为口感排序，非常冒险。

尤其是，任何优秀形态只要达到了足够的高度，就必然会自成峰峦，自享春秋，更不易断其名次。

为普洱茶的峰峦排序，还遇到了特殊的困难，那就是，抵达者实在太少，难以构成广泛舆论。上好的茶品，既稀缺又隐秘，怎么才能构成能使大家服气的评判？行家甚至都知道哪几位老兄藏有哪几种品牌，说高说低，都有“挟藏品而自重”、“隐私心而待沽”之嫌。

因此，资深茶客们往往只默默地排序于心底，悄声地嘀咕于壶边。说大声了，怕遇冷眼。

好像都在等我。

因为我嫌疑很小，胆子却很大。

那么，就让我来吧。

我对“号级茶”排序的前五名为——

第一名：“宋聘”；

第二名：“福元昌”；

第三名：“向质卿”；

第四名：“双狮同庆”；

第五名：“陈云号”。

我对“印级茶”排序的前五名为——

第一名："大红印"；

第二名："甲乙级蓝印"；

第三名："红印铁饼"；

第四名："无纸红印"；

第五名："蓝印铁饼"。

我对"七子饼"排序的前五名为——

第一名："七子黄印"；

第二名："七五七二"；

第三名："雪印青饼"；

第四名："八五八二"；

第五名："八八青饼"。

写完这些排序，我在大胆之后突然产生了谦虚，觉得应该拜访几位老朋友，听听他们的说法。

我先到香港，叩开了柴湾一个茶叶仓库的大门，出来迎接的正是白水清先生。在堆积如山的茶包下喝茶，就像在瀑布下戏水，非常痛快，因此每次都会逗留到午夜之后。

白先生对普洱茶的见识，广泛而又细致。原因是做了几十年的普洱茶贸易，当初很多场合是不能"试泡试喝"的，只凭两眼一扫，就要判断一切，并由此决定祸福。我总觉得一次次“两眼一扫”的情景中包含着有趣的文学价值，可以引发出许多传奇故事。小巷、马车、麻袋、汗滴……年年不同又年年累积，活生生造就了一个白水清。

但是，白水清先生无心文学。那年年月月的长期训练，使他的眼光老辣而又迅捷。我建议他编一部以自己名字命名的普洱茶词典出版，因为他有这种知识贮备。说起“号级茶”，他首先推崇当年的四个茶庄：同庆号、同兴号、同昌号、宋聘号。在品牌上，他认为最高的是“红标宋聘”，口味浓稠而质量稳定。其次他喜欢“向质卿”的高雅、鲜爽，“双狮同庆”的异香、霸气。“福元昌”和“车顺号”，好是好，但存世太少，呈现得不完整，不方便进入队列。此外，他还欣赏几个茶庄，如江城号、敬昌号。

何作如先生在普洱茶上，是很多茶人的“师父”。他原是个文学爱好者，很多年前我只要和金庸先生、白先勇先生聊天，他每次都来泡茶。也不讲话，只是低头泡，偶尔伸出手指点着茶盅，要我们趁热喝。我们三人当时对普洱茶尚未入门，完全不知道他拿出来的茶是何等珍贵，现在想来还十分惭愧。他坚守茶的等级，并以此表现身份。对于低等级的茶，他一见扭头就走，理也不理。

何先生把“号级茶”分了“四线”，这是我迄今为止见过对“号级茶”的最精细划分。一线三名，“宋聘”、“双狮同庆”、“福元昌”；二线两名，“陈云号”、“仁和祥”；三线三名，“本记”、

“敬昌”、“同兴”；四线也是三名，“江城号”、“黄文兴”、“同昌号”。除了这“四线”外，他直陈自己所要求的普洱茶境界，那就是一喝便产生“直坠丹田”的强烈体感。要达到这一境界，他主张以原生态的制作方式走生茶之路，不做太多加法。他还非常重视冲泡技术，讲究水质、水温、投量、壶型、间歇等关键细节。

沈培平先生对现代普洱茶发展的全方位贡献，无人能及。那天我在飞机上正好与他邻座，就聊了起来。他是一位宏观的管理者，既有科学思维，又有敏锐口感，因此对各种品牌都有一种鸟瞰的高度。他对“号级茶”的排序，一口气列了十名：“宋聘”、“福元昌”、“向质卿”、“双狮同庆”、“陈云号”、“大票敬昌”、“同昌号（黄文兴）”、“江城号”、“元昌号”、“兴顺祥”。他对“印级茶”排了六名：“大红印”、“甲乙级蓝印”、“红印铁饼”、“无纸红印”、“蓝印铁饼”、“广云贡饼”（六十年代出品）。

他对“七子饼”，也浩浩荡荡地排了九名：“七子小黄印”、“七五七二（青饼）”、“雪印”、“月印”、“八六五三”、“七五八二”、“八五八二”、“七五四二”、“八八青（七五四二）”。除此之外，他还提供了自己对熟茶的排名：“紫天”、“八中熟砖”、“南宝砖”、“‘文革’后期砖”。对“新生代普洱茶”，他比我们都认真，因此也提供了排名：“易武春尖”、“紫大益”、“橙中橙”、“九九易昌”、“倚邦红印”、“昌泰号（二〇〇一）”、“澜沧古茶公司〇〇一”、“阳春三月”、“绿色永年九九”等等。他的目光，瞻前顾后，童叟无欺。二〇一四年三月我听说他遇到了一些麻烦，便立即发表文章肯定他在普洱茶的科学测试、国际接轨、市场秩序等方面所建立的首要功绩，希望他今后仍然能以一个大专家的身份在普洱茶领域起到引领作用。

现任永年太和茶叶公司董事长的太俊林先生，熟悉普洱茶的每一个制作环节，这是其他只懂品尝的各位名家所不能比的。他年纪还轻，因此不想为祖父辈的老茶排序，更愿意着眼现在可以经常饮用的茶品。他对“七子饼”排了五款，即“七五七二（青饼）”、“八五八二（首批青饼）”、“雪印”、“月印（七五三二）”、“八六五三”。他为“新生代”排了三款：“九九易昌”、“阳春三月”、“绿色永年九九”。

张奇明先生开设的大可堂茶馆，专供普洱茶，早已成了上海一个著名的文化活动场所。有的茶客甚至模仿西方人着迷星巴克的语言，说自己平日“如果不在大可堂，就在去大可堂的路上”。很多朋友看到那里有一方由我书写的碑刻，以为是我开的。其实，我只是一名常去的茶客，也算是我的“第二会客室”。张奇明先生对“号级茶”的排序为：“宋聘”、“陈云号”、“向质卿”、“大票敬昌”；对“印级茶”的排序为：“大红印”、“红印铁饼”、“无纸红印”、“甲乙级蓝印”、“大字绿印”、“蓝印铁饼”；对“七子饼”的排序为：“黄印”、“七五七二”、“雪印”、“八五八二”、“八八青饼”。

王家平先生在网络微博上的署名是“茶人王心”，据说投情颇深，有大批追随者，可惜我不上网，看不到。算起来，只要我在北京期间，与他喝茶的次数比较多。每次看到他胖胖的手居然能灵巧地泡出一壶壶好茶，深感惊讶。但他现在已经不胖了，经常举办一些与普洱茶相关的活动，还在网络上直播引领团队上山采茶的情景，影响很大。他对“号级茶”的排序为：“宋聘”、“陈云号”、“双狮同庆”、“向质卿”；他对“印级茶”的排序为：“红印”、“蓝印铁饼”、“甲乙级蓝印”、“无纸红印”；他对“七子饼”的排序为：“八五八二”、“雪印”、“八八青饼”。

都说常喝普洱茶的人会把自己的年龄喝掉好几岁，这在利青女士身上更为明显。她告诉马兰，十几年前第一次喝到“蓝标宋聘”，深感震撼，决心要想办法喝遍普洱茶的顶级品牌。经人介绍，她认识了香港最著名的新星茶庄的庄主杨建恒先生。杨先生引导利青在普洱世界漫游，结果利青也成了一位出色的品茶家和收藏家。她对“号级茶”的排序为：“红标宋聘”、“蓝标宋聘”、“福元昌”、“向质卿”、“同兴号”、“陈云号”、“双狮同庆”、“大票敬昌”；她对“印级茶”的排序为：“红印铁饼”、“大红印”、“蓝印铁饼”、“无纸红印”、“小黄印”；她对“七子饼”的排序为：“昆铁”、“七五七二”、“七三青饼”、“八五九二”、“九三青饼”、“九六紫大益”、“九六野山青饼”、“九六真纯雅”、“九六橙中橙”、“九七水蓝印”、“九九易昌”。

香港新星茶庄庄主杨建恒先生说，自己的父亲就是茶界老行家，但我们这一辈对普洱茶口味的品鉴，已达成了一个全新的境界。他入行以来，天天都在库仓和办公室整理普洱茶，但到了下午四五点钟一定要泡上一壶小黄印或七三青饼，边喝茶边阅资料。晚饭以后，还会与父亲在杯壶间“互相考试”，互猜各款茶品的牌号和仓储。父子俩一般喝印级茶，每星期也会喝一次号级茶。在这过程中，台湾的陈应琳先生和一位韩国茶商，给予了他很大的帮助。我告诉他，如此持久地训练和探寻口感，有效地提升了一种自然食品的内在美感，于是也把普洱茶推入了美学范畴。他由于当下业务经营的关系，不便为茶品排序，只想让大家听听他最想报出口来的一些名号：“红标宋聘”、“蓝标宋聘”、“双狮同庆”、“五色同庆”、“双狮鸿泰昌”、“陈云”、“百年同兴”、“同兴贡”、“黄锦堂”、“黄位中”、“黄文兴”、“敬昌”、“吉昌”、“群记”、“思普贡茗”、“鼎兴”、“河内”、“五票孙义顺”、“汪立春”、“康秧春”、“郑义顺”等等。

我既然请出了这么多当代普洱茶领域的顶端高人，那也就可以自信地说一句：这篇文章中的茶品排列，一定不会有太多遗漏和颠倒了。

另外，我还分头询问了几位国内著名的茶艺师如姚丽虹、黄娟、海霞她们的排序，在“号级茶”和“印级茶”领域，几乎也都大同小异。可见，在口味、等级上，高手们分歧不大。

六

虽然说得如此痛快淋漓，但是，“号级茶”已经越来越少，谁也不能经常喝到了。“福元昌”现在存世大概也就二三十小桶吧？“车顺号”据说只存世四片，我已侦知被哪四个人收藏了。他们互相不说，更不对外宣扬。怕被窃，当然是一个原因；但更怕的是，一番重大的人情，或一笔巨大的贸易，如果提出要以尝一口这片老茶作为条件，该如何拒绝？

珍贵，不仅是因为稀少。“号级茶”的经典口味，借着时间的默默厮磨，借着微生物菌群的多年调理，确实高妙得难以言表。

邓时海先生说，“福元昌”磅礴雄厚，“同庆号”幽雅内敛，一阳一阴，一皇一后，构成终端对比。在我的品尝经验里，“福元昌”柔中带刚，果然气象不凡，“同庆号”里我只中意“双狮”，“陈云号”药香浓郁，也让我欣喜，但真正征服我的，还是“宋聘”。“宋聘”，尤其是“红标宋聘”而不是“蓝标宋聘”，可以兼得磅礴、幽雅两端，奇妙地合成一种让人肃然起敬的冲击力，弥漫于口腔和胸腔。

我喝到的“宋聘”，当然不是光绪年间的，而是民国初年宋家与袁家联姻后所合并的“乾利贞宋聘”茶庄的产品。那时，这个茶庄也在香港设立了分公司。每次喝“宋聘”，总是多一次坚信，它绝非浪得虚名。与其他茶庄相比，宋、袁两家的经济实力比较雄厚，这当然是最高品质的保证，但据我判断，“宋聘”号这一光耀后世的企业里边，必有一个真正的顶级大师在进行着最重要的把关。正是这个人和他的助手，一直在默默地执掌着一部至高至严的品质法律和美学法律，不容哪一天，哪一片，有半点疏漏。

照理，堪与“宋聘”一比的还有同兴号的“向质卿”——一个由人物真名标识的品牌，据说连慈禧太后也喜欢。但奇怪的是，多次喝“向质卿”，总觉得它太淡、太薄、太寡味，便怀疑慈禧太后老而口钝，或者向家后辈产生了比较严重的“隔代衰退”。到后来，一听这个品牌就兴味索然。没想到有一天夜晚在深圳，白水清先生拿出了家藏的“向质卿”，又亲自执壶冲泡，我和马兰才喝第一口就不由得站起身来。柔爽之中有一种大空间的洁净，就像一个老庭院被仆役们洒扫过很久很久。无疑，这是典型的贡品风范。但是，如果要我把它与“宋聘”做对比，我还会选择“宋聘”，理由是力度。

我对“印级茶”的喜欢，也与力度有关。即使是其中比较普及的“无纸红印”、“蓝印铁饼”，虽然在普洱茶的时间坐标里还只是中年，却已有大将风度，温厚而又威严。

在京城初冬微雨的小巷茶馆，不奢想“号级茶”了，只掰下那一小角“红印”或“蓝印”，再把泉水煮沸，就足以满意得闭目无语。

当然也会试喝几种“新生代”普洱，一般总有一些杂味、涩味。如果去掉了，多数也是清新有余，而力度薄弱。那就只能耐心地等待，慢慢让时间给它们加持了。《普洱春秋》的作者陈文吨先生曾经向茶人建议：喝老茶以保健康，藏新茶让它慢慢变老。这是有道理的。

七

刚刚说到了力度，我就不能不顺带表述一种牵挂已久的困惑。

普洱茶的口感，最珍贵、最艰深之处，就是气韵和力度。但是，科学家们研究至今，还无法说明气韵和力度的成因。有人说，茶中之气，可能来自一种叫“锗”的成分，对此我颇有怀疑。我想，锗很可能是增加了某些口味，或提升了某些口味吧？应该与最难捉摸的气韵和力度关系不大。

依我看，秘密还在那群微生物身上。天下一切可以即时爆发的气势，必由群体生命营造。但是，诚如我前文所说，普洱茶在生成过程中曾遇到过两批不同微生物菌群的侍候，气韵和力度，主要是由哪一批营造的呢？我想，主要应该是云南原始森林里围着大叶古茶树的那一批微生物菌群，就像早期教育给学生们定下了气质和格调。当然，后一批应该也有长久的贡献。

除了气韵和力度，普洱茶的特殊香型也还是一个谜。过去有一种幼稚的解释，以为茶树边上种了某一种果树就会传染到某种香型，这种说法已被实践否定。据现在的研究，普洱茶的香气，是芳樟醇（也就是沉香醇及其氧化物）在起作用。这种说法可能比较靠谱。但是，普洱茶除了樟香之外的其他香型如兰香、荷香、枣香、青香，那是芳樟醇范围里边的不同类别，还是出现了其他别的什么醇？

网络上经常会出现一种传言，说普洱茶里有黄曲霉素，是致癌物质。对此，科学家陈杰先生说，黄曲霉与黄曲霉素是两个不同的概念。黄曲霉要转化为黄曲霉素必须具备蛋白质、淀粉、油脂等物质，而普洱茶恰恰缺少这种物质。如果从个别普洱茶中检测出了黄曲霉素，那一定是源于二度污染，与普洱茶本身无关。说到致癌，科学家们反而指出，普洱茶里有一种茶红素，能够防癌。但是，我们对茶红素了解不多。它究竟是什么成分？又何时能分解出来？

又有科学家设想，普洱茶的最好原料是千年古茶树，那些茶树千年不凋，除了微生物的辛劳之外，是不是还有一种“长寿基因”？如果是，那么，这种“长寿基因”到底是以一种什么方式存在着、转换着呢？

这样的问题，可以无休无止地问下去。

很快我们发现，有关普洱茶的很多重大问题，大家都还没有找到答案。因此，最好不要轻言自己已经把普洱茶“彻底整明白”了。记住，就在我们随手可触的某个角落，那群微生物正交头接耳地在嘲笑我们。

由此想起几年前，闫希军先生领导的天士力集团听到了“科学普洱”的声音，便用现代生物发酵工艺萃取千年古茶树中有效无害的成分，提炼成“帝泊洱”速溶饮品。这个行动具有重大历史意义，为普洱茶的纯净化、功能化、便捷化、国际化打开了新门户。在香港举行的发布会上得知，为了研究的可靠性，他们曾经一次次动用上百只白老鼠做生化实验。我随即在发布会上站起来说，自己是第一百零一只“白老鼠”，已经在无意中接受了多次实验，而且还愿意实验下去。

但是，我更想在实验中把自己变小，小得不能再小，然后悄悄融入那支微生物菌群的神秘大军，看它们如何从原始森林的古乔木大叶种开始，一步步把普洱茶闹腾得风起云涌。

当然，对我来说，普洱茶只是一个观察样本。只要进入了微生物的世界，那么，我对人类和地球的感受也就完全不一样了。于是，我再由小变大，甚至变成巨人，笑看茫茫三界。

八

春天，又一个收茶的季节来了。

好几天来，妻子一直在念叨着云南澜沧江流域的那些茶山，一次次下决心要赶过去赏茶、采茶。但是，实在被教学任务拖住了，怎么也走不开。她对那些茶山，留下了很特别的感觉，因此在品茶时常常刚一入口就能说出来自何山，而且总是说对，让老茶客们佩服不已。我就是在这一点上，逊她一步。对此，她谦虚地说："女人嘛，只是在口感上稍稍敏锐一点，何况我经过实地踏访。"

唇齿一抿，就能感知每一座山，却放掉了当季的山色云岚，放掉了今日的沾露茶香，真有一种说不出的遗憾。

云南澜沧江流域的一座座茶山，确实值得向往。在那里，走了很多歧路的现代人终于明白了事理，小心翼翼地保护并营造了远古时代地球生态未被破坏前的原始状态。那种丰富、多元、共济、互克、饱满、平衡的自然奇迹，其实也是人类与自然谈判几千年后最终要追求的目标。首尾相衔的一个大圆圈，画出了人类的宏大宿命。为此我常去那里，把它当作一个课堂，有关美学、哲学、人类学和未来学。

于是，一杯普洱茶，也就在陈酽、暖润之中，包含着人、自然和美之间的幽幽至义。

经常有朋友在茶桌前郑重地说一声："今天，请喝五十年的老茶。"

我则在心里说，其实，这是五千、五万年的事儿。喝上一口，便进入了一个生态循环的大轮盘。在这种大轮盘中，人的生命显得非常质感又非常宏观，非常渺小又非常伟大。

我已与妻子商量好，每年新茶采收季节，应该凭借着我们对普洱茶的鉴识能力，会同其他专家，以最严格的标准选购一些好品种收藏起来。我们夫妻还可以设计一个新的品号，随名字，就叫“兰雨一品”[16]吧。她在这个领域的位置比我高，应该放在前面。我们会设计一种最简单的纸质包装，上面要慎重地盖上我们两人的印章。

这么一想，就很高兴。这年月，老茶已经收不到，也存不起了。对于每年的新茶，却可以投入自己的选择。我们只想把自己的选择眼光变成一大堆物态存在，然后守着它们，慢慢等待。等待它们由青涩走向健硕，走向沉着，走向平和，走向慈爱，最后，走向丝竹俱全的口中交响，却又吞咽得百曲皆忘。

具体目的，当然是到时候自己喝，或送朋友们喝。但最大的享受是使人生多了一份惦念。这种惦念牵连着贮存处的那个角落，再由那个角落牵连出南方的连绵群山。这样一来，那堆存茶也就成了一种媒介，把我们和自然连在一起了，连得可触可摸、可看可闻、可感可信。说大了，这也就从一个角度，体验了“天人合一”的人格模式和美学模式。

这种人格模式和美学模式，暂时还只属于中国。我在以前的两本书里提到，改变中国近代史的“鸦片战争”，其实是“茶叶战争”。英国人喝中国茶上了瘾，每家每人离不开，由此产生了贸易逆差，只能靠贩毒来抵账。我又说了，他们引进了中国茶却无法引进茶中诗意，滤掉了茶叶间的中国文化和中国美学。但是，这些与炮火沧海连在一起的茶，基本上都不是普洱茶。普洱茶的美学在空间和时间上更遥远、更着地、更深厚。所以，在中国文化开始从“文本美学”转向“生态美学”的今天，它也就成了一种重要的标志。

在我看来，一个地道中国人的寻常日子，应该有茶伴随。尤其是到了晚年，岁月的美好可以有多项证明，其中最可牢牢把持的，就是一杯普洱茶。喝一口，其实是喝下了云南原始森林的无比热闹和无比寂静，同时也喝下了几页无比深奥又无比通俗的宏观美学和微观美学。

对于这样的美学，我们只能感受，还缺少充分的发言权。因此，本章也不做理论总结了。

1 鲜活芬芳的绿茶

2 清香型铁观音

2 炭焙型铁观音

3 普洱茶和别的茶很不相同，看上去是一团黑乎乎的“粗枝大叶”，可一旦喝了，就再也放不下

4 茶马古道，百年永济桥

4 几百年前的普洱府人物群像，按照当时当地的职业比例，他们当中一定有一半以上是普洱茶的制作者

5 普洱府一直是澜沧江沿岸茶叶的主要集散地。这是路易·德拉波特笔下的普洱府

5 十八世纪，普洱府思茅的茶叶贸易格外繁荣，图为思茅牌楼群

6 一八八七年，法国探险家路易·德拉波特笔下的云南运茶马帮

7 一六七七年在意大利罗马出版的《图说中国》，把当时西方人眼中特别神秘的中国介绍给世界。其中有一幅专门描绘了云南南部的大叶茶树。这也许是中国历史上第一幅大叶种乔木型茶树图

8 普洱茶是有“大味”的，在陈酽、暖润的基调下变幻无穷

9 普洱茶的代际区分

上：“福元昌号”七子圆茶，生产于一百多年前

中：“乾利贞宋聘号”圆茶及内飞，生产于八十多年前

下：“中茶牌红印”圆茶及内飞，生产于二十世纪五十年代

10 普洱茶六大茶山，一般指古茶山。以澜沧江为界，分为澜沧江内六大茶山：攸乐、革登、倚邦、莽枝、蛮砖、易武（漫撒）；江外六大茶山：南糯、南峤、勐宋、景迈、布朗、巴达

11 图为熟普洱茶制作过程中的干燥环节。普洱茶有生、熟之分，制作工艺也不同。生普洱茶传统制作过程是：杀青—揉捻—晒干—压制成各种紧压茶，令其在自然存放中缓慢发酵陈化。而熟普洱茶的制作过程是：杀青—揉捻—干燥—增湿渥堆—压制成品—干燥脱水

12 云南的古茶树

13 采茶

13 炒茶

一九九六年紫大益青饼

一九九九年大渡岗圆宝七子饼

昌泰九九易昌号

二○○五年永年九九

二○○一年昌泰号全绿字

二○○四年澜沧古茶○○一沱

二○○四年下关阳春三月定制饼

14 不同时期的“号级茶”

15 图为古董茶大票及内飞。历来会在普洱茶茶饼内放一张糯米做成的印有品牌、生产厂家、定制者的纸，即“内飞”。由于内飞在压制工序中就与圆茶紧压黏结，无法假冒伪造，所以一直被视为普洱茶的身份证。而大票则是普洱茶出厂时附带的简要说明，包括茶号、厂家、批次、重量等信息，主要有直式和横式两种

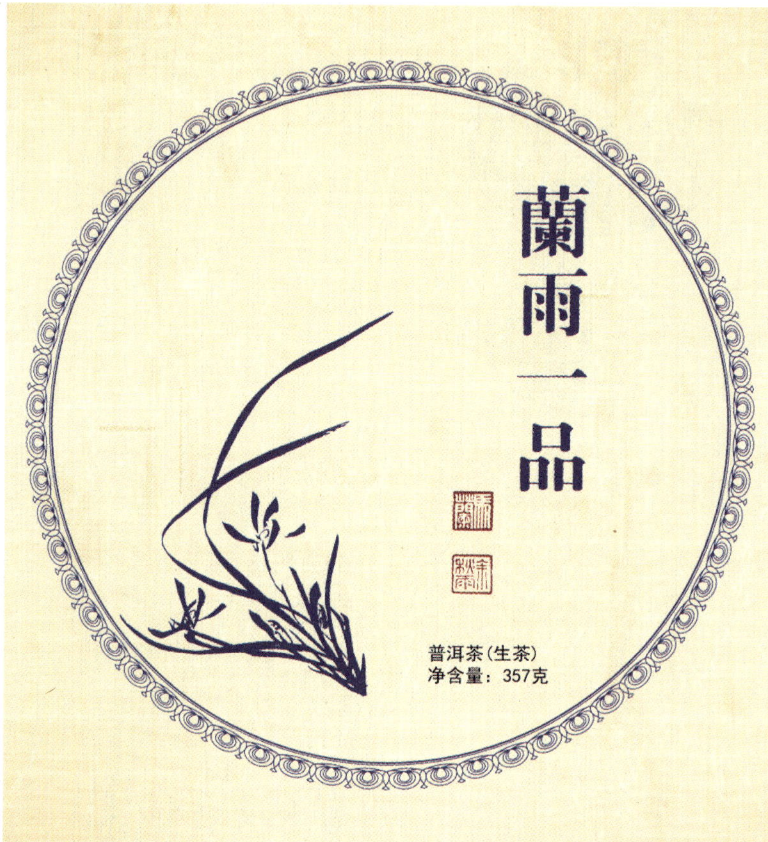

16 当代普洱茶之大票示例 1

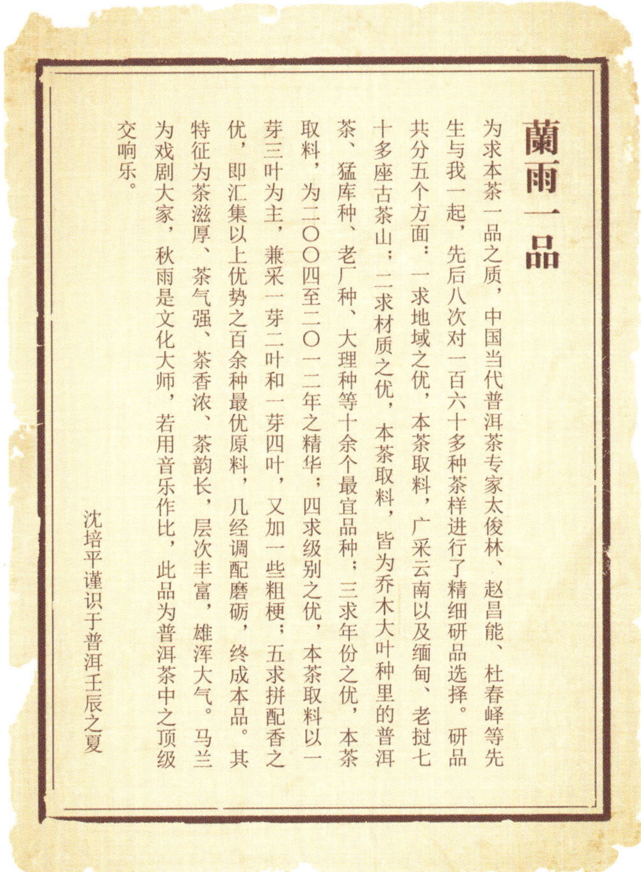

蘭雨一品

为求本茶一品之质，中国当代普洱茶专家太俊林、赵昌能、杜春峄等先生与我一起，先后八次对一百六十多种茶样进行了精细研品选择。研品共分五个方面：一求地域之优，本茶取料，广采云南以及缅甸、老挝七十多座古茶山；二求材质之优，本茶取料，皆为乔木大叶种里的普洱茶、猛库种、老厂种、大理种等十余个最宜品种；三求年份之优，本茶取料，为二〇〇四至二〇一二年之精华；四求级别之优，本茶取料以一芽三叶为主，兼采一芽二叶和一芽四叶，又加一些粗梗；五求拼配香之优，即汇集以上优势之百余种最优原料，几经调配磨砺，终成本品。其特征为茶滋厚、茶气强、茶香浓、茶韵长，层次丰富，雄浑大气。马兰为戏剧大家，秋雨是文化大师，若用音乐作比，此品为普洱茶中之顶级交响乐。

沈培平谨识于普洱壬辰之夏

16 当代普洱茶之大票示例 2

中国美学的基点

——释《文心雕龙》

一

我在分析中国最有代表性的几宗美学极品之前，曾以“实体美学”和“虚拟美学”的区别来揭示中国美学思维的一大特征。其实，中国除了立足“实体美学”，也有不少思维精微的美学论述，其中有一部著作还体制宏大，那就是《文心雕龙》。有的研究者把它与古希腊亚里士多德的美学著作《诗学》相提并论，也不是完全没有道理。然而，一相提并论，两者的差异也就更明显地展现出来了，甚至到了缺少可比性的地步。

我觉得这些研究者的障碍，不是不了解《文心雕龙》，而是不了解西方美学史。其实在西方美学史上，也有可以与《文心雕龙》比较的对象，容我在本文的结尾处再说。

《文心雕龙》虽然一直被人称为“体大虑周”，但说到底，也就是一部讲述文章作法的著作，而且取用的例证也比较集中。它的用意，是指导人们创造出一个个“极品”，因此也可以将其看作是“实体美学”、“极品美学”的先声。

我研究中国古代美学几十年，对《文心雕龙》一直不太重视。一个原因是，它出现在公元五世纪和六世纪的交接期，当然还没有可能把中国审美文化最灿烂的勃发期唐代纳入研究对象，因此缺失了美学思维的伟大基座。这对于以实际作品为坐标的中国美学来说，遗憾更大。

另一个原因是，它所说的“文”，常常以骈文为对象。骈文讲究对偶、声律、用典、堆砌、华丽，正是唐代韩愈、柳宗元发起的

“古文运动”所竭力反对的。唐代之后几乎所有的高层文化群体，都站在韩愈、柳宗元一边。麻烦的是，《文心雕龙》正是用精致的骈文写成。

我本人，从来不喜欢骈文，因此即便在文辞阅读上也很难与它亲近。每次拿起书本，很快总会引发“骈俪倦怠症”，宁肯转而去诵读更古、更玄的《周易》、《老子》、《庄子》。

但是，就在这种长时间的不重视、不亲近之中，我隐隐又觉得有点抱歉。因为再多的局限性也掩盖不了一个更大的事实，那就是，《文心雕龙》与更早的曹丕的《典论·论文》一起，标志着中国文学正在经历着一场意义不小的自我发现。在这之前，文学佳作虽然也有不少，但文学功能却主要被看作是一种表述方式，一种传播手段，一种抒发形态。到了这时，文学才被当作一个独立而完整的研究对象，既有了来龙去脉的梳理，又有了前前后后的比较。也就是说，中国文学由此产生了理性自觉。

既然是首度自我发现，那就弥足珍贵。即便存在种种缺憾，也是一个美学起点。

而且，后来当人们经历了唐、宋、元、明、清，穿越了一个个相当成熟的文学艺术发达期，却一直没有出现像《文心雕龙》这样格局完整、“体大虑周”的文论著作。于是，它作为美学起点也就成了美学基点。

我深知当代读者与《文心雕龙》作者刘勰的话语方式和思维

方式之间，已经山高路远，更不容易接受以骈文写成的理论著作。但是，我内心还是很想让大家领略《文心雕龙》的一些高雅气息。因为这对于体认中国美学风范，具有一种“元典”意义上的补偿作用。即便仅仅是“气息”，也与我们的生命有关。

《文心雕龙》中有大量文体论、文技论的篇章，存在明显的时代局限，不少史论也未免视野局促。这些内容，当代读者的大多数只需匆匆浏览，恭敬让过，然后把注意力集中于一些有关艺术创作的论述。我的这篇文章，可以在这方面做一个引导。

因为原文是骈文，读起来有很多“精美的绊脚石”，所以我的引导必须承担一个最艰苦的重任，那就是译述。我对一切古代经典的译述与别人的译注不同，特别重视古今语言节奏之间的呼应和互馈。因此，译出来的现代散文具有疏浚理脉、文脉的性质。我让两种文字进行近距离的对比，顺便也可让当代读者得知骈文的强项和弱项，有些趣味。

二

那就开始第一段吧，也就是整个《文心雕龙》的第一段，《原道》的开头。

原文如下：

> 文之为德也大矣，与天地并生者，何哉？夫玄黄色杂，方圆体分；日月叠璧，以垂丽之天象；山川焕绮，以铺理地之形。此盖道之文也。仰观吐曜，俯察含章，高卑定位，故两仪既生矣。
>
> 惟人参之，性灵所钟，是谓三才。为五行之秀，实天地之心生。心生而言立，言立而文明，自然之道也。傍及万品，动植皆文：龙凤以藻绘呈瑞，虎豹以炳蔚凝姿；云霞雕色，有逾画工之妙；草木贲华，无待锦匠之奇。夫岂外饰，盖自然耳。至于林籁结响，调如竽瑟；泉石激韵，和若球锽。故形立则章成矣，声发则文生矣。夫以无识之物，郁然有彩；有心之器，其无文欤！

这两百多个字，是全书开宗明义的总论，为“实体美学”开了一个“天地文章”的思维大局，足以证明《文心雕龙》是一部大作品。这段话如果以现代散文的气韵来分段表述，会稍稍长一点。我的译述如下——

文章与天地并生，格局很大。

为什么说大？先看天地。天玄地黄，天圆地方，日月双璧，垂丽天际，山川华美，条理清晰，这就是自然的文章。

再看人。仰观天光，俯察山川，定位天地两仪，参入自己的性灵，构成“天、地、人”三才。人作为万物五行之秀，实为天地之心。有了心就要发言，有了言也就有了文。这就是人的文章，也是自然之道。

再看世间万品，动物、植物都在作文章，龙凤以美丽呈现祥瑞，虎豹以威盛摆出姿态。云霞之色超越画工，草木之花可比锦匠。这不是外加的修饰，而是出乎自然。

至于树林间天籁鸣响，如琴瑟般协调，如泉石般激韵，如钟磬般和谐。可见有形便成“章”，有声便成“文”。既然这些无意识之物都有自己的文采，那么，有心灵的人，怎么能没有文章！

刘勰的这个开头，等于为《文心雕龙》戴了一顶大帽子，我却读得愉快。显然，他是受了《周易》贲卦的爻辞“观乎天文，以察时变；观乎人文，以化成天下”的影响。我在《周易简释》中谈到这则爻辞时说了这样一段话：

唐代陆德明在《经典释文·周易》中录入了前人对

> “贲”字的两种解释，一是“文饰”，二是“文章”。这里所说的“文饰”并不完全是外加的修辞，更是一种内在素质的外向呈现。这里所说的“文章”也不是指独立成篇的文字，而是与“文饰”有相近的含义，也可以说是“文采”，一种美好的外部呈现。
>
> 如果要把“贲”、“文辞”、“文章”、“文采”、“文”这些用语在《周易》时代的含义用现代美学概念来表述，可能接近“表现形态”、“外化方式”、“审美图像”。

我的这一解释，大体也能说明刘勰为什么要把天地的形态、动植物的美丽、林间的天籁，全都看作“文章”了。这种最宏观的“大文章思维”确实出自于《周易》这样的哲学高度，刘勰接了过来，为全书提供了一个巨大的天幕。他后面的一些章节，也力图与这个天幕继续呼应。

刘勰这样做的意义，远远超乎他的意料。他实际上也为整个中国美学建立了一个宏伟的大背景。他指出，人创造美的重要动力，在于自然界也在创造美。但是，这又与西方美学把“自然美”、“艺术美”、“物态美”、“人为美”的范畴对立很不相同。刘勰虽然也讲到了自然界的动物美和植物美，但他所说的自然是“天地宇宙”，比一般所说的自然界宏大得多、神秘得多、积极得多。日月星辰、四季岁月，以不息的运行和壮观的形态，启悟着人的生态和心态。这种启悟，也被称为“天道”，与世间的“人道”紧密对应而构成“天人合一”的群体思维。人们无论是创造艺术美还是文学美，都离不开天地宇宙。这就是中国美学的基本出发点。

因此，刘勰以一句“与天地并生”来概括文章之美，正是一下子把中国美学最恢宏、最独特的气度展现出来了，很值得敬佩。

当然，刘勰是一个文论家而不是哲学家，当他把“天人合一”的美学背景树立之后，却无法厘清这种美学背景与他要论述的美学作品之间的复杂关系和重重区别，很难度量“天地文章”与“骈俪文章”之间的漫漫距离。

尽管如此，我还是喜欢他的这个天真思路：天地万物都在写自己的文章，作为有心灵的人，为什么不把文章写好？

三

既然已经进入了一个颇为壮观的门厅，那就算得了气，我们也就可以抄近路，直奔《文心雕龙》对后世影响最大的那些章节了，如《神思》、《风骨》、《情采》、《通变》诸篇。

这里要讲述的一节，取自《神思》篇。

“神思”，一般是指创作时的神奇思绪。

原文是：

> 文之思也，其神远矣。故寂然凝虑，思接千载，悄焉动容，视通万里。吟咏之间，吐纳珠玉之声；眉睫之前，卷舒风云之色：其思理之致乎！
>
> 故思理为妙，神与物游。神居胸臆，而志气统其关键；物沿耳目，而辞令管其枢机。枢机方通，则物无隐貌；关键将塞，则神有遁心。
>
> 是以陶钧文思，贵在虚静。疏瀹五藏，澡雪精神。积学以储宝，酌理以富才，研阅以穷照，驯致以绎辞。然后使玄解之宰，寻声律而定墨；独照之匠，窥意象而运斤。此盖驭文之首术，谋篇之大端。

创作时的神奇思绪，在现代写作学上，一般称为“构思”。但“构思”两字常常被理解为智性谋划、情节设计，而不像刘勰所说的“神思”那么放达、玄奇。其实，这也揭示了人们的一个长期误解。在美的创造上，刘勰是对的。希望我们平日再次运用“构思”这个概念时，能够加入更多“神思”的成分。

刘勰的这段话中，有不少精美词句，我在译述时不忍替代，只要不难领悟，便尽量保留。同是汉语，古今美文之间有不少互通互融的可能。

我的译述如下——

> 文的运思，精神可以飞得很远。寂然凝思，能够接通千年；悄悄动容，能够看到万里。吟咏之间，能够吐纳珠玉之声；眉睫之前，能够卷舒风云之色。这一切，都是运思所致。
>
> 运思的妙处，在于精神与外物交游。精神存在胸臆之中，而情志却是统领它的关键。外物被耳目感受，而辞令却是表达它的枢纽。如果枢纽通了，外物就能显现；如果关键阻塞，精神就会消遁。
>
> 构思文章，贵在虚静。要疏通五脏，澡雪精神。积累学问如储宝，斟酌事理增才能。研究阅读求通解，从容不迫寻文辞。然后才能让深沉的心灵找到声律，让独到的见解裁得意象。这是为文的第一要领，谋篇的重大事端。

这里边划分出来的三个小段落，表达了三层意思。

第一层，说明在创作运思阶段，精神活力可发挥到无边无际。千年万里，都能够寂然之间顷刻抵达。刘勰以辽阔的时空自由，指出了文学创作的起点性本质。

第二层，有点复杂。因为这里出现了“精神”、“志气”、“辞令”这三者的关系。精神也就是原文所说的“神”，是一个人的整体素养，平日安静地存在于胸臆之间，一旦要创作，就需要由“志气”来指挥。这里所说的“志气”，大致是指心志和意气，也就是创作这部作品的动力。至于“辞令”，则是表现手段。简单说来，由精神作底，由志气推动，由辞令表达。刘勰以“关键”和“枢机”作为比喻，来象征其间的启动关系。

第三层，比较重要。刘勰并不认为一切人都能投入创作，创作者首先必须在心理上做到“虚静”，不要在动笔时有太多的欲念、动机，更不要接受种种外惑。虚静到什么程度？那就是疏通五脏、澡雪精神。

“澡雪精神”这种说法，在刘勰之前也有人用过，但拿来说明艺术构思阶段的心态，非常合适。澡，是指洗涤干净；雪，是指冷冽而又纯洁。这样的描述，消除了文艺创作需要燥热、冲动、激奋的误会。刘勰认为，只有在这样的“虚静”中，创作者才有可能积累学识，斟酌事理，研究阅读，最终让深沉的心灵获得精致的表达。

这种思维，显然也包含着刘勰投入颇深的佛教哲理。

四

我们继续读下去。

> 夫神思方运，万涂竞萌，规矩虚位，刻镂无形。登山则情满于山，观海则意溢于海，我才之多少，将与风云而并驱矣。方其搦翰，气倍辞前，暨乎篇成，半折心始。何则？意翻空而易奇，言征实而难巧也。是以意授于思，言授于意。密则无际，疏则千里。或理在方寸，而求之域表；或意在咫尺，而思隔山河。是以秉心养术，无务苦虑；含章司契，不必劳情也。

这一段，是说神思开启后的风起云涌，到真正执笔时却出现了另一种情景。这就涉及了神思和表达之间互相依赖又互相牵制的微妙美学关系。

我译述如下——

> 创作的运思刚刚运作，万千条通路竞相萌动。种种规矩还处于虚位，一切刻画还没有成形。于是，想到登山则情满于山，想到观海则意溢于海，我有多少才情，此时与风云并驱。然而，一旦执笔，就会觉得心气多于文辞。等到篇成，发现只达到了设想的一半。
>
> 这是什么原因？原来，心意在空中翻动时容易神奇，而

落实到言辞则难于工巧。这中间，意念来自于构思，而言辞又来自于意念，互相密不可分。一旦分了，就会差之千里。有时，理念就在心中，却向远处寻求；有时，意思就在咫尺，却像隔了山河。所以，要秉心运作，无须苦虑；把持美好，不必劳情。

在这里，刘勰遇到了意（意念）、思（构思）、言（表达）之间的复杂关系。他清晰地知道，意念和构思是非常自由的天地，到表达时只能呈现一半。那么，怎么才能解决这个问题呢？他提出了两重劝告。

其一，承认差异的存在，因为“意翻空而易奇，言征实而难巧”，是正常现象；

其二，在创作时尽量把意、思、言三者混成一体，让它们密不可分。如果老是在表达上思虑太多、劳情太多，反而会把三者分割，舍近求远。只要把持自心，把持美好，就可以了。

这两重劝告，合情合理。但是不必讳言，刘勰对于意、思、言三者“密则无际，疏则千里”的原因还未曾厘清。因此，创作者为什么可以“无务苦虑”、“不必劳情”的理由也未能说明，显得比较混沌。

但是，不管怎么说，在创作实践上，构思时充分畅想，表达时不必多虑，显然是明智的两端。最怕的是，构思时想得太少，表达时想得太多。构思时想得太少，就会情志滞塞；表达时想得太多，就会笔底迟疑。

五

接着要讲解《风骨》篇了。

中国历代的艺术创造者，一听到“风骨”两字都会兴奋，因为这是在追求内在生命力和外在表现力的双向充裕。后来，这个概念也就成了中国美学的特定范畴。

且先看看刘勰对“风骨”的论述。

> 《诗》总六义，风冠其首，斯乃化感之本源，志气之符契也。是以怊怅述情，必始乎风；沉吟铺辞，莫先于骨。故辞之待骨，如体之树骸；情之含风，犹形之包气。结言端直，则文骨成焉；意气骏爽，则文风清焉。
>
> 若丰藻克赡，风骨不飞，则振采失鲜，负声无力。是以缀虑裁篇，务盈守气，刚健既实，辉光乃新。其为文用，譬征鸟之使翼也。
>
> 故练于骨者，析辞必精；深乎风者，述情必显。捶字坚而难移，结响凝而不滞，此风骨之力也。若瘠义肥辞，繁杂失统，则无骨之征也。思不环周，索莫乏气，则无风之验也。

我在译述这段原文之前，显然遇到了一个棘手的问题。刘勰讲“风骨”，是先把“风”和“骨”分开来讲，再把它们结合的。在他的时代，文坛上对“风”和“骨”的理解有一些基本共识，因此作者和读者之间可以心照不宣，这是“流行语汇”的惯常特征。可惜一千五百多年过去，他笔下的“风”和“骨”早已不是“流行语汇”，因此先要为当代读者做一番词语化解。

他所谓的“风”，近似“风韵”、“风情”、“风范”，是指一种受人喜爱的感染力。

他所谓的“骨”，近似“骨力”、“骨气”、“骨架”，是指一种受人敬重的挺拔态。

看得出来，这是由人格范式衍伸出来的审美范式，是中国美学的高等级追求。两者结合，等级更高。

经过这番简要提示，我的译述就可以稍稍轻松一点了——

《诗经》包含六艺，“风”冠其首，它是感染的本源，情志的呈现。要想惆怅地表述感情，必从风韵开始；要想低声地吟诵文辞，须以骨力为重。文辞有了骨力，就像身体有了骨骼；情感有了风韵，就像形体包蕴生气。只要言辞端直，文章的骨力也就形成了。只要意气骏爽，文章的风韵也就清晰了。

如果辞藻丰富，而风骨却飞不起来，那就是文采失色，声韵无力。所以构思裁篇，一定要充盈守气，刚健充实，才能辉光长新。“风”、“骨”对于文章，就像飞鸟的两个翅膀。

要想练就骨力，辨析文字必须精要；要想深得风韵，表述感情必须鲜明。锤炼文字坚挺而难以改动，联结声调凝重而不陷粘滞，这便是风骨之力。如果含义贫瘠而辞藻肥硕，行文繁杂而失去统领，那就是没有骨力的征象。如果思绪单向而不周顾，笔下勉强而少气氛，那就是没有风韵的证明。

简单说来，文学创作不可没有“风骨”。刘勰在辛苦地探讨，怎么才能在创作中既获得“风”，又获得“骨”。

在中国的美学思维中，“风骨”两字大多是连在一起的，重点在“骨”，一般意指具有雄伟有力的气概和风格。我们平常所说的“一个有风骨的人”、“一幅有风骨的书法”，大致也是这个意思。

但是，刘勰却把“风”单独提出来郑重讲述。他从《诗经》风、雅、颂、赋、比、兴中以“风”领先，来证明“风”的重要。一般文学史在讲解《诗经》的“风”时，往往只强调那是“地方民歌”，与“民间风习”有关，但刘勰却说，“风”在《诗经》中，是“化感之本源，志气之符契”，那作用就非常大了。我因为深爱《诗经》，更爱其中的“风”，所以特别赞同刘勰的见解。

在刘勰看来，“风”是与“情”紧紧相连的。当“情”一碰到“风”，就得了“气”，就“必显”，就会思之“环周”，就不会寂寞，因此也就有了“化感”之力。这话反过来也可以说，人间之情，虽然很真，但也很可能缺少气象，缺少外显，缺少认同，缺少呼应，因此缺少广泛的化感力度，这就需要“风”的帮助了。“风”

让“情”成为“风情”，并外显、提升、定格为“风韵”和“风范”，最后感染周际而形成美好的“风气”。

这中间，“风”的主要特征是饱含情感的传递力和感染力。“风情”之所以能够超越一般的“风”，就在于传递力和感染力。后世有时又会对“风情”做异样的负面理解，其实也就是指传递和感染的略略过度。如果不过度，“风情”别具魅力。

因为与传递和感染有关，“风”在美学上，也可以看成是生命群体之间超常呼应。这种超常呼应，基于生命群体的互相信任和欣赏，这就是刘勰所说的“化感”，也就是美的扩充功能。

从“风”，又可以联系到“骨”。“骨”有阳刚之气，有雄伟之力，有挺拔之态，当然与飘飘曼曼的“风”判然有别。但是如果没有“风”，“骨”很可能是孤独的英雄、悲凄的固守、执拗的坚持、嶙峋的骨相。有了“风”，一切都不一样了，危崖有了阶坡，高树有了藤花，寂谷有了鸟鸣，谁都愿意去了。

当然，如果没有“骨”，“风”也就可能变成了一种没有格局、没有器质、没有着落的存在，变成了缺少内容的传扬、缺少理由的笑容、缺少情感的眼波。

“骨”的美学意义，是一种稳定的结构张力。正是这种张力，使一事成为真正的一事，使一物成为真正的一物，使一人成为真正的一人。它是划分事物内涵和外延的框架，它是印证一个特定人物不同于其他人物的基准。这个“骨”字，与人格的“格”字，意义相近。

因此，当“风”、“骨”两字合成为“风骨”，也就构成了一个特殊的美学意义：具有坚挺格局的有效感染。

近似的意义，西方美学也有涉及，但往往分段而论，话语冗长。而中国美学完成这个多层次的复杂命题时，只用了最简约的两个字。

作为一个美学信号，这两个字在中国古代文化中的地位正像它的本义：既坚挺又具有感染力。甚至可以说，早已影影绰绰地可以看到有一种“风骨美学”的存在，在历史的长途间不断地由人格美衍伸为艺术美。

六

现在要看《文心雕龙》的《情采》篇了。

“情采”，是论述“情态”与“辞采”之间的关系，比较靠近我们现在常用的“内容”和“形式”这两个概念。可惜，这两个概念也频繁地使用于美学之外，显得空洞、浮泛了一些。

刘勰在论述“情采”时，还是从《原道》篇的“天地文章”出发，来说明外显的依据、文采的必要。这一思路我们已不陌生——

> 圣贤书辞，总称“文章”，非采而何？夫水性虚而沦漪结，木体实而花萼振，文附质也。虎豹无文，则鞟同犬羊。犀兕有皮，而色资丹漆，质待文也。若乃综述性灵，敷写器象，镂心鸟迹之中，织辞鱼网之上，其为彪炳，缛采名矣。

请看我的译述——

> 圣贤写书，总称“文章”，不正是就文采而言吗？水性柔虚而生波纹，树木充实而开出花，可见文采总是依附于内质。
>
> 虎豹如果没有文采，那皮色就会等同于犬羊。而用犀兕的皮革制器，还用丹漆来上色，可见内质也要期待文采。如果要综述灵性，描写物象，精心摆弄文字，写于纸张之上，

达到光耀彪炳，那就更是由于文采的繁盛了。

刘勰在这里论列了不同的审美实体在内外之间的互相依赖、互相期待。

有三层意思值得注意。

第一，由内质到外相，大多是一种自然而然的体现，也就是美学上说的“天赋外化”。他以水性柔虚而生纹、树木充实而开花这两个例子，说明了这个道理。

第二，外相和文采，具有辨识本体的重大功能。如果没有一定的外相和文采，内质也就会失去身份。虎豹没有文采就会等同于犬羊，这不是一个科学命题，而是一个美学命题。就动物学而言，失去文采的虎豹还是虎豹；但就美学而言，它们已经不是。因此，它们失去的，是一种“美学身份”。

第三，外相对于内质，并不仅仅是一种被动的“自然体现”。只要有了人，就有可能在文采上动足脑筋。对此刘勰举了用犀牛、兕牛的皮革制器时可以涂上丹漆来增色的例子。当人的主动性一出现，文学艺术的创造也就可以更加主动了。因为人要在文学艺术中“综述性灵，敷写器象”，用的又是人所创造的文字和纸张，那就必然要比涂上丹漆更积极、更放达了。以刘勰的提法，就是要“镂心”“织辞”而达到“彪炳”。

这三点，除了坐实了内质的决定性外，还触及了外相具有“美学身份”的可辨识性，以及人在创造外相中的主动性。这三点，都很出色。

七

在《情采》篇中，刘勰除了深刻地论述了内、外关系外，更是用不少笔墨批判了文采泛滥、为文造情的现象。一贯平静的他在这个问题上口气凌厉，可见对于这充斥周际的浮靡文风和辞赋流弊，他实在忍不住了。

他身处辞赋之中，却一直用《诗经》、《离骚》的杰出创作来批评汉代以来“辞人赋颂”的流弊，厌烦那些“辞赋家”的装腔作势。

在这一篇，他又把《诗经》请了出来，作为周边那些不良文风的对照物。我们可以分段来讲。

> 昔诗人什篇，为情而造文。辞人赋颂，为文而造情。何以明其然？盖“风”、“雅”之兴，志思蓄愤，而吟咏情性，以讽其上，此为情造文也。诸子之徒，心非郁陶，苟驰夸饰，鬻声钓世，此为文而造情也。
>
> 故为情者要约而写真，为文者淫丽而烦滥。而后之作者，采滥忽真，远弃“风”、“雅”，近师辞赋，故体情之制日疏，逐文之篇愈盛。故有志深轩冕，而泛咏皋壤，心缠几务，而虚述人外。真宰弗存，翩其反矣。
>
> 夫桃李不言而成蹊，有实存也。男子树兰而不芳，无其情也。夫以草木之微，依情待实，况乎文章，述志为本，言与志反，文岂足征？

以下是我的译述——

以前诗人创作，为情而造文，后来的辞赋家们，为文而造情。

何以明了这个区别？你看《诗经》中“风”、“雅”之兴，是作者志思蓄愤，吟咏情性，讽刺上位，这就是为情造文。再看那些辞赋家，心中并无积郁，却随意夸饰，卖声欺世，这就是为文造情。

为情者能够简约写真，为文者却只会浮丽泛滥。后来这些作者，虚夸失真，远弃“风”、“雅”，就近效仿那些辞赋家，结果体现真情的创作日益减少，而追逐虚文的篇目越来越多。

所以常见这样的人，明明深羡官帽，却在泛咏田野；明明心缠政界，却在虚说出世。既然真心不存，只能任其翻转。

桃李默然不言，树下却踩出了小路，因为树上长着果实。男子种兰不香，因为他心中没有感情。连小小的草木都要依赖感情、期待果实，那又何况文章。文章以述志为本，如果言辞和心志相反，这样的文章还可信吗？

刘勰把“为情而造文”与“为文而造情”做了比较，差异鲜明。这中间，对于“为文而造情”的概括相当锐利。天下什么都可造，唯独情不可造。西方美学家把“情”分为“整体之情”和“各别之情”，但显然，两者都不可造。

“造”这个最普通的汉子，在实际运用时常有负面意义，例如“造作”、“造假”、“造势”、“造次”等等。然而，相比之下，没有比“造情”更负面的了。这与艺术创作中的虚构、想象完全是两回事。虚构的感情，也能以真实的逻辑和形态让人泪下，在这方面，即便是一般读者、寻常观众，也能敏感地辨别其间真伪。人们能容忍生活中的很多不真实，却很难容忍情感作假，这中间有一条最细微又最牢固的心理感应曲线，而且，这条曲线又颤巍巍地绾结着不同的族群、不同的时代。在我看来，这是心理美学所隐藏的玄秘。刘勰对“造情”的揭露，正体现了这条曲线的跨时代遥感。

“造情”的一般形态是夸饰，升级形态是作假。人们都认为作假的特点是“以假充真”、“无中生有”，但是，刘勰所责斥的那种辞赋家更为严重，那就是把一切都“反着来”。依照心理美学概念，是一种“反向心理掩饰”。他所说的那种明明深羡官帽却泛咏田野，明明心缠政界却虚说出世，就是最典型的例子。如果说，“造情”有“顺势之造”和“逆反之造”两种，那么，刘勰责斥的就是“逆反之造”了。

说了那么多“造”，我又必须在词汇学上做一个说明，“造”字的正面含义也常常具有足够的分量，如“创造”、“造物”、“造化”、“造就”，都是大作为。

八

在责斥了“造情”之后，刘勰又要回到文章本位，来进一步论述情志和文饰之间的关系了。如果说，前面所说的对象是一些弄虚作假的小人，那么，现在他又急于要对那些写不好文章的君子说几句话了。

请先读刘勰的原文。

> 是以联辞结采，将欲明理。采滥辞诡，则心理愈翳。固知翠纶桂饵，反所以失鱼，言隐荣华，殆谓此也。是以衣锦褧衣，恶文太章。“贲”象穷白，贵乎反本。
>
> 夫能设谟以位理，拟地以置心，心定而后结音，理正而后摛藻；使文不灭质，博不溺心，正采耀乎朱蓝，间色屏于红紫，乃可谓雕琢其章，彬彬君子矣。
>
> 赞曰：言以文远，诚哉斯验。心术既形，英华乃赡。吴锦好渝，舜英徒艳。繁采寡情，味之必厌。

我曾做过试验，让学生在阅读时对原文做猜测性的解释。即使参照一些常见的注释也无妨。结果学生在《文心雕龙》上常常感到颇为繁难，而这一段，更是不易疏通。这就证明，骈俪之文，常常自生困顿，哪怕执笔者是堂堂刘勰。

那就让我来认真译述一遍——

所以联辞结采，是为了明理。如果设采泛滥、用词诡异，则会障蔽情理。

这正像垂钓，如果用翠羽做钓丝，桂枝做鱼饵，反而钓不到鱼。所谓“言隐荣华”，言论被荣华掩盖，就是这个道理。因此，如果穿了锦衣，则不妨再披一体罩衫，以免过于显眼。《周易》贲卦以“白”为归结，可见贵在返本。

要设定模式来安置理念，拟定方位来安顿心灵。心灵安定了就能联结音律，理念端正了就能铺陈辞藻。要使文采不吞灭内质，要使广博不淹没心灵。要让朱蓝这样的正彩显耀，要把红紫这样的杂色摒除。只有这样，才算得上擅于雕琢文章的彬彬君子。

总之，言辞因文采而久远，确实应验。只有心灵敷形，华彩才能丰富。反之，吴锦容易褪色，木槿徒艳一时，漂亮的文采如果缺少真情，必被人们厌弃。

从这些繁密而跳荡的话语激流中可以看出，在内质和外显、情志和文辞的关系问题上，刘勰明显地更倚重内质和情志，比较提防外显和文辞的过度张扬。尽管作为一个杰出的文论家他不会偏于一端，但美学重心却无可置疑。

对于内容和形式这个千古大题，几乎所有的文论家都会言辞滔滔，但中国古代文论家显然渐渐产生一种共识趋向，那就是重视内容。虽然有大量的艺术实践家进行了形式探索并取得辉煌成绩，但在系统文论上，却仍然是质胜于文，情胜于采，心胜于式。这是中国美学的一大特征，与传统的文化教养有关。

其实，每一个时代最高层级的美学创造实绩与这种传统教养并不相同，有不少艺术家和审美者凭着天赋和直觉，感受到了美在外显形态上的特殊魅力，而且感受得心摇神驰。他们以创作和笔记描述了这种高贵的形式撞击力，成为中国审美长河中最美丽的风景，但就中国美学的主体结构而言，那还是一种旁侧性的存在。应该说，这是中国美学的遗憾。

刘勰是一个严正、端方的彬彬君子，自己又缺少彻底忘情的创作经验，因此作为中国美学主体结构的建立者之一，他的倚重，既本分，又必然。如前所述，他生活的年代使他无缘见识像盛唐这样的审美文化勃发期，因此后人完全没有理由对他求全责备。

九

结束本文之前，我想以一小段余论，对刘勰再表敬意。

在总体上，刘勰的文化立场比较保守，他劝导宗经、明道，追慕雅正、明畅。但是，由于他审美品格高尚，具有历史眼光，所以并没有陷入抱残守缺的固执，而是主张“随时通变”。

《文心雕龙》专设一篇《通变》，结语很有代表性，应该特别介绍。

这个结语一共八句，每句四个字。前面四句很明白，不必翻译：

> 文律运周，日新其业。变则其久，通则不乏。

这十六个字很好，即便是当代的艺术创新者遇到困厄时，都不妨在心中默诵，以兹自励。

后面四句可能会产生一些小小的歧义，我就需要稍做译述了。这四句的原文是：

> 趋时必果，乘机无怯。望今制奇，参古定法。

我的译述是这样的——

> 追赶时代必须果断，抓住时机不要胆怯。着眼今日制作

创新，参酌古例确定法则。

说了那么多求变、向前的话，最后加一句“参古定法”，并不是自相矛盾，而是要为自己在内心长期构建的文化理想画一条边，兜一个底。刘勰在论述任何一种主张时都会受到中庸之道的控制，实在是一个正派的文化君子。

其实即使拿到今天来看，这种折中的美学思路仍然不失其理。一方面真诚呼吁变通求新，一方面又深深惦念古典章法，这样的两相照应结构，显然比种种偏窄的单向主张更有长久的生命力。

我在本文开头说过，把刘勰与古希腊百科全书式的哲学大师亚里士多德相提并论不太合适，那么，在西方，比较合适的比较者是谁呢？我首先想到的是古罗马的贺拉斯（Horace），代表作是《诗艺》。他专讲创作，既保守，又开明；既讲求审美等级，又关顾接受心理，这些都与刘勰有相通之处。后来，欧洲古典主义的“先师”，像意大利的卡斯特尔维屈罗（Lodovico Castelvetro）等人，把亚里士多德的学说引向创作，提出了一系列限制性的艺术技法。这与刘勰把《周易》引向创作有点相似，只不过刘勰没有提出那么多限制，身后也没有出现什么“主义”。

好，这篇文章已经写得不短，可以结束了。《文心雕龙》的话题当然很多，但是有关它的研究都不妨以美为归结。我的引导只是告诉当代读者，早在一千多年前的远山深处，就已经埋下中国美学的基点。

庚子春日完成

余秋雨主要著作选目

《文化苦旅》
《千年一叹》
《行者无疆》

《中国文脉》
《君子之道》
《修行三阶》
《极品美学》

《老子通释》
《周易简释》
《佛典译释》
《文典译写》
《山川翰墨》

《借我一生》
《门孔》
《天暮归思》
《秋雨诗选》

《冰河》(小说及剧本)
《空岛·信客》(小说)

《世界戏剧学》

《中国戏剧史》
《观众心理学》
《艺术创造学》

《北大授课》
《境外演讲》
《台湾论学》

注：由以上简目所编“余秋雨定稿合集”，将由磨铁图书陆续推出。

此外，还出版过大量书籍，均在海内外获得畅销。例如：《山居笔记》、《文明的碎片》、《霜冷长河》、《何谓文化》、《寻觅中华》、《摩挲大地》、《晨雨初听》、《笛声何处》、《掩卷沉思》、《欧洲之旅》、《亚非之旅》、《心中之旅》、《人生风景》、《倾听秋雨》、《中华文化·从北大到台大》、《古圣》、《大唐》、《诗人》、《郁闷》、《秋雨翰墨》、《新文化苦旅》、《中华文化四十八堂课》、《南冥秋水》、《千年文化》、《回望两河》、《舞台哲理》、《游走废墟》等。

“余秋雨翰墨展”中个人著作的集中展览

余秋雨文化大事记

· 1946年8月23日出生于浙江省余姚县桥头镇（今属慈溪），在家乡读完小学。

· 1957年至1963年，先后就读于上海新会中学、晋元中学、培进中学至高中毕业。其间，曾获上海市作文比赛首奖、上海市数学竞赛大奖。

· 1963年考入上海戏剧学院戏剧文学系，但入学后以下乡参加农业劳动为主。

· 1966年夏天遇到了一场极端主义的政治运动，家破人亡。父亲余学文先生因被检举有“错误言论”而被关押十年，全家八口人经济来源断绝；唯一能接济的叔叔余志士先生又被造反派迫害致死。1968年被发配到军垦农场服劳役，每天从天不亮劳动到天全黑，极端艰苦。

· 1971年“九一三事件”后，周恩来总理为抢救教育而布置复课、编教材。从农场回上海后被分配到“各校联合教材编写组”，但自己择定的主要任务是冒险潜入外文书库独自编写《世界戏剧学》，对抗当时以“八个革命样板戏”为代表的文化极端主义。

· 1976年1月，编写教材被批判为“右倾翻案”，又因违反禁令主持周恩来的追悼会而被查缉，便逃到浙江省奉化县大桥镇半山一座封闭的老藏书楼研读中国古代文献，直至此年10月那场政治运动结束，下山返回上海。

· 1977年至1985年，投入重建当代文化的学术大潮，陆续出版了《世界戏剧学》、《中国戏剧史》、《观众心理学》、《艺术创造学》、*Some Observations on the Aesthetics of Primitive Chinese Theatre* 等一系列学术著作，先后获全国优秀教材一等奖、上海哲学社会科学著作奖、全国戏剧理论著作奖。

· 1985 年 2 月，由上海各大学的学术前辈联名推荐，在没有担任过副教授的情况下直接晋升为正教授。

· 1986 年 3 月，因国家文化部在上海戏剧学院举行的三次民意测验中均名列第一，被任命为上海戏剧学院副院长、院长。主持工作一年后，即被文化部教育司表彰为“全国最有现代管理能力的院长”之一。与此同时，又出任上海市咨询策划顾问、上海市写作学会会长、上海市中文专业教授评审组组长兼艺术专业教授评审组组长。被授予“国家级突出贡献专家”、“上海十大高教精英”等荣誉称号。

· 1989 年至 1991 年，几度婉拒了升任更高职位的征询，并开始向国家文化部递交辞去院长职务的报告。辞职报告先后共递交了 23 次，终于在 1991 年 7 月获准辞去一切行政职务，包括多种荣誉职务和挂名职务。辞职后，孤身一人从西北高原开始，系统考察中国文化的重要遗址。当时确定的考察主题是“穿越百年血泪，寻找千年辉煌”。在考察沿途所写的“文化大散文”《文化苦旅》、《山居笔记》等，快速风靡全球华文读书界，由此成为最具影响力的华文作家之一。

· 1991 年 5 月，发表《风雨天一阁》，在全国开启对历代图书收藏壮举的广泛关注。

· 1992 年 2 月开始，先后被多所著名大学聘为荣誉教授或兼职教授，例如复旦大学、上海交通大学、同济大学、上海大学、中国科技大学、西安交通大学等。

· 1993 年 1 月，发表《一个王朝的背影》，充分肯定少数民族王朝入主中原的特殊生命力，重新评价康熙皇帝，开启此后多年“清宫戏”的拍摄热潮。

· 1993年3月，发表《流放者的土地》，系统揭示清朝统治集团迫害和流放知识分子的凶残面目，并展现筚路蓝缕的“流放文化”。

· 1993年7月，发表《苏东坡突围》，刻画了中国文化史上最有吸引力的人格典范，借以表现优秀知识分子所必然面临的一层层来自朝廷和同行的酷烈包围圈，以及“突围”的艰难。此文被海峡两岸暨香港、澳门的报刊广为转载。

· 1993年9月，发表《千年庭院》，颂扬了中国古代最优秀的教学方式——书院文化，发表后在全国教育界产生不小影响。

· 1993年11月，发表《抱愧山西》，系统描述并论证了中国古代最成功的商业奇迹——晋商文化，为当时正在崛起的经济热潮寻得了一个古代范本。此文发表后读者无数，传播广远。

· 1994年3月，发表《天涯故事》，梳理了沉埋已久的海南岛文化简史，并把海南岛文化归纳为“生态文明”和“家园文明”，主张以吸引旅游为其发展前景。

· 1994年5月至7月，发表长篇作品《十万进士》(上、下)，完整地清理了千年科举制度对中国文化的正面意义和负面意义。

· 1994年9月，发表《遥远的绝响》，描述魏晋名士对中国文化的震撼性记忆。由于文章格调高尚凄美，一时轰动文坛。

· 1994年11月，发表《历史的暗角》，系统列述了“小人”在中国文化中的隐形破坏作用，以及古今君子对这个庞大群体的无奈。发表后在海峡两岸暨香港、澳门引起巨大反响，被公认为“研究中国负面人格的开山之作”。

· 1995 年 4 月，应邀为四川都江堰题写自拟的对联“拜水都江堰，问道青城山”，镌刻于该地两处。

· 1996 年 7 月，多家媒体经调查共同确认余秋雨为“全国被盗版最严重的写作人”，由此被邀请成为“北京反盗版联盟”的唯一个人会员，并被聘为“全国扫黄打非督导员（督察证为 B027 号）”。

· 1998 年 6 月，新加坡召集规模盛大的“跨世纪文化对话”而震动全球华文世界。对话主角是四个华人学者，除首席余秋雨教授外，还有哈佛大学的杜维明教授、威斯康星大学的高希均教授和新加坡艺术家陈瑞献先生。余秋雨的演讲题目是《第四座桥》。

· 1999 年 2 月，为妻子马兰创作的剧本《秋千架》隆重上演，极为轰动，打破了北京长安大戏院的票房纪录。在台湾地区演出更是风靡一时，场场爆满。

· 1999 年开始，引领和主持香港凤凰卫视对人类各大文明遗址的历史性考察，成为目前世界上唯一贴地穿越数万公里危险地区的人文教授，也是“9·11”事件之前最早向文明世界报告恐怖主义控制地区实际状况的学者。由此被日本《朝日新闻》选为“跨世纪十大国际人物”。

· 2002 年 4 月，应邀为李白逝世地撰写《采石矶碑》（含书法），镌刻于安徽马鞍山三台阁。

· 从 2000 年开始，由于环球考察在海内外所造成的巨大影响，国内一些媒体为了追求“逆反刺激”的市场效应而发起诽谤。先由北京大学一个学生误信了一个上海极左派文人的传言进行颠倒批判，即把当年冒险潜入外文书库独自编写《世界戏剧学》的勇敢行动诬陷为“文革写作”，并误植了笔名“石一歌”。由此，形成十余年的诽谤大潮，并随之出现了一批“啃余族”。余秋雨先生对所有的诽谤没有做任何反驳和回击，他说：“马行千里，不洗尘沙。”

· 2003 年 7 月，由于多年来在中央电视台的文化栏目中主持“综合文史素质测试”而成为全国观众的关注热点，上海一个当年的造反派代表人物就趁势做逆反文章，声称《文化苦旅》中有很多“文史差错”，全国上百家报刊转载。10 月 19 日，我国当代著名文史权威章培恒教授发文指出，经他审读，那个人的文章完全是“攻击”和“诬陷”，而那个人自己的“文史知识”连一个高中生也不如。

· 2004 年 2 月，由于有关“石一歌”的诽谤浪潮已经延续四年仍未有消停迹象，余秋雨就采取了“悬赏”的办法。宣布“只要证明本人曾用这个笔名写过一篇、一段、一节、一行、一句这种文章，立即支付自己的全年薪金”，还公布了执行律师的姓名。十二年后，余秋雨宣布悬赏期结束，以一篇《“石一歌”事件》做出总结。

· 2004 年 3 月，参加联合国开发计划署《人类发展报告》的设计、研讨和审核。

· 2004 年年底，被联合国教科文组织、北京大学、《中华英才》杂志社等单位选为“中国十大文化精英”、“中国文化传播坐标人物”。

· 2005 年 4 月，应邀赴美国巡回演讲：

1）4 月 9 日讲《中国文化的困境和出路》（在纽约市立大学亨特学院）；

2）4 月 10 日讲《中国知识分子的问题所在》（在北美华文作家协会）；

3）4 月 12 日上午讲《空间意义上的中华文化》（在马里兰大学）；

4）4 月 12 日下午讲《君子的脚步》（在华盛顿国会图书馆）；

5）4 月 13 日讲《时间意义上的中华文化》（在耶鲁大学）；

6）4 月 15 日讲《中国文化所追求的集体人格》（在哈佛大学）；

7）4月17日讲《中华文化的三大优势和四大泥潭》（在休斯敦美南华文写作协会）。

· 2005年7月20日，在联合国“世界文化大会”上发表主旨演讲《利玛窦的结论》，论述中国文明自古以来的非侵略本性，引起极大轰动。演说的论据，后来一再被各国政界、学界引用。收入书籍时，标题改为《中华文化的非侵略本性》。

· 2005年11月，应邀撰写《法门寺碑》（含书法），镌刻于陕西法门寺大雄宝殿前的影壁。

· 2006年4月，应邀撰写《炎帝之碑》（含书法），镌刻于湖南株洲炎帝陵纪念塔。

· 2005年至2008年，被香港浸会大学聘请为“健全人格教育奠基教授”，每年在香港工作时间不少于半年。

· 2006年，在香港凤凰卫视开办日播栏目《秋雨时分》，以一整年时间畅谈中华文化的优势和弱势，播出后在海内外产生广泛影响。

· 2007年1月，发表《问卜中华》，详尽叙述了甲骨文的出土在中国文明濒临湮灭的二十世纪初年所带来的神奇力量，同时论述了商代的历史面貌。

· 2007年3月，发表《古道西风》，系统叙述了中华文化的两大始祖老子和孔子的精神风采。

· 2007年5月，发表《稷下学宫》，对比古希腊的雅典学院，将两千年前东西方两大学术中心进行平行比照。

· 2007年7月，发表《黑色的光亮》，以充满感情的笔触表现了平民思想家墨子的人格光辉。

· 2007年8月，应邀为七十年前解救大批犹太难民的中国外交官何凤山博士撰写碑文（含书法），镌刻于湖南益阳何凤山纪念墓地。

· 2007年9月，发表《诗人是什么》，论述"中国第一诗人"屈原为华夏文明注入的诗化魂魄，分析了他获得全民每年纪念的原因，并解释了一些历史误会。

· 2007年11月，发表《历史的母本》，以最高坐标评价了司马迁为整个中华民族带来的历史理性和历史品格。

· 2008年5月12日，中国发生"汶川大地震"，第一时间赶到灾区参加救援。见到遇难学生留在废墟间的破残课本，决定以夫妻两人三年薪水的总和默默捐建三个学生图书馆，却被人在网络上炒作成"诈捐"，在全国范围喧闹了两个月之久。后由灾区教育局一再说明捐建实情，又由王蒙、冯骥才、张贤亮、贾平凹、刘诗昆、白先勇、余光中等名家纷纷为三个学生图书馆题词，风波才得以平息。

· 2008年9月，上海市教育委员会颁授成立"余秋雨大师工作室"。上海市静安区政府决定为"余秋雨大师工作室"赠建办公小楼。

· 2008年12月，为妻子马兰创作的中国音乐剧《长河》在上海大剧院隆重上演，受到海内外艺术精英的极高评价。

· 2009年5月，应邀为山西大同云冈石窟题词"中国由此迈向大唐"，镌刻于石窟西端。

· 2010年1月，《扬子晚报》在全国青少年读者中做问卷调查"你最喜爱的中国当代作家"，余秋雨名列第一。"冠军奖座"是钱为教授雕塑的余秋雨铜像。

· 2010年3月27日，获澳门科技大学所颁"荣誉文学博士"称号。同时获颁荣誉博士称号的有袁隆平、钟南山、欧阳自远、孙家栋等著名专家。

· 2010年4月30日，接受澳门科技大学任命，出任该校人文艺术学院院长。宣布在任期间每年年薪五十万港元全数捐献，作为设计专业和传播专业研究生的奖学金。

· 2010年5月21日，联合国发布自成立以来第一份以文化为主题的“世界报告”，发布仪式的主要环节，是联合国教科文组织总干事博科娃女士与余秋雨先生进行一场对话。余秋雨发言的标题为《驳“文明冲突论”》。

· 2012年1月至9月，最终完成以莱辛式的“极品解析”方法来论述中国美学的著作《极品美学》。

· 2012年10月12日，中国艺术研究院成立“秋雨书院”。北京众多著名学者、企业家出席成立大会，并热情致辞。该书院是一个培养博士生的高层教学机构，现培养两个专业的博士研究生：一、中国文化史专业；二、中国艺术史专业。

· 2013年10月18日下午，再度应邀赴美国纽约联合国总部大厦演讲《中华文化为何长寿》。当天联合国网站将此演讲列为国际第一要闻。

· 2013年10月20日，在纽约大学演讲《中国文脉简述》。

· 2013年12月，完成庄子《逍遥游》的巨幅行草书写，并将《逍遥游》译成可诵可吟的现代散文。

· 2014年1月，完成屈原《离骚》的巨幅行书书写，并将《离骚》译成可诵可吟的现代散文。

· 2014年1月31日，完成《祭笔》。此文概括了作者自己握笔写作的艰辛历程。

· 2014年3月，发表以现代思维解析《般若波罗蜜多心经》的文章《解经修行》，并由此开始写作《修行三阶》、《〈金刚经〉简释》、《〈坛经〉简释》。

· 2014 年 4 月,《余秋雨学术六卷》出版发行。

· 2014 年 5 月，古典象征主义小说《冰河》(含剧本)出版发行。

· 2014 年 8 月，系统论述中华文化人格范型的《君子之道》出版发行，立即受到海峡两岸读书界的热烈欢迎。

· 2014 年 10 月,《秋雨合集》二十二卷出版发行。

· 2014 年 10 月 28 日，出任上海图书馆理事长。

· 2015 年 3 月，再度应邀在海峡对岸各大城市进行“环岛巡回演讲”，自台北市、新北市、台中市到高雄市。双目失明的星云大师闻讯后从澳大利亚赶回，亲率僧侣团队到高雄车站长时间等待和迎接。这是余秋雨自 1991 年后第四次大规模的环岛演讲。本次演讲的主题是“中华文化和君子之道”。

· 2015 年 4 月，悬疑推理小说《空岛》和人生哲理小说《信客》出版。

· 2015 年 9 月，应邀为佛教胜地普陀山书写《心经》，镌刻于该岛回澜亭。

· 2016 年 3 月，应邀为佛教胜地宝华山书写《心经》，镌刻于该山平台。

· 2016 年 7 月，中华书局出版《中华文化读本》七卷，均选自余秋雨著作。

· 2016 年 11 月，被选为世界余氏宗亲会名誉会长。

· 2017 年 5 月 25 日至 6 月 5 日，中国美术馆举办“余秋雨翰墨展”(中国艺术研究院主办)，参观者人山人海，成为中国美术馆建馆半个多世纪以来最为轰动的展出之一。中国文联主席兼中国作协主席铁凝说：“这个展览气势恢宏，彰显了秋雨先生令人慨叹的文化成就，使我对先生的为人和为文有了新的感受。”中国书法家协会原主席张海说：“即使秋雨先生没有写过那么多著作，光看书法，也是真正专业的大书法家。”国务院参事室主任王仲伟说：“余先生的书法作品，应该纳入国家收藏。”据统计，世界各地通过网络共享这次翰墨展的华侨人数，超过千万。

· 2017年9月，记忆文学集《门孔》出版发行。此书被评为《中国文脉》的当代续篇，其中有的文章已成为近年来网上最轰动的篇目。作者以自己的亲身交往描写了巴金、黄佐临、谢晋、章培恒、陆谷孙、星云大师、饶宗颐、金庸、林怀民、白先勇、余光中等一代文化巨匠，同时也写了自己与妻子马兰的情感历程。作者对《门孔》这一书名的阐释是：“守护门庭，窥探神圣。”

· 2017年12月，《境外演讲》出版发行。此书收集了作者在联合国的三次演讲，又汇集了在美国各地和我国港澳地区巡回演讲和电视讲座的部分记录，被专家学者评为“打开中华文化之门的钥匙”。

· 2018年全年，应喜马拉雅网上授课平台之邀，把中国艺术研究院“秋雨书院”的博士课程向全社会开放，播出《中国文化必修课》。截至2019年10月，收听人次已经超过六千万。

（周行、刘超英整理，经余秋雨大师工作室校核）

图书在版编目（CIP）数据

极品美学 / 余秋雨著 .—北京：北京联合出版公司，2020.9

ISBN 978-7-5596-4391-9

Ⅰ．①极… Ⅱ．①余… Ⅲ．①散文集－中国－当代 Ⅳ．① I267

中国版本图书馆 CIP 数据核字（2020）第 119478 号

极品美学

作　　者：余秋雨

出 品 人：赵红仕

责任编辑：牛炜征

北京联合出版公司出版

（北京市西城区德外大街 83 号楼 9 层　100088）

河北鹏润印刷有限公司印刷　新华书店经销

字数 205 千字　　660 毫米 ×965 毫米　1/16　印张 21

2020 年 9 月第 1 版　2020 年 9 月第 1 次印刷

ISBN 978-7-5596-4391-9

定价：58.00 元
